双生门

地下陀宫

刘滴川 著

望山没有
南风巷之三

江苏凤凰文艺出版社
JIANGSU PHOENIX LITERATURE AND ART PUBLISHING, LTD

图书在版编目（CIP）数据

地下陀宫 ： 望山没有南风巷之三 / 刘滴川著. 一 南京 : 江苏凤凰文艺出版社, 2017.6
（双生门系列丛书）
ISBN 978-7-5594-0245-5

Ⅰ. ①地… Ⅱ. ①刘… Ⅲ. ①长篇小说－中国－当代 Ⅳ. ①I247.5

中国版本图书馆CIP数据核字(2017)第085288号

书　　名	地下陀宫 ： 望山没有南风巷之三
作　　者	刘滴川
出版统筹	黄小初　周亚林
责任编辑	姚　丽
策划编辑	王　磊
责任监制	刘　巍　江伟明
出版发行	江苏凤凰文艺出版社
出版社地址	南京市中央路165号，邮编：210009
出版社网址	http://www.jswenyi.com
印　　刷	北京富达印务有限公司
开　　本	880×1230毫米 1/32
字　　数	200千字
印　　张	9.5
版　　次	2017年6月第1版　2017年6月第1次印刷
标准书号	ISBN 978-7-5594-0245-5
定　　价	35.00元

当午夜来临的时候，

当月光被暗夜吞噬，

那扇神秘的双生门又将打开：

沉睡在门后的苗国正在悄悄地苏醒……

目录

这是一个发生在2011年底的真实故事。

望山市电视台的记者向南风外出采访遭遇车祸，却因祸得福与救命恩人归璐瑶成为了恋人。热恋一个多月以后，两人相约夜入市南郊的守南山观看云海日出，却误入诡异的鬼堡魔窟，生死离散。向南风再次苏醒，却得知自己车祸后接受了开颅手术在医院内昏迷了整整47天。但是，向南风始终无法相信归璐瑶只是他昏迷中的梦中情人。在网友湘西蛊主的提示下，向南风开始寻找与之相关的历史线索，随着巨大的地下谜团浮出水面，向南风却得知万千线索系于一身的藤原龙之介教授竟然在自己发生车祸的同日惨遭毒手，而杀死藤原教授的凶手使用的居然是来自神秘苗国的巫蛊术。原来，这一切从一开始就是一个以向南风为中心的迷局。

由此，一个进入守南山鬼堡，去神秘苗国拯救归璐瑶的计划就此诞生……

竖井中的惊喜（一）

向南风和藤原佐和子飞抵北京，拜访《山海经校诠》的作者刘滴川，渴望从上古神话或《山海经》中破译狼犬厉鬼与怪藤巨树的身份之谜。然而，令人意想不到的是，刘滴川不仅一开始便猜出了藤原佐和子与藤原龙之介的关系，而且不太费力便道出了狼犬厉鬼的真实身份并不是鬼，而是神，而且这神还不是一般的神，竟然会是三苗的众神之神，黑苗宗主盘瓠。

盘瓠便是一只硬壳虫化作的狗。

盘瓠是狗，这或许是真的。可是，若说向南风一行三人在雍家坟中挖出的十一具尸骨都属于盘瓠，这诚然无法服众。然而，当向南风和佐和子向刘滴川追问花苗宗主姜央和白苗宗主朔月的事时，刘滴川却拒口不谈了。

佐和子见追问无果，便转而要抛出怪藤巨树的话题。这时，向南风吸取之前请教徐宗谷的经验，拦住了佐和子，而是先拿出了那包灰褐色的粉末给刘滴川看。只见刘滴川倒出了袋子中的粉末，用鼻子闻，用手掂，然后又聚精会神地看。

“这……这是石头吧？”

刘滴川一边看，一边自言自语式地说着。

“怎么？您认为它是石头？”佐和子机警地问道。

“不，不对，不是石头。你等我再仔细看看啊……”

刘滴川说着，站了起来，走到旁边一个书架前，然后打开了书架夹层的一个小抽屉，从里面取出了一个放大镜。就是那种鉴定文物时使用的，倍数很高，而且还自带照明功能的放大镜。然后，他坐回了太师椅上，把眼睛几乎贴在了放大镜上，仔细地看。

看了半天，他抬起了头，闭上眼睛显然是在思考或者回忆，想了一会儿，他又低头看了一会儿，然后他放下了放大镜，又把那些粉末装回了自封袋，交还给了向南风。

“刘老师，您……您看出这是什么了？”

“嗯。”刘滴川点了点头，说道，“它现在确实是石头，是石粉，但是……”

刘滴川说“它现在确实是石头”的时候，向南风和佐和子都不由心头一凉。向南风想，完了，看来他也不知道这是什么。可转念一想，不知道难道不正常吗？十多个小时之前，自己明明捏着的是五片落叶，可现在那些落叶都没有了，反倒变成了这些粉末。

自己倒是知道这些粉末本应是落叶的，可问题是，土黄色的落叶怎么就变成了灰褐色的粉末呢？

这粉末究竟是怎么回事？

这些事儿就连他这个亲历者自己都搞不清楚，别人又怎么可能会知道呢？

更何况，他和佐和子来请教刘滴川，实际上是希望他能点拨自己如何去历史传说和文献里寻找狼犬厉鬼和怪藤巨树的端倪的，显然，人家已经告诉了自己盘瓠是条狗，无论那狼犬厉鬼是不是盘瓠，起码这个问题已经有了莫大的收获。现在，或许他不该拿出这些粉末给他看，不该打断佐和子的提问，或许他们本来就该直入主题，虚心请教人家怪藤巨树的事情。于是，想到这里，向南风其实已经放弃了。

然而，就在向南风打算放弃的一瞬间，刘滴川的一个“但是”却震惊并且改变了向南风和佐和子的整个精神世界。但是，但是什么？

但是什么呢？

刘滴川悠悠地说道：

“但是，呵呵，虽然这些粉末现在是石头的碎粉，但是曾经，它们应该是几片叶子吧。”

“什么？刘老师，您说它们曾经是什么？”佐和子有点不敢相信自己的耳朵。

“是几片叶子啊！”

“几片叶子？”

“几片叶子？”

佐和子和向南风几乎异口同声地附和着这个令人难以置信的答案。向南风一时都有点没反应过来，他是怎么知道这些灰褐色的粉末曾经是叶子呢？而且奇怪的是，自己虽然知道十多个小时之前，他捏起来的是五片土黄色的落叶，可现在，就连他都不知道这些落叶是怎么变成粉末的，或者说他自己都不敢确定这些粉末就是他捏起来的那些落叶变的，刘滴川怎么能看出这些粉末曾经是叶子呢？

“不是，刘老师，您是怎么看出这些粉末曾经是叶子的啊？”向南风满脸地困惑，天啊，这人都神了！

“怎么看出来的？凭……凭经验啊。”

“是什么样的经验，刘老师，您能给我们讲讲吗？哦，还有，您为什么说它是叶子，请您务必告诉我您判断它是叶子的理由。”

“哦，好。我告诉你们啊。首先，我得先说明一点，我说它曾经是叶子，不代表它现在是。它现在就是石头。”

“哦？石头？”

“对啊，首先你看看，这些粉末的重量挺大的。虽然它的总量很小很小，可是你用手掂掂，它很压手。”

“压手？”

“对啊，你们平时不接触这类东西，所以没有这个经验。我平时很喜欢收藏各种各样的东西，所以会有这种感觉。举个例子说，同样是这么一小撮粉末吧，如果它是一撮榆木的木头粉，榆木就是咱们以前老百姓盖房子、做家具都用的一种木料，如果是榆木的木头粉，它会比较轻。那要是换上紫檀的，紫檀是硬木，密度大，所以紫檀的木头粉，同样是这么一撮，它就比榆木的压手。同理，如果换上瓷粉了呢，把瓷器研磨成粉末，那它的重量肯定更高。”

“哦，我知道了。”向南风点了点头，“我听过您说的这个词，‘压手’。这古玩行鉴定瓷器，看瓷器的瓷胎好不好，就看同样的器形，同样的大小，看看哪一个更沉。但古玩行里不说沉不沉，只说压手不压手。是不是这个道理？”

“对，就是这个意思。那你看这个粉末，掂一掂，我就觉着它比较压手，它肯定不是木头一类的东西，但表面呢，有没有金属的光泽，当然也没有金属那么压手。那么密度介于硬木和金属之间，而且又没有金属光泽，那要是从大类来判断，它肯定应该是一种石头。”

“哦……有理有理！”

佐和子一边听，一边想，她随着听，便随之把这整个鉴定和推理的过程都完完整整地记了下来。

“可是，您怎么又说它现在是石头，可它曾经是叶子呢？”

“哈哈。这个啊，这个就要从它的颜色说起了。”刘滴川说着，又指了指已经交换到向南风手里的那个自封袋，“你们看看，这是什么颜色的？”

“是……灰色的，里面还有点儿红。”

佐和子从向南风手里把袋子抢了过去，她认认真真地把透明的袋子贴在了眼前，仔细看了半天说道。

“向先生，你说呢？”

“嗯……佐和子说得差不多，我之前看过很久了，我觉着是灰褐色的。”

“嗯，差不多就是这种颜色，灰色为底色。而且粉末这么细。我刚才用放大镜仔细看了，这些粉末的颗粒非常均匀，来，给你放大镜，你们自己也可以看看。”

“太好了！”

向南风接过了放大镜，打开了前面的灯，然后把石粉倒在手中，学着刘滴川的样子仔细地看。正如刘滴川所说，这些石粉颗粒均匀，而且表面都显得十分光滑。他看完后，又把这些交给了佐和子，佐和子也认真地看着。而他们一边看，刘滴川则一边说着：

“这些灰色是石粉，颗粒又那么均匀，我在想它会是什么石头呢？这世界上的石头可以划分成四大类，石灰岩、熔岩岩、沉积岩和变质岩。如果从这种石粉的颜色和颗粒来判断，它应该属于沉积岩中的砂岩。”

“砂岩……”

佐和子默默地重复了一遍刘滴川的话。

“对，砂岩。这种砂岩是由石英颗粒形成的，结构稳定，通常呈淡褐色或红色，主要含硅、钙、黏土和氧化铁。砂岩是一种沉积岩。因为石粒经过水冲蚀沉淀于河床上，经千百年的堆积变得坚固，就形成了这种东西。”

“可是，刘老师，这和叶子又有什么关系呢？”

“是啊，您怎么说它现在是石头，可原来是叶子呢？”

向南风和佐和子均不解其意。

“这个就要看这些灰色当中的褐色成分了。哎，对了，你们有没有听说过辽西热河？”

“辽西热河？”

“对，就是辽宁的西部，锦州，以及内蒙古的通辽和赤峰一代。因为以前热河是个省嘛，以前东北不是东三省，而是东四省，除了现在的黑吉辽还有热河省。”

“这个……不太清楚，你呢，佐和子？”

向南风扭头看了看佐和子。佐和子也摇了摇头。

“好吧，那我给你们简单讲讲。辽西热河在世界古生物研究领域绝对是一块圣地。因为从中生代的侏罗纪到白垩纪早期，世界大多数地方还是海洋。”

“中生代的侏罗纪到白垩纪？那不是恐龙生活的时代吗？”

“对。就是恐龙时代。在那个时候，现在亚洲的东部地区已抬升为陆地了，而辽西一带淡水湖泊星罗棋布，气候湿润。各种苏铁类、银杏类、松柏类的裸子植物高大茂盛，高等开花被子植物也开始出现。这是植物。那动物呢，也很多，湖泊中，鲟鱼穿梭；湖畔沼泽中，螈、蟾、龟、鳄等两栖类、爬行类四处游走；翼龙、恐龙及原始鸟类迅速进化；五尖张和兽、金氏热河兽等原始哺乳动物大量繁衍，形成了一个完整的生物链结构。对了，你们知不知道鸟其实是由恐龙演化而来的？”

“嗯，这个我听说过。有一些直立行走的恐龙，前爪退化，后来身上长出了羽毛，然后就变成了鸟。是这样吗？”

“对，在热河就出土了很多这样的证据，比如中华龙鸟、尾羽龙和中国鸟龙，这些都是带羽毛的恐龙。还有华夏鸟、孔子鸟和原羽鸟，这些都是世界上最早的鸟类。哦，对了，还有刚才说的金氏热河兽，这就是全世界已知最早的哺乳类动物。但其实在整个地球上，生物的分布应该非常广泛，可为什么同一时期，只有辽西热河的生物存在的证据被保存下来了呢？这就是因为这个时期，地壳运动加剧，火山喷发频繁。大量生物因此窒息或中毒死亡，沉入湖底，在大量火山灰的埋葬下，与外界隔绝，为化石的保存提供了优越的条件。辽西地区含化石地层中一层层的火山灰，记载着一次次频繁的火山喷发过程。那么从20世纪20年代初开始，就陆续有地质学家、古生物学家进驻到这一地区开始进行古生物发掘。由于这里发掘出了数不胜数的动植物化石，而且这些化石中的物种又具有很强的独立性，与外界的动植物都不太一样，所以科学家就给这里命名了热河生物群。这也就是辽西热河闻名于世的原因了。”

“可是……”

刘滴川讲完了这些，向南风和佐和子面面相觑，他们两个似乎都没有听明白刘滴川为什么要和自己说起热河生物群。

佐和子咽了咽口水，有些不好意思地问道，“刘老师，真是太冒昧了，我好像没有听明白，您讲这些是什么意思呀？”

“嗯？没听明白？难道……难道你们拿来的这些粉末不是产自辽西热河的吗？”

“什么？产自热河？这怎么可能呢？它，它产自望山啊！”

“望山？不不，这不可能。”刘滴川想都没想就摇头说道，“望山？不会不会，望山不可能产这种东西。”

这时候，向南风好像听出了一些端倪，佐和子和刘滴川究竟在争论什么呢？刘滴川为什么不相信这个东西取自望山，产自哪里又有什么区别呢？这一瞬间，向南风把刚才刘滴川所讲的东西串在了一起：

这东西现在是石头，但以前是叶子，这些石头是沉积岩中的一种，是砂岩，它们表面光滑、颗粒均匀，而且它产自辽西热河，辽西热河有火山，一层一层的火山灰，灰色的石粉，而更重要的是，热河有在古生物学领域驰名中外的热河生物群。

啊？莫非他……向南风吓了一跳，他瞬间惊出了一身冷汗。怎么？怎么会是这样呢？

“等等，等等佐和子。”

“怎么了，南风哥？”

“刘老师……我还得打断您一下。我想我和佐和子都有点没听明白，难道您的意思是，我给您看的这些粉末，这些石头的粉末，它们在很早很早以前不是石头，而是叶子。”

“呵呵，当然了，这难道不是产自热河的古植物化石吗？”

“什么？您说它……它是化石！”

不是每一具尸身都能变成化石，

不是每一条生命都能永载史册。

竖井中的惊喜（二）

向南风和佐和子带着对狼犬厉鬼与怪藤巨树的困惑来寻访《山海经》专家刘滴川，希望通过他发现这二者在上古神话中的端倪。向南风夜探雍家坟，曾经在雍家坟中的落叶池里捡起了五片落叶，夹在笔记本中，他本想拿着这些落叶让自己的哥们儿植物学家徐宗谷帮忙辨认那怪藤巨树的品种，可令人百思不得其解的是，当他在徐宗谷面前打开笔记本时，笔记本中的落叶竟然变成了灰褐色的粉末。

这些粉末招来了徐宗谷的冷嘲热讽，他通过显微镜，鉴定出这些粉末与植物叶子毫无关系，无非是一些不知名的石头研磨后的结果。然而，令向南风和佐和子都难以想象的是，刘滴川竟然认出了这些石粉。

他说这些石粉是沉积岩中的一种砂岩，而它的前身却并非河床上的河沙，而是被埋入火山灰中的叶子。

“什么？”向南风感觉自己的眼皮都因为惊愕而不断地跳动，“刘老师，您是说，这……这些砂岩的粉末它原本是古生物的化石？”

“是啊。”刘滴川竟对向南风和佐和子脸上的错愕毫无反应，他只是平静地点头表示认可，“对啊，这难道不是产自辽西热河的古植物化石吗？”

“植物化石？这怎么会是植物化石呢？”

“这当然是植物化石了。你看，这些灰褐色的粉末，这是比较典型的颜色。薄氏辽宁枝、热河结核蕨类等等这些，都是这种颜色啊！你这些粉末，无非是把化石研磨之后形成的。”

“可是，它为什么不是动物化石，而一定是植物的呢？”

“嗯……因为这些颗粒的表面光滑度啊。嗯……是这样……”刘滴川想了想说道，“不是所有的动植物死后都可以变成化石，它必须得有符合形成化石的条件，另外，生物体硬体、软体的组织，形成的化石也不一样。按照你这个颗粒的均匀度，这种生物体肯定很薄，细胞组织的排列非常均匀。动物一般不会是这样，因为动物化石大多是骨骼，骨骼化石就算研磨也不会颗粒这么均匀，就像人或多或少会有骨质疏松对吧？”

刘滴川笑了笑，接着说道：

“那不是动物的骨骼，那么就该是植物了。可植物能满足这种情况的结构，恐怕也只有叶片了。所以，这只能是植物叶片化石了啊。”

“可刘老师，那为什么它一定要产自辽西热河？为什么它不能产自望山呢？”

“哎，我刚才不是和你们说了辽西热河化石形成的特殊环境了吗？那是因为火山灰覆盖了这些动物和植物，一层一层的火山灰不断覆盖。化石形成必须要有特殊的环境条件。它要让动植物的尸体能避开空气中的氧化作用，并且不受到细菌的腐蚀。望山？望山怎么可能呢？再说中生代的时候，望山还是大海呢！”

“什么？这树叶生长的时代，望山还是大海？这怎么可能呢？”

佐和子想都没想就说出了这些话。她上个月前才来到望山，她对望山，对中国的了解毕竟还不够深。

她不知道，可向南风却知道。刘滴川说的，一点也不错。如果说这片叶子生长的时代确实是中生代，那这叶子生长的时候，望山当然还是一片汪洋。其实，就像望山在人类文明史如此年轻，仅仅崛起于工业革命以后一样，望山在地球的地质史上也同样年轻，它是新生代时期，亚欧大陆板块与太平洋板块不断作用，才从海底浮出海面的。

今天望山市南郊的守南山恰恰是板块作用的结果。可真正的问题并不在于望山在中生代是不是大海，而在于这些变成了石粉的叶子，它们生长的时代是不是真的远在中生代。

然而，这确实不可能啊！

十多个小时之前，向南风才亲手捏起了这五片落叶，把它们夹在笔记本中，怎么仅仅过去了十几个小时，哦，不对，是仅仅过了几个小时，它们就变成了植物化石，变成了植物化石的粉末？

几个小时啊！不要说几个小时了，就算是几万年前，就算是这些叶子是上古时代苗国的落叶，几万年留到现在，它也不可能变成化石啊！除非真的像刘滴川所说的，这些叶子是几千万年前中生代的叶片？

可是……

“刘老师……”向南风忽然想到了一个问题，“刘老师，我们也不知道这些粉末究竟是什么东西，徐宗谷跟我说，他认为是石头。我觉着您说是化石，很有道理。不过您能看出这些石粉是什么植物的化石吗？”

“这个……”刘滴川摇了摇头，“这我可看不出来了。其一，我本人对古生物，特别是植物，不是那么了解，可能有很多植物，我都认不全。其二嘛，这毕竟不是一块化石，而是化石的粉末，不说是我认不全了，就算是专门搞古植物学研究的专家恐怕也很难通过化石粉末来判断植物的品种。这就像是你拿着动物的骨骼，可能懂的人能看出这究竟是个什么动物。可你要是拿一盒动物的骨灰，哈哈，那我顶多告诉你这是动物的骨灰。”

“哦，那刘老师，我们都不太懂植物，您知不知道有什么植物，是从中生代一直活到现在，或者说，活到有人类活动的那一天，一直都没有灭绝的吗？”

“那……那就是活化石了？”

“对对，都什么植物算得上活化石？”佐和子觉着好像终于有了些眉目。

“这可怎么回答呢，如果泛泛地讲，银杏，银杉，水杉，金花茶，水松，金钱松，珙桐，香果树，等等，这些现在都可以算是活化石。”

“刘老师！”向南风忽然灵光一现，“您说的这些植物活化石里，有没有那种植物是它看起来既像藤，又像树。准确地说，这种植物看着像是很多很多的藤缠绕在一起，然后可以组成像墙壁一样的树干。另外，这种植物的茎干表皮虽然能够看到树木生长的纹路，但摸着却没有任何的凹凸感，非常光滑。而且它的茎干表面是黄色的，那种颜色很像是用于做高档雕刻品的黄杨木，不过得是去除表皮以后的黄杨木。”

“哦？你这么说，我好像是没什么印象自己见过这样的植物。那它有叶子吗？它的叶子什么样？”刘滴川低着头问，也不知道是在沉思还是在想些什么。

“长，它长叶子的！”佐和子接过了话茬儿说道，“这种树的叶子格外奇怪，它是正三角形的！”

“什么？正三角形？等边三角形？每个角都是六十度，三个边的长度都相等的那种？”

“对，刘老师，就是那种三角形。这种植物的叶片就是那样的！而且它所有的叶片大小都一样，不是基本一样，而是一模一样。叶片的大小、薄厚，全都一模一样。另外，人如果用手去撕它，无论从哪个角度撕，都撕不断、扯不破。”

“这个……”

刘滴川沉吟了一声，托起了自己的下巴，他不知道什么时候抬起了头。

这……这是怎么回事？

向南风观察着他的表情变化：按理说，他应该像胖子徐宗谷一样，直接否认这种植物的存在啊。三角形的叶子一样大，撕不断，还扯不破，这不是天方夜谭嘛。可是，刘滴川居然没有否认这种植物的存在，难道真有这样的植物吗？

向南风从心底里不愿意他也像徐宗谷一样直接否认，于是他立刻试图回想雍家坟中那种植物的样子，想想是不是还有更多的细节能够提供给他，供他参考。

“哦，对了！”向南风又想到了一件事，他想起了他们为了开启雍汉典的棺材，想用刀劈断一根怪藤做撬棍的事情，于是他赶忙说道：“对了，刘老师，还有，还有一个特征。”

向南风的话音刚落，刘滴川便眼前一亮：

“哦？还有什么特征？”

“这种植物的茎干，或者说是那些组成像墙壁一样树干的那些怪藤，特别特别得硬！”

“有多硬？”

“刀！最锋利，最好的钢刀，都劈不断它，而且不光劈不断，甚至全力之下，都无法伤及它的外表，狠狠地劈上一刀，它的表面都不会留下任何痕迹。而且一旦刀劈斧砍，这植物还能发出像金属敲击一样的响声。刘老师，您知道这种植物叫什么名字吗？”

“嗯……向先生，不知你说的这种植物是死的还是活的呢？”

“死的活的有什么分别吗？”佐和子追问道。

“如果要是死的，那么按照你们刚刚所说，首先，三角形的叶子，而且一样薄厚，一样大小，甚至还撕不断，也扯不破，这样的植物，我从来也没有听说过。但是，如果像向先生所说，植物的茎干比钢刀还硬，而且敲击之下，还可以发出金属般的敲击声。我知道有一种地方的一类植物就可以满足你说的这些特点。”

“啊？是哪里的什么植物？”

“你听说过红酸枝吗？”

“红酸枝？”

“哦，我知道我知道。”向南风点头说道，“您是说红木吗？现在做家具、做手串、做文玩工艺品的那种？”

“对。产自中南半岛，老挝、柬埔寨、越南，当然，最多的是缅甸，这一代的红木，它的树干有一些会满足你所说的条件。”

“能敲出金属般的声音？不会吧？我坐过红酸枝的椅子啊！没……没感觉能是这样的木头啊。”

“呵呵，当然不是普通的红酸枝。你知道硅化木吧？很多树原本生活在平原地区，可后来平原变成了沙漠，平原的树就死掉了。沙漠上的风沙非常大，在风化的作用下，其中一些质地坚硬的树的树干，在特殊条件下会变成硅化物，变成像玛瑙一样的特殊材质。”

“嗯，我知道，硅化木的质地极为坚硬，因为它已经从木头变成了石头。”

“对，那在缅甸的丛林中，也有一些红酸枝，也就是红木。它们可能因为雷击或者山洪，最终倒在了水里。在流水的作用下，这些红木也会发生一种类似于硅化的化学变化，它们将保存原有的树的纹理，可是，这些纹理可见，却没有触感。你能看得出，却摸不出。因为经年累月的水流冲刷会把表面的纹理打磨平，只留下纹理生长的自然状态。而这些树中，经过水流侵蚀时间最长的，数千万年前的树，就会变成你说的那种所谓的‘植物’，它的密度极高，普通的刀，也就说是普通的刀，就算是一口宝刀，也难以伤及它的表面。因为水流远比风化的力量更大，也更彻底，常年的水流会增加它的密度。而同时，这样的所谓的树，就会满足你所说的，敲击时能发出金属的声音。”

“哦，原来还有这样的树。可是您说的这种树，恐怕已经不能说是树了吧？这是木变石啊，它虽然不是化石，但也应该是石头了啊！”

“是啊，如果不是木变石呢，还有没有别的什么树能满足我们刚才说的条件呢？”佐和子着急地问道。

“呵呵。”刘滴川一笑，说道，“这么说，你们是想听活着的树了？”

“嗯？难道真有这样的树活在世上？”

“哈哈，当然有了。只不过……只不过……”

“只不过什么？”

向南风格外激动，他觉着难以置信，难道自己心中的疑虑，难道他们在雍家坟中看到的怪藤巨树就此真的能够水落石出、真相大白？

“刘老师，您只不过什么啊？究竟是不是真有这样的树活在世上？”

“有是有，只是它恐怕没有活在世上，而是活在传说了才对。”

“啊？活在传说了？”

刘滴川点了点头，他问佐和子：

“小妹妹，你读过我写的《山海经校诠》？”

“嗯，读过，当然读过！”

“哦，你知不知道《山海经》中有一篇经叫作《海外东经》？”

“当然，它讲的是上古时期，四海之外从东南角到东北角的世界。”

“嗯，不错。”刘滴川点了点头，然后说道，“这《海外东经》里有这样一句话，说‘下有汤谷。汤谷上有扶桑，十日所浴，在黑齿北。’”

“嗯，意思是说，上古，遥远的东方有个国家叫黑齿国，在这个国家的北方，有一条大峡谷名叫汤谷。汤谷中，长着一棵大树，名叫扶桑。而这棵树生长的地方，就是十个太阳洗澡的地方。”

“对。十个太阳洗澡。我们都听说过后羿射日，可在后羿之前呢？相传，这世界上其实有十个太阳。这十个太阳在一棵扶桑树下洗澡。据说这汤谷中的扶桑树本是一棵神树，它能像树一样生长，但是却不怕十个太阳的炙烤。因为扶桑的树干和树叶，都不是木头的，而是石头的。如果真的有一种树能满足你们所说的条件，那么，它一定就是传说拥有太阳力量的神树扶桑。”

“什么？你是说，那怪藤巨树便是传说中的扶桑？”

当向南风和佐和子离开刘滴川的家时，已经是夕阳西下了。一天前，他们还紧张地筹划着夜探雍家坟的计划，可一天之后，他们两个人竟然已经站在了北京首都机场的候机楼中。飞往望山的飞机起飞了，向南风满脑子想着的都是刘滴川刚刚说的话：狼犬厉鬼是黑苗的宗主盘瓠，而怪藤巨树竟是汤谷中十日所浴的神树扶桑。向南风扭头看着身边的佐和子，她紧紧地闭着双眼，可看起来又不像是在睡觉。

“喂，佐和子，你是紧张还是睡着了？”

“都没有，我在想事。……刘滴川他在骗我们。”

“什么？哦……”向南风苦笑着，“呵呵，狼犬厉鬼是盘瓠，怪藤巨树是扶桑，他说得是有点玄乎。”

“不，我指的不是这个。”

“那他骗我们什么了？”

“他不知道我有超忆症，所以他说他不认识我爸爸。可17年前，爸爸收到过一封很厚很厚的信，那封信的寄件人，就是他——刘滴川。”

经典有一道门槛，跨过去了，

你会觉着，它比小说有趣多了。

竖井中的惊喜（三）

向南风与佐和子飞赴北京求教《山海经校诠》一书的作者刘滴川，向他求教他们在雍家坟中所见到的狼犬厉鬼和怪藤巨树。向南风对刘滴川给出的答案，狼犬厉鬼是盘瓠，怪藤巨树是扶桑的说法将信将疑，可佐和子却直言刘滴川在撒谎，他分明早在17年前就与自己的爸爸藤原龙之介秘密地相识了。然而，刘滴川为什么要撒谎，谎称自己不认识藤原教授，藤原教授死前有没有见过他？

难道他会是藤原教授秘密的知情人吗？

“佐和子，你说17年前，你爸爸收到过一份很厚很厚的信，寄信人的位置上写着他的名字？”

“是的，我见过那个信封，白色的航空信，周围一圈都是红色和蓝色的条文。信封上收件人的地址和姓名都是用英文写的，而寄信人的地址和姓名是汉字。我当时不认识字。可是，你知道的，我能记住那些图像。寄信人的名字就是他——刘滴川。”佐和子自信地回答，没有一点的迟疑。

“那么，那封信写得是什么内容你知道吗？”

“这个我当然不知道了。你知道的，17年前，我才1岁，我当时还不会走，怎么可能去拆开爸爸的信件，看看里面有什么东西呢？”

“呵呵，也是，我不得不说，你的超忆症简直是世界上最神奇的功能。其实就凭这个，你比我们要追寻的苗国的超能力也一点都不差啊！”

向南风苦笑着，这真是不可思议，刘滴川或许认为随着藤原龙之介的死，他否认自己与藤原教授相识的谎言将永远不被揭穿，可他万万也想不到，他能骗得过别人，却骗不过藤原教授患有超忆症的女儿。这个被他称作“小妹妹”的姑娘可以记住从出生12天以来发生的所有事，看到的所有东西。当然，这自然将包括那封早已无人知晓的信件。

可是，17年前的那封信，究竟写了些什么呢？

“佐和子，17年前的那封信，你猜它究竟写了什么？”

“这个……”佐和子挠着头沉吟，又摇了摇头，显然，她在思考着什么。

“南风哥，你让我想想啊！”

她想了一会儿，眼前一亮，说道：

“我猜想那信封里没有信纸。”

“什么？空信封？不……这不可能吧？”

“当然不是空信封了，南风哥，我没有见过那封信的内容，可是我猜想，信封里装着的可能是一些照片。”

“啊？为什么是照片呢？”

“因为信显得很硬，一般的信封，如果信封里装着的是很多张信纸，那信封看起来应该很明显是中间厚，上下两边薄，是吧？”

“是，是的。”向南风警觉地看着佐和子。

“可是，那封信不是那样的，它看起来太硬了。这说明信封中装着的一定不是普通的纸。再者，那封信的表面不是中间厚，上下两边薄，而是通体一般厚。这说明信封里的纸没有被压过，没有被折叠过。要么就是压得太实在了，就连折痕都已经被压得没有任何弹性了。另外，我想还有第三个原因。”

“是什么？”向南风急切地追问。

“邮票！”

“邮票？”

“你让我想想，南风哥。”

佐和子闭上了眼睛。这简直就是不可思议的一幕！17年前的佐和子还是襁褓里1岁大的婴儿。而17年后的今天，在从北京飞向望山的8000米高空中，佐和子竟然在回想自己在婴儿时期从摇篮里扭头看到父亲拿着一封信推开家门时的样子。

那封信后来被藤原教授拿到了二层，这之后她就看不到了，因为佐和子的摇篮当时被安置在客厅，也就是说，她的眼睛看到那封信的时间最多不过是从父亲推开门，拿着那封信出现，然后朝佐和子和佐和子的妈妈微笑，紧接着转身上楼这5秒钟不到的工夫。而这期间，佐和子不仅仅看到了信，她还看到了爸爸的表情、衣着，以及整个行走的状态。这简直就是神乎其神的记忆啊，此时此刻，佐和子尘封的记忆，婴儿时代不经意的一瞥，竟然在17年后被完完整整地恢复了出来：

“我想起来了，父亲的手捏着信封的封口，他挡住了其中的一枚邮票，因此我始终没有看到过。而除了那枚邮票之外，信封的右上角还贴着另外三枚邮票。这三枚邮票都写着中国邮政的字样，从左边数，第一枚邮票上印着戏曲图案，是一个穿白衣服的古典美人，面值是5元；第二枚邮票上印着一座古塔，这枚邮票的面值最大，是10元的；还有第三枚邮票，印着一把紫砂茶壶，面值也是5元。”

“二……二十块？！”向南风满脸惊愕地看着佐和子。

“是啊，怎么了？”

“哦……哦不，我主要是惊讶你令人恐惧的记忆力，仅仅是随便一瞥，时隔17年，你居然还能记着信封上邮票的面值和邮票的分布情况和图案，这简直……哎……简直是，你这病能传染吗？”

“哈哈，据说是不行。你又不是第一天知道我有这个病，至于这么惊讶吗？”

“虽然不是第一天，但好歹也是第三天而已。呵呵。”向南风说着这句话，自己都觉着有点不可思议。事实上，他和佐和子认识不过三天，可他却感觉他们的感情真的就像是从小一起长大的亲兄妹一样。看来这一起扛过枪，出生入死的经历真的会让人的感情飞速成熟。向南风想到这里，笑了笑，然后说道：

“哎呀，跑题了跑题了，佐和子，你刚刚说面值，是想说？”

“哦，我是想说，我虽然不知道当时把一封信从中国寄到美国需要多少钱，但按道理说，应该不会那么贵吧？需要贴那么多邮票吗？”

“嗯，你分析得很有道理，我十多年前寄过信，如果仅仅是寄信，就算是国际航空信件，几块钱也应该够了。按照你说的，当年你看到的邮票，面值就已经超过20块人民币了，这说明这封信一定很沉。”

“对，信封不大，但信封却很厚；信封很平，说明信封里的纸张没有折痕；信封上的邮票面值很大，说明信封非常沉。所以我想，17年前，刘滴川寄来给爸爸的那信封里，装着的，应该就是一沓照片。可是，那究竟是什么照片呢？”

返程的航班，飞机上广播声响了起来：

“我们的飞机开始下降，10分钟后将降落在望山国际机场，请您调整座椅，收起小桌板，系好安全带。”

在轰鸣的引擎发出的飞行噪声中，向南风对佐和子说道：

“我想过办法查查这个刘滴川，他究竟是什么身份，他为什么要隐瞒自己与你爸爸认识多年的事实。”

“你说，他会知道我爸爸的那个秘密吗？”

“我不知道，我得好好查查这件事儿。哦，对了……”

向南风正说着，飞机已经停止在机场上空的等待盘旋，开始急速下落了，机舱里的噪声越来越大，向南风感觉自己耳膜的压力也越来越大，他扭头继续对佐和子大声说：

“佐和子，今天，今天咱俩去北京见刘滴川的事情先不要跟湘西蛊主说。”

“你说什么？”

“我说呀，今天见刘滴川的事情，不要告诉你师兄！”

“为什么啊？”

“刘滴川今天说的话疑点太多，我怕会误导我们的判断，所以还是先不要告诉你师兄了，等我把他的话查清楚再说！”

“哦！”

“我们的飞机已经降落在望山国际机场……欢迎您下次乘坐，

再见。”

飞机降落了，当飞机在平整的跑道上滑行，机上的广播又开始播音了。向南风透过机舱中密封的玻璃窗，又一次看到了望山熟悉的土地，他看到了远处灯火通明的候机楼，想起了远在远方的守南山与守南山下华灯初上的现代都市。

机舱里，相邻一排一个四五岁大的小女孩不知怎么哇哇地哭起来。小孩子就是这样喜怒无常，也就是这样纯洁率真。他们所有的喜怒哀乐能在任何时候被挂在脸上，这是孩子们的特权。而成年人，则只能把它们藏在心里。向南风看着小女孩儿年轻的妈妈抱起了孩子，一边用手摸孩子的头，一边趴在孩子耳朵边耳语，他忽然想起来三个月前，自己在中山路的那家幼儿园门口也经常能看到过这样的场景。

那是牧歌幼儿园最平凡的一个清晨与黄昏。

小朋友们趴在爸爸妈妈的怀里哭闹，他们不愿意离开父母，他们发誓这一生最痛恨的事情就是上幼儿园。大一些的孩子会在放学的时候，在幼儿园门口和自己的同学打招呼或者嬉笑，他们发誓这一生都会做朋友。没到放学的时候，接孩子的家长会把幼儿园门口的小路堵得死死的，他们会把孩子当成自己生命的延续。

汽车的喇叭声，拥堵路口的公交车报站声，还有街巷上一个又一个人有意无意地发出的各种声音，熙来人往，络绎不绝。那些马路上匆匆或者悠闲的背影，上班、挣钱、买车、买房、还贷款、谈恋爱、娶媳妇、休年假、吵架、打官司、上学、考试、找工作……在不久以前的那个人生里，向南风与这世界上擦肩而过的每个人又有什么区别呢？他们都在平凡的世界中渴求着并不平庸的美好，出生、成长，然后又走向衰老和死亡。

呵呵，那曾经是一个多么真实又鲜活的世界与人生，可是今天，那尚未走远的生命却披上了一层如同隔世的陌生。而这一切又是为了谁，为了什么？

向南风的眼前，又浮现出了璐瑶的笑脸。她从牧歌幼儿园的角门里走了出来，她走到了向南风的面前，却又像光一样从他的身体里扑过，然后带着向南风的灵魂，从他的背后逃走。

璐瑶，你去哪里了呢？

你在这里待过是吗？

我知道，你来过这里。你究竟想带我去哪里？

你骗了我，但是我不生气，可是你应该告诉我你要带我去哪儿，我们发过誓，我们要此生相随，至死不渝的，可你现在让我去哪里找你？

璐瑶，你在哪里？

晚上10点半，向南风、湘西蛊主和藤原佐和子再一次在湘西蛊主和佐和子入住的酒店大堂会合了。从机场回到市里，佐和子忙里抽闲回房间又睡了一个多小时，而向南风感觉时间太紧了，便没有回家，干脆把汽车的副驾驶座位放倒，也美美地睡了一觉。青春究竟是人生最大的本钱，无论在哪里，无论什么时候，躺下了，想睡就能睡上一觉，想轻松一点，就能让自己的精神放松下来。虽然这一觉睡得很短，但向南风却觉着自己的体力好像恢复了一大截。事实上，人处于高度兴奋的状态下，身体的潜能也会被自然而然地调动出来。

“嘿，怎么样，佐和子？睡得如何？”

“困死了……我就是睡30个小时都睡不饱的。”

佐和子打了个哈欠继续说道，然后，依旧睡眼惺忪。

“哎，你们俩都没睡好吗？”

湘西蛊主倒真是精力饱满，他气宇轩昂地问道，一脸诧异的模样。

“嗯，睡得不是太好。湘西蛊主，你倒是睡得不错吧？”

“嗯，南风，我睡得别提多好了。今天早晨回酒店，痛痛快快洗了个澡，然后8点钟倒头便睡，一直到刚才，晚上10点钟我才醒。呵呵，幸亏是上了一个闹钟，要不然我恐怕得等你俩上楼砸门才能醒。这一觉睡得实在太舒服了。”

“真是嫉妒你呦！我是没有白天睡觉的习惯。”

“哎哟……师兄，我看你这时差也不用倒了。我真后悔我把时差提前倒过来了。哎……”

佐和子伸了个懒腰。因为向南风正在开车，而湘西蛊主坐在副驾驶上，所以佐和子本想再在后排躺一会儿。可惜夜晚的路况实在太好，一转眼，三个人就到达了雍家村村口的那个设定好的停车地点。向南风把车子熄灭，然后绕到后面，从后备厢中取出了背包。和昨天一样，佐和子走在最前面引路。三个人冒险在11点半就来到了雍家村西南角雍家坟外的围墙下。

这一次，湘西蛊主一马当先。他先爬到了树梢上，然后把向南风藏好的软梯扔了下去，三个人又一次翻过了围墙，踩在了雍家坟里那些诡异的落叶组成的落叶池中。向南风又拿起了一片落叶，他抬起头，也抬起手，捏着这片落叶朝着月亮的方向看。

“呵呵，落叶啊落叶，你难道真是《山海经》里的神树扶桑吗？”

别走，求求你，别走。

呵呵，直到她走了，我才喊出口。

竖井中的惊喜（四）

向南风、湘西蛊主和藤原佐和子三人第二次夜探雍家坟。一天之前，他们三人在雍家坟中打开了11口棺材，发现了11具被法术极强的白苗祭司杀死的11只狼犬厉鬼的尸骸。

雍家坟是雍家族人的坟茔一事得到验证，可是本该被埋葬于此的雍家族人去了哪里，雍家人的尸身又为何被白苗祭司换成了数百年前被杀死的狼犬厉鬼。而这个从妙瑶塔地宫一直到雍家坟中都反复出现的狼犬形象究竟是什么东西，难道它真的是刘滴川口中的盘瓠大神吗？

向南风虽然并不相信他的话，可是，这狼犬厉鬼又该是些什么东西呢？

或许，他只能把这些疑问都寄托在自己脚下的这座雍家坟里了。路还是昨天那条埋在落叶池中的路，门，还是昨天那道隐藏在怪藤巨树中的门。向南风从兜里取出了GPS卫星定位仪，然后对走在前面的佐和子说道：

“佐和子，咱们还是把昨天走过的路，还有昨天发现的那些棺材都重新定位一下，标注清楚吧。”

“哎，你是什么时候把这东西带上的？”

湘西蛊主回过头，指着向南风手里拿着的卫星定位仪问道。

“嗨，就刚才下车去后备厢拿背包的时候啊！这卫星定位仪原本就放在车里了，只是我昨天没有带。”

“那你定位那些棺材干什么用？”

“是啊，南风哥，定位棺材干吗？”佐和子也有些不解。

“呵呵，我也不知道，定位着玩吧！我之前去守南山找南山馆的时候就一直拿着这东西，走一路，定位一路，然后回家作图，把特殊的东西都标记出来。呵呵，虽然那些图到现在也没用上吧，但是我总觉着，保不齐会有用到的一天。”

“这个……好吧，好吧，听你的。”

佐和子若有所思，点了点头。湘西蛊主看出了她的心思，说道：

“南风，你知道佐和子为什么这个表情吗？”

“啊？什么表情？她走在我前面，我没看到啊，湘西蛊主。”

“也是哈，你看不到。但我知道她在想什么，她肯定是想起了她爸爸。”

“你是说她在想藤原教授？为什么？”

向南风很诧异湘西蛊主为什么要这么说，他是很回避当着佐和子的面提藤原教授的，他生怕这样会让佐和子伤心，但显然，湘西蛊主却并不在意。向南风小心翼翼地看了一眼佐和子，她眼睛里的亮光不知是否盈盈的泪光。这时，湘西蛊主显然是看到了向南风的表情，他说道：

"嘿，没事的，我说与不说，佐和子已经想到了。你很像藤原老师。藤原老师也非常喜欢记录，他读书会做读书笔记，出门考察会做考察笔记，哎，可惜啊……"

湘西蛊主说完，朝佐和子的脸上望过去，好像是像她求证自己的猜想是否正确。

"可惜啊，爸爸所有的笔记都被烧掉了。呵呵，师兄，你猜得没错，我就是这么想的。"佐和子长叹了一声，说道，"师兄说得对，我确实想到了爸爸，他提或者不提，我都会思念他。哎，算了算了。不想这么多了。还是南风哥的提议好，爸爸虽然不在了，但是我相信，只要我们能够按照他当年的研究态度和研究方式努力去做，他能找到的秘密，我们也一定能找到，何况他是一个人，而我们可是三个！"

佐和子说着，用手蹭了蹭湿润的眼睛，向南风拍了拍她的肩膀。

"喂喂，那个出入口，昨天差点把我们困死在里面的那道窄门，我摸到了！"湘西蛊主兴奋地说道。

"好，我定位一下。"

向南风说着，做了一个定位，他把定位后的海拔和经纬度数值指出来，拿给佐和子看。这倒好，有了佐和子以后，他们再也不需要纸笔和电脑来记录存储信息了。向南风一笑，接过了佐和子还回来的定位仪。佐和子透过定位仪的液晶显示屏已经记下了这道生死门的位置和海拔高度。

呵呵，好吧，雍家坟，我们又回来了！向南风心中竟然升起了一阵喜悦般的兴奋，他们三个手拉手，又扎进了黑暗的落叶池中。

湘西蛊主、佐和子和向南风，三个人依次走进了黑暗但已经熟悉了的转坟。湘西蛊主在前方开路，向南风举着GPS卫星定位仪走在最后面压阵。令向南风有些意外的是，他原本猜想像GPS这样的现代科技产品走进古坟会不会失灵呢。毕竟这里是一个灵异的苗国世界。

但没想到的是，这东西并没有失灵，而且也没有发生任何的异常。他们三个人一边往前走，一边把经过的每一个坟每一口棺材的位置都标注了出来。

他们每走到一个棺材前，就停下来。向南风定位一下，然后把定位仪交给佐和子，让佐和子记下显示屏上的数据，并且再记下周围石碑上对应的文字。然后，继续再走向下一口棺材。

如此反复，一口、两口、三口，不多时，三个人已经将昨天发现的十一口棺材都标记完毕了。又一次走到雍二虎的棺木前，三个人转身，向反方向走。这一次，按照之前标记的出入口位置走，他们很快就找到了出入口，离开了这个昨天几乎将他们困死的迷魂转坟。

“嘿，这么快就转出来了？现在几点，南风？”

“12点03分。”

“对了，佐和子，你把刚才记住的那些坐标，在图上画一下吧！”

“好的，师兄。”

佐和子答应着，从背包里翻出了一个本，本里还夹着一支笔。湘西蛊主说完，走了过来，掏出手电给佐和子照着亮。

向南风凑过来一看，本能地吃了一惊。佐和子手里的这个本子不是我们一般的笔记本，这个本上满满的都是横条竖条的小格子。

“哎……这是什么啊？”向南风问道。

“嘘，别说话。”

佐和子做了一个嘘的手势，继续在上面写写画画。

“南风，没见过本上的这种纸？”

“是啊，湘西蛊主，佐和子在画什么？”

“哦，今天早晨回酒店，我们俩上电梯的时候商量的。你不是说雍家坟里的坟墓不可能只有这11座吗？”

“那当然，肯定有很多我们没有发现。”

“对，所以我们就商量着，得有步骤地把剩下的坟都找出来。呵呵，这种纸是坐标纸，设计师画图，考古学家挖墓，都可以用它来精确地标出建筑物和建筑群的具体位置。当然了，我想着标棺材肯定也不在话下。”

“呦，想不到你还真上心啊！我还真以为你睡了一天什么都没干呢。”

“喂喂，你们俩烦不烦啊，要是非想说，去一边说去，人家画图呢，好吵！”

佐和子扭头，白了他们两人一眼。

湘西蛊主做了个鬼脸，说道：

“好吧好吧，不惹你这个病人了，谁让你记性好呢！”

“你！”

三个人轻松的一笑，仿佛完全不像置身于一座诡异的古坟当中。

根据向南风的部署，在将前一天发现的所有棺材和古坟的分布做好补充标记之后，他们开始围绕密林转圈。这怪藤巨树组成的密林就像外面的围墙一样，也是一个圆形。

向南风分析，昨天他们翻过围墙后，并没有对这个圆形的密林进行过任何外围的观察，而是直接贸然进入了密林当中。那么，既然他们认定古坟中埋葬的人数绝不应只有11人，那么，剩下的尸体埋在哪里，它们很可能被埋藏在和昨天进入的环状转坟一样的某一条墓道当中。

可是，剩下的墓道在哪里呢？

这一次，向南风一行三人开始绕着怪藤巨树组成的密林转圈。他们把昨天进入的那个墓道称作雍家坟一号洞，于是今天，他们在离开雍家坟一号洞后，首先开始顺时针往南转。向南风相信，这古藤密林的一圈，一定会有好多个像一号洞一样的出入口，每个出入口都应该通向不同的墓道，而每一条墓道，也应该像一号洞内部一样，埋葬着数量不等但大体规模相同的雍家族人。

因此，他们今天必须为了古藤密林转上一圈，标记并且分别进入每一个出入口，进而闯入每一条墓道，然后找到雍家坟中的所有棺材，把这些棺材的位置和他们的主人姓名进行一一对应。

当然，还有一点也很重要。那就是，如果棺材里发现的还是那种被刘滴川称作盘瓠的狼犬厉鬼，他们就还得不辞辛劳地帮这些怪物来个曝光。好让它们早死早托生。只有这样，他们才有可能把潜藏雍家村中的所有秘密逐一击破。

果然，他们三个人沿着之前的入口顺时针围绕着密林走了200米左右，在落叶池中，隐约能看到其中的一片落叶有一些明显的塌陷，就像是在洗手池里放一盆水，然后拔掉塞子，当水变成一个旋涡旋转向下时，旋涡中心的位置将自然而然地比整个水平面矮出一截，落叶池中的落叶好像也正在被某种神秘的力量往洞里吸。显然，又将有神秘而恐怖的力量潜藏期间。

“走吧，准备好了的话，我们就进去看看。”

向南风咽了咽口水，看着湘西蛊主和佐和子。而此时此刻，他们好像早就做好了进入的准备，一副只等命令的样子。

“好，南风，还是你来断后，我在前面开路。佐和子，你要小心啊！”

“你放心吧师兄，又不是第一次进了。我一点儿都不害怕了！我们赶快进去吧！”

“好。南风，断后！”

“放心吧，小心脚下！”

湘西蛊主一马当先，三个人依次走入了这第二条墓道的入口。向南风开始继续用卫星定位仪定位入口的位置，并且把这个新的位置拿给前面的佐和子，让她记牢二号洞的方位。

这二号洞和昨天他们走入的一号洞几乎一模一样，供人出入的墓道越来越窄，路的两边，怪藤环绕盘旋组成的巨大墙壁密密麻麻地，越来越多，越来越厚，也越来越高大。这些怪藤巨树组成的墙壁渐渐地阻断了三个人，也彻底将墓道内的世界与外面的世界隔绝开来。除了卫星信号之外，他们已经无法与外界进行任何方式的交流了。

那个属于雍家坟，属于苗国的世界重新笼罩着他们的身躯。向南风抬起头，怪藤像蜘蛛结网一样，铺开了一张巨网，而他们三个闯入者则好像是落入蛛网里的小虫子，当他们越走越深，当那些蛛网把他们越缠越紧，直到不久之后的某一个地方，当他们彻底无法动弹的时候，那只不知藏在何处的巨大蜘蛛才会从黑暗的世界里现身，用锐利而坚硬的牙齿一点点地当着他们的面，把他们一个个咬死，一口口地咬碎吃掉。

诡异的怪藤开始像玩命儿地往他们的头顶上生长，然后交叉，盘旋，系成死扣，最后在头顶上也织起一张庞大的树网。只是，除了这张树网之外，这里的情形好像和一号洞又不太一样。

“南风，南风。”

走在前面的湘西蛊主虽然没有停下脚步，但是却不断地喊着向南风的名字。

“怎么了，湘西蛊主？”

“这二号洞好像跟一号洞不太一样啊。”

“是啊，这里路怎么这么难走？”

佐和子一只手抓着前面的湘西蛊主，一只手握着后面的向南风，在怪藤组成的通道中，深一脚、浅一脚地前行。显然，她感觉到明显的吃力。

“是的。路不好走！”向南风一边微微地喘着气，一边回答道，“我不光是感觉到了，而是我还看到了。卫星定位仪上有海拔表，自从进入到这条直路以后，上上下下的，海拔变化就没停下来过，一会儿高上来一两米，一会儿低下去一两米。你不行慢点儿走吧！”

“是，我确实是得慢点走了，从我这个角度往前看，这条路用手电往前打，根本就看不到头。都不是搓板路那么简单了，简直就像是在人的肠道里行走一样，不停地上来下去，呵呵。佐和子呢？行不行？”

“呼呼呼呼……”佐和子喘着粗气，答应着，“没问题，爬坡的时候，南风哥都在后面拖着我呢，呵呵。不过师兄，你最好慢一点，我倒没什么，我怕南风哥等会儿吃不消啊！哈哈。”

“我没事，湘西蛊主。你小心点脚下就行，慢点走，安全第一！”

“嗯，你们就放心吧！”

湘西蛊主说着，便不再搭话了。三个人默契地继续往前走。前面的路跟着又出现了三道落差很大的坡道。其中第三个坡道非常非常陡，刚一到顶，这坡道便又以同样的角度直线朝下。

从坡道的底下到坡道的顶端，起码要有三米高，而上下的角度至少又得有七十度那么大。好在湘西蛊主和向南风都身形矫健，就这样，走在最前面开路的湘西蛊主，还是四肢并用，废了九牛二虎之力才翻过去的。

翻过这道陡坡之后，从卫星定位仪上显示，他们已经深入怪藤巨树组成的密林中，行走了大约80米的距离了。显然，这个距离已经远远超出了昨天他们在一号洞中穿越的那条进入环形转坟前的出入通道的长度。向南风看着卫星定位仪上的行进距离，正要打算喊停走在前面的湘西蛊主和佐和子，却忽然一头撞在了佐和子的身上。

“喂喂，怎么停下来了？”

向南风问佐和子和前面的湘西蛊主。他抬起头，却见湘西蛊主直愣愣地站在黑暗中，面前一堵茂密的树墙挡住了三人的去路。

我从哪里来，我要到哪里去，我在哪里？

重要的不是这些，而是坐标。

竖井中的惊喜（五）

向南风、湘西蛊主和藤原佐和子第二次夜探守南山下的雍家坟。他们标记了前一天冒险闯入的环形转坟，并且记录了转坟中所有11座坟茔的具体方位。然而便开始围着雍家坟神秘的中心区，由怪藤巨树组成的密林转圈。果然，就像向南风之前所猜想的一样。

他们从埋葬了11座坟茔的一号洞出来后，顺时针转圈，便找到了另外一个诡异的洞口。和一天前的行动一样，湘西蛊主在前，向南风断后，佐和子居中，三个人以同样的队形进入了雍家坟二号洞崎岖不平的通道内。这条通道布满了上上下下的坡道，而且其中的一切坡道无论是上坡还是下坡，由于坡度太陡的缘故，都相当困难。三个人消耗了不小的体力，才终于在二号洞的洞口内往前行进了大约80米。然而，正当向南风打算把这个距离告诉前面的两人时，走在最前面的湘西蛊主却停下了脚步。

"师兄，你怎么停下来了师兄？"

"怎么了，湘西蛊主？"

向南风抬起头，却看到前面大约五米的地方，怪藤缠绕形成的树墙之间忽然迎面长出了另一道树墙，这道树墙密不透风，把他们前行的去路死死地封住了。

"好像是没有路了吧。"湘西蛊主停下了脚步，往前看着，可跟着又自言自语地说道，"等等啊，我过去瞧瞧，我过去瞧瞧。"

"别动！"

向南风忽然喊住了湘西蛊主，他的声音虽然不大，但在这狭窄的隧道中，这坚决的语气却足以让人心中一惊，别说湘西蛊主和佐和子了，甚至就连向南风自己都被自己的喊声吓了一跳。

"怎……怎么了？"湘西蛊主刚抬起来的右腿，还没等迈出去就吓得又放回了原地，"向南风，你能不能不要这么大声喊，很吓人的。"

"是啊南风哥，刚才我差点喊出来。怎么了，出什么事儿了？"

"哦，没事。"向南风歉意地笑了笑，不好意思地挠了挠头，"对不起啊，没注意影响，我只是怕前面有危险。佐和子……"

向南风拍了一下站在他前面的佐和子的肩膀。

"怎么了，南风哥？"

"咱俩换一下位置，我站中间。有什么陷阱或者危险，我也好帮衬着他点。"

也不知道为什么，向南风其实自己也没什么真凭实据，就是感觉着那堵拦住去路的树墙本不该出现在前方。可问题是，不该出现的东西却出现了，这说明它的出现肯定有尚且不被自己认知的理由，那么，这理由该是什么呢？

呵呵，向南风从来就是个谨慎的人。

“南风，没必要这么谨慎吧？”

“不，谁知道前面有什么！小心驶得万年船。”

向南风一边反驳湘西蛊主，一边跟佐和子换好了位置。

“是啊，师兄，南风哥说得没错，小心驶得万年船，还是安全第一！”此刻，佐和子已经乖乖地躲在了向南风的身后，她探出头对前面的湘西蛊主说完，又跟向南风说道，“南风哥，你自己也小心一点啊！我也在你身后保护你！”

“哈哈。”

向南风被佐和子的可爱逗笑了。他忽然想到了托尔斯泰的那句名言：“人不是因为美丽而可爱，而是因为可爱而美丽。”

虽然客观地讲，佐和子原本也是很美丽的。可向南风和湘西蛊主都把佐和子当成自己的妹妹，他们看不到妹妹的美丽，可能更多的只会发现妹妹的可爱吧。

佐和子真诚的话缓解了紧张的气氛，同时也让向南风的心头暖暖的像春天一样。

“好吧，湘西蛊主，我抓紧你的手了，往前走吧！”

向南风说着，抓住了湘西蛊主的手腕，同时，他的另外一只手也紧紧地抓住了佐和子。

“好，都抓紧了，无论发生什么事儿，也不能松手！”佐和子说道。

“对，走吧！”

向南风一声令下，三个人开始一同抬腿，缓慢地往前蹭。此时此地，隧道中的落叶已经没过了佐和子的脖子。所以，脚下究竟藏着什么东西，三个人根本不得而知。湘西蛊主一步步地往前挪步，并且探着身子，用另一只手向前摸，摸索落叶池中可能存在的任何未知的东西。

道路的前方，也就是怪藤树墙挡住去路的尽头，怪藤绕在一起所组成的墙壁越来越清楚。向南风甚至已经能够从湘西蛊主肩膀上的空当里，看到树藤上螺旋状上升的天然纹理。

然而，就在此时，向南风忽然感觉自己的眼前豁然开朗。原来仅仅能通过湘西蛊主肩膀上空当看到的那片树墙面积骤然加大。就在这一瞬间，湘西蛊主露在落叶池外的肩膀，脑袋忽然消失得无影无踪，只剩下了一顶戴在他头上的帽子孤零零地飘在落叶池的表面。

这一切的一切都发生在瞬息之间。向南风心中一惊：

坏了，出事了！

正在此时，向南风抓住湘西蛊主的右手忽然感觉到了一个巨大的牵引力。一股加强的力正以很快的加速度不断增强，试图把他的整个胳膊，整个身体都拖入前方那深藏于落叶池中的未知深渊。

“抓紧！”

向南风的这个“抓紧”的“紧”字还没有喊出来，他已经在那巨大的牵引力的作用下身体前倾，趴着摔倒，迎面扎进了落叶池中。向南风耳朵里只听到了身后的佐和子发出了一声“啊”的尖叫，跟着，他的头已经没入了落叶池，耳朵里都是令人心惊肉跳的沙沙声。这声音是他的身体在飞速下落的过程中与落叶摩擦产生的声音。它尖锐得就像是此起彼伏的刺耳尖叫，伴随着向南风身体的继续下落不断钻进他的耳朵。

不行，湘西蛊主肯定是掉下去了，前面是个洞穴啊！

就在这刹那间，向南风迅速意识到了自己与生死弟兄所面临的危险处境。他不能坐以待毙，因为一旦他真的这样摔倒，自己必将被湘西蛊主拖入陷坑，而佐和子也肯定不会就此松开抓住自己的手，就像自己无论如何也不会松开抓住湘西蛊主的手一样。

可如果这样，佐和子一个瘦弱的姑娘，无论如何是拉不动两个人的。到时候，用不了一秒钟，他们三个就会齐齐地坠入深渊，就此奔赴永世不得超生的死亡地狱，在尚未抵达苗国世界之前便丧生在这座诡异的坟茔里。

向南风当然不可能就此放弃，任由自己的身体随着湘西蛊主一起坠入陷坑。在飞速的下落过程中，向南风的右手抓着湘西蛊主，左手抓着佐和子，虽然他的双手没法动了，但是他的双脚还是自由的。

由于他已经被巨大的下坠力拖倒，所以他所幸把双腿分开，在空中调整身体的姿势，用整个身体去获得更大范围的接触面，以增加摩擦力。同时，向南风把双脚岔开，用脚尖去勾隧道两边偶尔旁逸斜出的藤条。

“一定要有藤条，一定要有藤条！一定要有藤条！”

向南风的心里默默地祷告着，他祈求上层一定要让自己的双脚挂上某根藤条，哪怕只有一根，他都能获得哪怕一个稳定的支撑点。只要给他一个支撑点，他就拥有奋力一搏的权利。哪怕是最终，他没能把湘西蛊主拽出来，只要他为此努力过，他也将无怨无悔。毕竟谁也不想在没有反抗权利的情况下便在黑暗中死于非命。

“嘣！”

忽然，向南风感觉到自己的右脚脚面上传来的一阵剧痛，紧接着，一声闷响通过落叶传到了他的耳朵里。他的右脚真的挂上了一根怪藤。太好了，这简直就是他梦寐以求的救命稻草啊！

在这一瞬间，向南风迅速地完成了调整身体平衡，增加脚面受力的过程。

他死死扣紧脚踝，把自己的右脚锁紧在怪藤上。然后他一翻身用左脚蹬地，开始用力地往回拽。向南风抓住湘西蛊主的右手已经掉到陷坑下面，他明显能够感觉到自己的胸部其实正卡着陷坑的边缘。而佐和子现在也已经蹲在了落叶池里面，她左手抓着向南风，右手正死死地抓着树墙上另外一根怪藤。向南风甚至能够感受到她瘦弱的胳膊上传来的力量爆发中的颤抖。

“用……用力啊！”

佐和子的声音传来了，这声音是这么模糊不清。毫无疑问，当她张开嘴喊话的时候，那些落叶正在争先恐后地往她的嘴里钻。

“使……使劲儿啊！”

向南风也在落叶中喊着。他当然顾不上那些落叶了。他的心里只有一个念头，把落入陷坑的湘西蛊主从陷坑里完完整整地拉出来。

就在这时，湘西蛊主的左手从陷坑里伸了出来，他也在奋力地向上爬。他一把抱住了向南风的脖子。向南风用尽全力，他的身体爆发出了巨大的能量，紧随其后，落叶池中的落叶发出了一声整齐的鸣响。湘西蛊主抓住了陷坑的边沿，他双手用力，在向南风的拖拽下，终于爬了上来。

三个人从落叶池中站了起来，呼吸着新鲜的空气，看着已经完整的彼此，两世为人，竟然哈哈大笑。第一个笑出来的是湘西蛊主，他这一笑竟然笑了半分钟。直到气喘吁吁地靠在了墙上。

“师……师兄，你没事吧？”

佐和子靠在他对面的墙上，喘着气说道。

“哎哟，哎哟，惨了惨透了。”

湘西蛊主不再发笑了，可笑容却还僵硬地挂在脸上。

“可多亏了南风哥啊，我还以为咱们都得掉下去呢，你的劲儿可真够大的！”

“还行吧，这地上全是落叶，实在太滑了。万幸我用脚别住了一根怪藤，否则真是不敢想象啊！”

“得了，谢了兄弟，没你我今天就报销了。明天，明天早晨我请你吃饭！”

湘西蛊主拍了拍向南风的肩膀，笑着许诺用一顿早饭报答救命之恩。向南风倒也不客气。他立马答应了下来，并且表示明天要继续吃今早的那家快餐店，只不过套餐必须要点双份，点双份才配得上这救命之恩。两人开怀大笑之后，一场惊险的阴云才就此散去。三个人靠在墙壁休息了一会儿，向南风才又问道：

“湘西蛊主，你是怎么回事？怎么突然就掉下去了？”

“是啊，师兄，你走那么慢怎么会两只脚都滑下去了？”佐和子也附和道。

“前面那陷坑好像真是够可怕的，主要是太滑了，底下可能都是苔藓。你看……”湘西蛊主说着，低头看了看自己的胸前，果然，他的胸前黏着的都是黑绿的青苔。

“哎，南风哥，说真的，你是怎么想到前面可能有陷坑的？”

佐和子终于不再“呼呼”地喘气了，她想起了刚才向南风与自己换位置的情景，如果不是提早换了位置，做好了充分的准备，恐怕现在他们早就葬身陷坑了。

“是啊，南风，你是怎么想到的？”湘西蛊主也附和着问道。

“这个……其实我刚才没想到下面有洞。我就是觉着我们走了这么半天，这墓道却被堵上了。这不可能吧？前面的那堵墙既然堵在那里，肯定得有它存在的意思。谁知道下面会有洞呢，呵呵，我又不是神仙。”这个问题，向南风回答得前言不搭后语，他只是尴尬地笑了笑，然后说道：“刚才的事情我们别说了，都过去了。现在最重要的是，我觉着你们都说那是陷坑，我不觉着，下面那个应该是通道吧？”

“通道？”

佐和子有些不解，她满脸惊讶地看着向南风。可湘西蛊主却点了点头。

“对，南风说得对，那应该就是一个通道，是这条路的延伸。只不过它现在改道了。刚才我掉下去，几乎是彻底掉下去了，我想我的身高，加上我和南风的胳膊，起码得有两米了，但这样也还没有见底。恐怕这个通道垂直下去的距离很长。我们得想个办法才能顺利通过。”

“简单，我早就准备好了。”

向南风说着，摘掉了自己的背包，拉开了双肩背下兜的拉链。

“哎，绳子？你还带绳子了？”

“那是必然的，不带绳子的那是考古学家，你见哪个盗墓贼盗墓能不带绳子啊！”

向南风说着，走到了一侧树墙的旁边。他看到这块树墙上，有一个藤刚好缠得不算太紧，它与树墙之间露出了一条缝隙。于是，向南风找到了绳子的绳头，他捏着绳头准备将绳头穿过怪藤的缝隙，然后打好结，抓着绳子空降下去。

可是，就在他捏着绳头准备把绳头穿过怪藤的时候，当他的头灯在很近的距离照亮那个怪藤的时候，向南风忽然停了下来。他直愣愣地站在了那里，整个身子一下趴在了树墙上。

“南风，南风！你怎么了南风？”

“南风哥，怎么了？”湘西蛊主和佐和子都紧张地凑了过来。

“轻点！”向南风大喊了一声，他指着那根怪藤的缝隙说道，“你们看，这缝里夹着的，是谁的头发！”

真正的陷阱，只要掉下去，

便不再能爬上来。

竖井中的惊喜（六）

湘西蛊主在二号洞一个迎面挡住去路的树墙前一步蹬空，坠入径直向下的竖井当中，险些性命不保，幸得向南风和佐和子舍身相救才没有跌落井底。

向南风断定，湘西蛊主跌落的竖井绝非一个普通的杀人陷坑，它既是夺命的天然利器，但同时也应该是通往下层秘密空间的通途。于是，三人商量后，决定继续前行，下到竖井底部一探究竟。可是，竖井被落叶掩埋，究竟有多深，不得而知，下面是什么，更是无人知晓。

因此，想要下去，唯一的办法就是将绳索捆在竖井外的怪藤上，然后抓着绳索，空降下去。然而，就在向南风从背包中取出绳索，找出绳头，想要将绳头穿过一根怪藤与树墙之间的缝隙时，却意外地发现了一根落在怪藤和树墙缝隙中的头发。

向南风有些难以置信，由于隧道里没有任何自然光源，他们三人头上的三盏头灯是仅有的光源。向南风一下怔住了，他身体的所有行动都在这一刻停止了下来，因为身体的晃动势必带动他头上的头灯与头灯中射出的光线一同移动，他害怕这会让他在黑暗中迷失，更害怕身体移动所吹起的风把那根头发弄丢了。因为这个向南风亲眼看着这根头发在自己穿绳头时所带起来的风的作用下，正在不断地震动。

而且关键是，它挂在那怪藤上的部分已经很短了，最多只有一厘米左右。只要再有轻微的风吹过，它就一定会被吹掉，进而调入怪藤与树墙之间深不见底的缝隙当中。那样，他们就再也休想找到这根头发了。

可是，正在向南风发愁自己该如何把这根头发从这狭小的缝隙里取出来的时候，他肢体的瞬间凝固令刚刚脱离险境的湘西蛊主和佐和子备感不安，他们两人不明就里，猛地凑了过来。

“别动，别动！”向南风几乎是闭着嘴，竭力控制着口鼻中呼吸的气流，厉声说道，“别过来！”

“怎么了！”

湘西蛊主刚刚放松的神经又提了起来，他嘣地站在原地，一步都没有往前挪。

“湘西蛊主，你就待在那里，什么都不要动，千万别过来！佐和子，你！”

“啊，南风哥？”

佐和子听到向南风在叫自己，也神经紧张地答应道。

“佐和子，现在，你原地站好，关掉你头上的头灯。”

“啊？”

佐和子还傻傻地不知道发生了什么。向南风生气地说道。

“你傻啊！让你关灯。”

“哦！”

这是向南风第一次对佐和子发火，佐和子被吓了一跳，赶快关掉了自己的头灯。瞬间，漆黑的隧道里少了一道明亮的光束。那黑暗世界仿佛癫狂地欢笑着，霸占了一块新的领地。

“佐和子，你现在听我说，你把双手从落叶里伸出来，不要弄出风，慢一点。对，慢一点。”向南风仔细地听着身后的响声，那些落叶沙沙的摩擦声停止了，想必佐和子已经高举双手把双手放在了空中，于是，向南风继续说，“佐和子，你把手套摘了，慢慢走过来，千万不要弄出风。”

“南风哥，我来了，怎么了？”

“说话要小声点，重要的是不要吹出气来，最好闭着嘴巴说话。”

“呜……怎么了。”

“你看，看到了吗，我这头灯照着的最中间，那个缝隙里，有根头发，看见了吗？”

“嗯嗯。”

佐和子压抑着心中的激动，以极其微弱的声音闭着嘴巴回答着向南风的话。

“我给你照着亮，你现在把它捏出来，一定要小心，千万别掉下去。”

“嗯！”

佐和子答应着，小心翼翼地伸出了手。她的手不大，关键是手指又长又细，向南风给她照着亮。果然，佐和子不负所托，稳稳地捏住了头发丝的尾端，一根长长的头发从那怪藤的缝儿里被拽了出来。

“出来了出来了！湘西蛊主，快过来！看看我们发现了什么！”

向南风干脆扔下了绳头，用手攥着自己的头灯，照亮了佐和子手中的那根头发丝。

“发现什么了？发现什么了？”湘西蛊主离着有点远，加上头发丝毕竟太细，他直到凑近了才发现，居然佐和子的手里捏着一根大约十五厘米长的头发丝，“我的天啊，这，这头发是哪儿发现的！”湘西蛊主惊呼道。

“南风哥刚才在怪藤的缝儿里发现的！这，这是谁的头发？这肯定不是我的头发，我是短发，头发没有这么长！”

“难道是……难道是那个在不久之前造访此处，换走了雍家人尸体的白苗祭司吗？”湘西蛊主说道，“对，肯定是她！白苗祭司都是女人啊！”

“肯定是不久之前留下的吗？会不会是以前的？”

向南风虽然和湘西蛊主的看法一致，但是他还是警惕地问道。

“以前？你是说明朝的吗？大明天启年间的？不，不，这不可能。390年，头发早就化了，这里根本就不具备保存发丝的条件。再者你看这发丝……”

湘西蛊主也凑了过来，他把自己的手伸了出来，用手套垫在头发下面，再加两盏头灯的照射，头发丝显得更加清晰了。

“你看，这根头发很新鲜，它肯定是刚刚落下没多久的！”

向南风点了点头。

显然，这是一个令人振奋的证据。

它进一步证实了在不久之前，确实有一个长发的女人来到过这雍家坟当中，而且，它很可能属于那位换走雍家人尸体的白苗祭司。不过，这根头发和它背后的谜题显然不是他们站在此处就能轻易解开的，这算是一个良好的开局。他们今晚的行动其实还刚刚开始。另外，这根头发的出现，更加印证了向南风的猜测，这个湘西蛊主差一点就跌入的竖井很可能是通往雍家坟的下层空间，而下层位置的空间中，或许就藏着更多的古墓等着被他们挖开。

于是，向南风示意佐和子把这个重要的物证收藏在稳妥的地方。然后，他又从落叶中抓起了刚刚扔掉的绳头，把绳子紧紧地捆在了牢不可破的怪藤上。

不过，下降过程中的这些落叶确实是个不小的障碍。好在他们准备得十分充分，佐和子给向南风戴上了活性炭的口罩，这个口罩既可以保证他在空降过程中不至于受到落叶的感染，从而实现自由的呼吸，而且还能起到一点点阻隔古墓中有害气体的作用。

另外，由于他们三个人的视力都很好，平时都不戴眼镜，所以昨天在落叶池中行走时，向南风发现一旦落叶高于自身的身高，人完全在落叶里时，为了避免叶片划伤眼球，他们要么必须闭着眼睛，要么就得腾出一只手捂着眼睛，只留一条能漏光的缝。所以，吸取昨天的经验，向南风和佐和子在从机场返回酒店的路上，途经五金店时，向南风就特意购置了三副护目镜。

这些护目镜都是技术工人在切割钢材或木头时佩戴的，它们除了留有必要的通风口外，可以将眼睛360度完整地防护起来，而是还可能抗击微粒的高速冲击。显然，如果戴上这种护目镜再扎进落叶池中，那些锋利的落叶就再也无法奈何这些重装保护下的闯入者了。

“怎么样？准备好了吗，南风？”

湘西蛊主拍着向南风的肩膀，本来，湘西蛊主还想打头阵，可向南风却执意要自己亲身犯险。

他想虽然湘西蛊主懂得驾驭巫蛊术，但自己也不能总是站在最后做缩头乌龟。于是，向南风笑了笑，特意活动了一下自己的脖子和拳头，就像拳击手即将等待开始肉搏前一样。

“放心吧！你们在上面看着，如果我下面有事，我一喊，你们就拉我上来。”

“没问题，南风哥，你一定得注意安全。如果有任何问题，一定先喊我们，先上来再解决。安全第一。”

“嗯，放心吧。如果我顺利到达这竖井的底下，找到了新的墓道，我就用力拽三下绳子。然后佐和子先下来，湘西蛊主你最后。要是下面什么都没有，确实是一条死路或者陷坑，我摇绳子，你们就把我拽上来。”

“好，放心吧，南风。”

“那么，但愿我们一会儿底下见！”

向南风说完，紧紧地握了握手套，然后双手抓住绳子，面朝着湘西蛊主和佐和子，一边微笑，一边向后退。很快，当他退到了那个洞口时，他感觉到了脚下摩擦力明显地减小了。

显然，这便是刚刚湘西蛊主跌倒的地方，这里布满了苔藓。向南风做好了充分的准备，他还没有等到自己的脚开始打滑，就立刻主动往后一跳，弹了起来，等他的脚再一次受力时，他已经踢到了竖井的内壁上。这时，头顶上湘西蛊主用强光手电向下照射的光已经彻底被落叶挡住了。

向南风一边大口地呼吸，一边用双手紧紧地攥着绳子，控制着身体的节奏，缓慢地向下滑行。

这条竖井的宽度与水平墓道的宽度差不多，基本上刚好能够允许他拽着绳子，再把两只脚踩在竖井的侧壁上跳着向下滑行。竖井的内壁当然依旧是由怪藤盘旋组成的树墙。离开洞口不太远，向南风踩着内壁的脚就明显感觉内壁的摩擦力开始增大了。

很明显，这是因为这里的内壁已经变得干燥，刚才在洞口处生长的那些苔藓无法覆盖到这个区域，所以向南风的鞋底开始直接踩在怪藤构成的树墙上。当然，它们之间还或多或少要隔着一些落叶。这些落叶实在是太奇怪了，它们究竟是从哪里长出来的，向南风到现在都没有想出来。这真是一件不可思议的事情，这些怪藤也好、树干也罢，根本就没有能够生长叶片的枝杈。而且这些落叶都是一片衰败之相，它们不知道在这雍家坟里躺了多少年，它们一点都不腐败，却又不知道是何时生长出来的。

头灯刺眼的白光照亮了向南风面前一小撮落叶的叶片，大片大片的枯叶都落在了这里，填满了整个竖井。

事实上，向南风不断地向下滑行，可在这滑行的过程中，除了落叶，他什么也看不到。他不知道这条竖井有多长。可是，一个非常明显的念头在他的心中油然而生。这竖井俨然就是上个月他不慎跌入的那个竖井。那条守南山中的竖井沟通着南山馆和妙瑶塔的地宫，而这条竖井又沟通着两个怎样的世界呢？

虽然向南风此刻还没有真正解开这雍家坟中的秘密，还不知道390年前，那些死在这里的雍家族人身上究竟发生了怎样恐怖的悲剧，但是，向南风可以断定，这雍家坟与妙瑶塔之间定然存在着某种紧密的关联。而就像他看到的那些雍家人的墓碑和妙瑶塔浮屠上的石碑刻字一样，雍家坟与妙瑶塔的修建者一定是同一个人。

这个人究竟在守护一个怎样的秘密？

而那个在不久前才闯入这里的白苗祭司，那根长头发的主人，她会不会就是那个当年修建雍家坟和妙瑶塔的人呢？

否则，她为何如此了解这里的情况。而如果她并非这个秘密的守护者，难道，她是特意赶到390年后的未来世界，也和自己一样在千方百计地解开这个秘密吗？

可是，她究竟是谁呢？

“南风，南风！到底了吗？”

这时，向南风听到湘西蛊主的声音和一阵阵的回音从自己的头上传来。由于眼前缺少足够的参照物，向南风不知道自己在这条竖井里向下滑行了多久。想必他肯定是出发了许久，否则湘西蛊主不会这样大声地呼唤自己。向南风从他的声音中和竖井的回音中，能感受到他们之间的距离已经很远了。

“湘西蛊主！喂，我还没有到底。你别着急！”

“啊？你小心一点，如果不行，立刻喊我，我们拉你上去！”

“好！放心吧，没问题！”

湘西蛊主的声音夹杂着回音震动着向南风头顶上的落叶，这让他感觉自己的整个身体仿佛都在跟随他的声音一起轻微地共振。这令湘西蛊主的声音听起来显得格外恍惚。

向南风的心里有些发慌了，刚才下落过程中的思考让他短暂地战胜了独处于黑暗古墓中对恐怖的畏惧，可是，当他意识到自己居然已经下降了这么远却还没有踩到底的时候，他心中的恐惧又瞬间围了上来。然而，就在这一刻，湘西蛊主的话音刚落，向南风下滑中的脚好像忽然擦到一个什么东西。

是个平面！

是个平面！

难道是落地了？

向南风下意识地往上提了一下自己的身子，然后把身体垂直，用脚去踩了踩正下方的空间。果然，砰的一声。他的脚踩在了一个平面上。然而，就在向南风松开了手中的绳子，试图踩实脚下的一刹那，只听到“咔吧”一声，他脚下的平面竟然断裂开来，向南风心中一沉：

这下可完了！

断开了，断开了！

竖井中的惊喜（七）

向南风一行三人第二次夜探雍家坟，却在二号洞口的中间被一道树墙拦住了去路。树墙下方，有一个狭窄的深洞通往诡异的未知世界。为了发现更多的雍家族人，探寻雍家坟中藏着的秘密，三个人决定深入这个竖井洞穴中一探究竟，看看竖井里是否藏着通往雍家坟下层空间的通道。

于是，向南风自告奋勇，他把绳子拴在了洞口外的怪藤上，然后抓住绳子再一头扎进堆满了落叶的竖井深洞当中。

不知道过了多长时间，向南风感觉自己的脚踩到了正下方的一个平面上。他试着用一只脚提了提，发现那确实是一个还算光滑的平面。于是，他壮着胆子把两只脚都踩了上去，然后松开了手中的绳子。

然而，就在他双脚踩实的一刹那，只听脚下传来了“咔吧”一声巨响，向南风感觉他脚下的那个平面竟然从中间断裂开来，他赶忙挥舞双手想去抓住空中的绳子。可那根绳子因为落叶的阻隔根本无法用眼睛判断它所处的位置。向南风挥了两次手却没有抓住绳子，他一步蹬空，感觉从那裂开的平面里掉了下去。

“哎哟，哎哟……”

向南风还没来得及思考，他从断裂的平面掉下来后，没想到立刻就又踩在了地上。事实上，那个断裂的平面距离地面非常非常短，可是，由于没做任何准备，向南风脚下一滑，一个没留神，直接摔倒在了地上。

“哎哟，这是什么地方啊，怎么还软软硬硬的。哎哟……”

向南风一边呻吟，一边庆幸地长出了一口气，总算是还活着啊。能趴在地面上的感觉，真是好。

可是，自己掉在了什么地方呢，刚刚那个被踩碎的平面也不知道是什么东西。而现在，他身子底下压着的也不知道是个什么，向南风用手一摸，软软硬硬的，也没摸出个所以然。反正好在胳膊和腿，哪儿哪儿都没坏，自己还好好的。

哎，向南风长出了一口气，心想，总不能一直趴着不动啊，于是，向南风咽了咽口水，把侧靠着地的脸正了过来，准备用手撑着地站起来。可是，就在他转头的这个瞬间，他不由地惊叫一声，险些没吓得昏死过去。

“啊！！！……”

向南风真真是张开了嘴，大喊了一声。他撑着地的双手剧烈地抖动，险些没有吓得重新瘫倒在地。那一瞬间，向南风被眼前的景象差不多要吓破了胆，他紧闭上双眼，可刚闭上，又吓得睁开了，他不敢闭眼了，因为一闭上眼，刚才眼前的一切可就又自己跳了出来。向南风这二十多年来分泌并积攒下来的肾上腺素在这一瞬间都爆发了出来，他腾地一下跳到了空中，然后后背紧紧地贴着树墙，全身不由地抖动。

“啊……啊……太……太……太吓人了！”

原来，向南风刚才踩到的那个平面不是别的，正是一口古棺的棺材板。他误以为那正是他梦寐以求想抵达的地方，可没想到的是，这古棺在坟地里放置的时间太长了，木质早已疏松，根本禁不住向南风的重力了。所以当他双脚踩在上面的时候，那棺材板在外力的作用下瞬间被踩断成了两半。

向南风径直坠落，一个没站稳直接滑倒在了棺材里。

棺材里盛殓不是别的什么，正是与前日被开启的11口棺木中一般不二的狼犬厉鬼的尸身。这尸身因为被白苗祭司的法术封禁，所以尸体新鲜，犹如活着一般。向南风压着的那软软的，又硬硬的，软中带硬的东西，正是这具尸体，而他不仅身体压在了尸身上，他的脸甚至就贴在了那狼犬厉鬼狰狞面目的鬃毛上。那灰黑相间的鬃毛像钢针一样刺着向南风脸蛋儿上的皮肤，当向南风从那狼犬厉鬼的尸身上蹦起来紧贴着树墙战栗的时候，他甚至还能感受到仅仅一秒钟之前，那些鬃毛像针灸一样扎着自己的表情肌，以至于现在，他的表情肌还在嗒嗒地上下跳动，好像痉挛一般。

天啊，这简直是世界上最恐怖的噩梦瞬间。向南风呼呼地喘着粗气，他的双手不由自主地紧紧地扣着背后树墙上的怪藤。他心里咒骂道：

“妈的，这他妈该死的白苗祭司，缺了大德了把棺材刨出来摆在这里，可吓死老子了！”

“南风，南风？怎么了？发生什么事儿了？”不早不晚，向南风的心神刚刚安定下来，头顶上，湘西蛊主的喊声就传了过来。

“真是够呛，这会儿喊我还有什么用，要真是有事，这会儿顶多也就是把尸体给我拽上去了。呵呵。”

向南风吓得不轻，他看心里埋怨着，好像看谁都不顺眼了。其实，自从昨天晚上一下挖出了11具狼犬厉鬼的尸体，他现在再看见这个家伙，已经不再那么害怕了。可是，本以为它已经吓不到自己了，今天却还是被它吓了一跳。呵呵，总也不能便宜了它。

向南风想到这儿，大声向上喊：

“等一下啊，你们俩等等再下来，我又发现了一具狼犬厉鬼的尸体，它现在已经开始冒烟了，等会儿尸烟冒完了，你们俩再下来啊！”

“嗯，好，我们等着，那你，小心点啊！”

向南风的头灯照在了这具面目可憎的尸体上。光线所及，尸烟腾空。尸体的表面开始沸腾，那些皮毛，那些肌肉，被白苗法术封禁的尸身化作了一团冉冉升起的尸烟飞了起来，然后变成了无数的小流，钻进了头顶上那些落叶的缝隙里，那些小流由淡变浓，又从浓变淡。最终，消失得无影无踪。向南风眼看着那些腾腾得尸烟飘没了，消失了，想着佐和子看到这些腾空的尸烟就该下来了。于是，向南风低下头，盯着脚下棺材里那些碎骨烂渣子。

“去你的吧。”

他一边咒骂，一边把棺材里的碎骨踢成了一堆儿，然后狠狠地跺了三脚。跺完了，他的气总算是消了，向南风抬起头，朝上面喊道：

“佐和子，佐和子，该你了！下来吧！”

喊完了，向南风一屁股坐在了棺材沿儿上。从包里翻出了湿纸巾，他一边玩命地擦脸，一边等着佐和子下来。

居然跟那狼犬厉鬼的尸体来了个脸对脸的“亲密接触”，真是晦气死了。向南风心里抱怨着，仿佛过了没一会儿，他就听见头顶上落叶的震动声越来越大了，而且，还不时有落叶掉到他的头上。

“南风哥，我下来了，还有多远啊？”

刚刚向南风自己下来，感觉好像过了有半辈子那么长，可真轮到自己在下面等人时，却发现佐和子下来的速度比自己快多了。如此说来，这条垂直的竖井也并没有自己想象中的那么高。这倒是好事，否则等一会儿顶着落叶往上爬，若是落差太大，恐怕就没那么容易了。

“南风哥，你听见了吗？”

“啊，啊，听见了，没多远了，你慢点下！”

向南风朝头顶上喊，这一次，真的感觉喊完话也就几秒钟的工夫，头上的落叶就开始大片大片的下落，紧跟着，佐和子的脚和小腿，隐约从树叶的缝隙里露了出来。向南风原本坐在棺材的边沿上，他看见佐和子已经降落，立马跳了下来，往前一步，抱住了她的腿。

“佐和子，松手！”

“南风哥，太棒了，又见到你了！”

“可不是，刚才差点把我吓得心脏衰竭了。”向南风把佐和子放了下来，用手一指脚底下那些被踩成小块的骨头碎渣，“嘿，我刚才下来的时候滑倒了，正好趴着狼犬厉鬼的身上，来了个脸对脸，呵呵，吓死我了。”

“哈哈。那多好，没准人家还是一只姑娘呢！”

“一只……你这汉语学得，真不错。”

两人相视一笑，他们一边喊湘西蛊主也赶快下来，一边开始忙着记录这里的位置，标记这第12口棺材的详细信息。向南风从双肩包里拿出卫星定位仪，定位了这口棺材的经纬坐标和海拔位置。然后两人从棺材里跳出去，私下寻找标记这口棺材原主人身份的墓碑和墓志。

果然，在离棺材不到半米远的地方，向南风发现自己的脚好像踩到了一个平坦的硬物。他和佐和子蹲下一看，脚下正是一块嵌入在土中的墓碑。佐和子从自己的背包里拿出了一把小行军铲，开始挖掘这块墓碑周围的土，没几下，墓碑一侧的土被清理出了一条能有手掌那么宽的土沟，向南风把手伸了进去，扣住墓碑的下沿，猛地一用力，石碑被从土里翻了出来，啪的一声被向南风从背面向下翻扣在了旁边的地上。与此同时，竖井中的落叶再一次发出沙沙的响声，跟着，一大团落叶从上面流了下来，湘西蛊主也跳到了棺材里。

“哎呀，吓我一跳，这怎么直接掉棺材里了。”湘西蛊主从天而降，他一落地，正好踩在了那些尸骸的碎渣上。

“师兄，你知足吧，南风哥下来的时候，直接趴在狼犬厉鬼的身上了呢！”

“哈哈，那他可是够悲催的。”

湘西蛊主跟佐和子轻松地说笑，三个人成功地在地下世界重聚，瞬间，恐怖的雍家坟中重新燃起了自信的火种。

湘西蛊主抬起头，审视他们空降下来的这个竖井。这竖井里面布满了落叶，可竖井的下方井口，到棺材这块，落叶却互相卡在了一起，所以，真正掉到地上的落叶反倒不多。而再向这个平行的地下空间望去，这条新的墓道中，落叶越来越少。

可以看出，有限的这些落叶都是通过竖井从上面掉下来的。而且，长在墓道两侧的这些组成树墙的怪藤，也和之前上层空间中的怪藤相貌截然不同。首先，这里的怪藤与怪藤之间不似上面那样盘旋交叉，它们之间很少有交织的时候，而是一根一根直立着，直到长到头顶上挺高的位置上才从两边交叉在一起，并且基本还都是左右两侧的怪藤两两相交，非常整齐地搭上。这样子就像是传统建筑的屋檐。两侧的怪藤平直地生长而后在墓道正上方的中央相交，相交的地方汇成一条直线，一直向远处延伸，直到消失在头灯的光线与肉眼视线的尽头。

除了怪藤的性状截然不同，怪藤的相貌也不太一样。湘西蛊主趴在斜着的树墙上仔细看，他发现这里的怪藤，每一根的直径都比上面的短了不少，看起来像是小了两圈的样子。而且，怪藤的表面，那些盘旋向上的木纹肌理远比上面更加细密、充盈，在螺旋纹的中间，还分布着一些极其细小的孔隙。而每一个孔隙中，好像还能依稀可见一些或多或少的金黄色绒毛，看起来那质感就像人体的汗毛。而整体形成的样子，又有点像木材当中的檀木类。所有的檀木都会自然生成一些棕眼，这些棕眼被人们形象地称为牛毛纹或者蟹爪纹，就是说，它们如同牛身上的毛和螃蟹在沙地上行走后，爪子留在沙地上的爬行印记一样的纹理。而这里的怪藤上，就分布着类似檀木的棕眼。

湘西蛊主伸出手，去触摸那些棕眼里长出来的金黄色的绒毛。不过，如果真的摸上去，就会发现那些绒毛般柔软的视觉效果其实是典型的假象，它们更像是弯曲了的仙人掌的尖刺，锐利而且格外坚硬。

正在此时，就在湘西蛊主独自一人观察树墙上截然不同的怪藤时，向南风和佐和子已经将刚刚向南风翻过来的那块墓碑清理完毕了。

“嘿，湘西蛊主，你不过来看看吗？”向南风一边招呼湘西蛊主，一边读着墓碑上的碑文，“雍不，天启六年八月初四。”

“什么啊，什么啊，南风哥！这是‘不’字吗？这‘不’底下不是还有一横呢吗？”

“啊？哪儿呢？”

“这不就在这儿吗？”

“哦……哦哦，呵呵呵，真是的，确实有一横，雍丕，雍丕啊，曹丕的丕。”

向南风颇为尴尬，居然被一个日本人发现自己读多了一个汉字，他满脸堆笑地解释道，“丕，对，还是佐和子眼睛尖啊！不过佐和子，你知道吗？这个丕字在中国古代，那是个通假字，通假字你知道吗？这是中国古代书写时一种特殊的用字现象，就是‘通用、借代’的意思，也就是说，古人经常会用读音相同或者相近的字代替原来的那个字。”

“我知道啊，通假字，不就是写错了吗？哈哈。”

“哎，你可不能这么说啊！”向南风一副好为人师的样子，赶快想给自己找回点儿面子，然后说道，“你就好比这个丕字吧，这个字就很特殊，你知道它是哪个字的通假字吗？”

“嗯嗯……我不知道。”

佐和子摇着头，一副无知的样子吐了吐舌头。

向南风颇为得意，满意地讲道：“大啊！丕在古代通大，大小的大啊！所以你看，这墓碑上的名字，雍丕，那就是雍大啊，这说明墓碑里躺着的这位应该是雍家的老大！我看一定是一位身份特殊的人物，我们应该仔细检查检查它的棺材才对！”

“哦哦……”

佐和子答应着，便准备跟向南风往棺材这边走，站在棺材旁边看墓碑的湘西蛊主实在听不下去了，他拦住了佐和子，对向南风说道：

“哎，我说向南风啊，你可真好意思，你这儿教佐和子什么乱七八糟的呢？什么就雍丕就是雍家老大啊！通假字有这么个通法吗？啊？那一家兄弟姐妹排大小，老大伯，老二仲，老三叔，老四季，排序那也得是伯仲叔季这个排法，普天之下哪有用通假字排序的，你真当古人都是文盲吗？”

“还有你啊！”湘西蛊主一指佐和子，“你这孩子真是够蠢的，人家说什么你就信什么，还看棺材，看什么棺材啊！快看看你们俩背后吧！”

“啊？背后？”

向南风一回头，这墓道迤逦向前，不断延伸，就在他二人头灯所能照到的光线的尽头，视线的尽头，一座坟茔已经被扒开，一口黢黑的棺木闯进了他们的视线。

上升和下降，就像来路和去路，

重要的从来也不是方向。

竖井中的惊喜（八）

向南风、湘西蛊主和藤原佐和子，三人再入雍家坟，在雍家坟的二号洞通过绳索空降的方式闯进了雍家坟的诡异的地下空间，看到这里与众不同的怪藤构成。向南风和佐和子在这里率先发现了雍家族人雍丕的棺木和墓碑，然而，这里的情况与前面一号洞中11个墓葬一般不二，墓碑被人放倒，棺木被人挖出，而且最为重要的是，棺木中本应存放的雍家族人的尸体同样被人换成了数百年前，被白苗法术杀死的狼犬厉鬼的尸身。

这些古尸究竟是谁，用它们换走雍家族人尸体的人究竟是不是向南风在怪藤缝隙里发现的，那根头发的主人？

正在向南风好为人师，给佐和子不懂装懂地编故事时，湘西蛊主却发现了墓道尽头的另一口棺材。

三人朝墓道深处走了大约十多米便来到这座坟前，佐和子在坟前找到了青石雕刻的墓碑，清理墓碑后，发现墓碑上的碑文写的是：

“雍竟规，天启六年八月初四。”

与此同时，向南风和湘西蛊主则奋力掀开了棺材盖，丝毫不出预料之外，又一个被白苗法术杀死的狼犬厉鬼，它的尸体在棺材中正以狰狞的笑容等待着向南风他们头顶发出的现代之光将它化成一团黑色的尸烟。

在接下来的2个小时内，在这条墓道里，他们三个人竟然一连打开了21口棺材。这21口棺材无一不是被白苗法术从土里刨出，而且棺材中盛殓的雍家人的尸体也都不翼而飞，有的只是同被白苗法术杀死的狼犬厉鬼的尸身。向南风和湘西蛊主一一开棺，将这些狼犬厉鬼化为尸烟，送它们最后一程。然后，向南风又会转身帮佐和子记录发现棺材，即棺材埋葬的具体位置，并且将位置与原本的墓主人一一对应。

等他们解决掉第21具狼犬厉鬼的尸体，并且标记好方位后，佐和子抬起头说道：

“我们又绕了一个圈。”

“你是说，我们又绕回去了？”

“我猜想应该是这样的。我脑子里记着这21口棺材的坐标呢，正好是绕了一个圈。”

“呵呵，原来看起来都是直线，可最终还是绕回来了！看来南风说得很对啊……”湘西蛊主一边走，一边拍着向南风的肩膀说道，“这修建妙瑶塔地宫的和修建雍家坟的确实是同一人。”

“没错，这一圈一圈的转坟，还有南山馆所在的那个天坑，都是利用周围的自然事物，蒙蔽人的眼睛，遮挡参照物，使人视觉失灵，从而产生‘鬼打墙’的错觉。天坑里是浓雾，这里是落叶。都一样。而且你看刚才我们滑下来的那个竖井，这构造跟南山馆通往妙瑶塔地宫那竖井也很像啊。”

“对啊，南风哥，还有落叶和南山馆里的淤泥，也是一样的效果。”

三个人边说边走，忽然发现前面的路又被落叶封死了。湘西蛊主走在最前面，他手刨脚蹬地忙活了一阵儿，把落叶扒拉开后，便发现了落叶后面藏着的一口断裂的棺材。

棺材中的尸骸早已被人踩得粉碎，当然，做下这桩好事的人正是向南风。这口棺材的原主人正是雍丕。正如佐和子预料的那样，这条通道最终还是绕回了雍丕的墓前。湘西蛊主一把抓住了垂在面前的绳子。

“嘿，看起来，我们可以从这里再爬回去了！”

“嗯，确定没有其他出入口了吧？”向南风看了看身边的两人，见他们都在摇头，于是又自言自语地说道，“嗯，也是，应该不会有其他出口了。这里和一号洞一样，都有一条隐蔽的出入口，一号洞是在圆环的切线上，这里是在头顶上。不过……”

向南风又看了看已经拽紧绳子的湘西蛊主，说道：

“你可得准备好了，这可是体力活，如果一次爬不上去，半途而废的话，等会儿还得先下来，然后再重新爬。”

“放心。不可能。我先上去，等会儿我上去以后，南风再上，南风上完了，佐和子，你就攥着这绳子别动。我们俩给你拉上去就行了。这么高的竖井，我估计你自己爬的话，够呛！”

“啊？师兄，那这么说要给我一个人留在下面？”

“不然呢？不然你第二个爬？我是怕你爬不上去啊。”

“能不能你爬上去，给我拉上去，然后咱俩一起把南风哥拉上去呀……”佐和子弱弱地说道。

“我刚才想过，这不可能的。上面那么多落叶，你们俩拉我没戏，湘西蛊主一个人拉你，也没戏。我自己能爬，倒不用你们操心，只是就算他先上去，他能给你拉上去，这绳子可怎么再扔下来，这竖井里都是树叶啊。绳子上去了，就下不来了。”

“哦，好吧，那也只能这样了……”

佐和子点了点头，极不情愿地准备着自己等会儿要独自面对黑暗和这么多狼犬厉鬼的尸骸。而这时，湘西蛊主已经抓住了绳子，向南风把双手交叉，十指紧扣，湘西蛊主踩着他的双手往上一蹬，便消失在了头顶竖井的落叶中，只听得落叶沙沙作响，又纷纷掉落，湘西蛊主爬了上去。

向南风看着表，湘西蛊主用了两分钟左右的时间就爬到了竖井上面，他摇了摇绳子，并且大声朝下喊，提醒向南风爬的时候，一定要抓紧绳子，踩住竖井侧面的树墙，并且最重要的是，在保证安全的前提下，必须以最快的速度爬上来，否则拖得时间一长，体力消耗一大，再想爬上去可就难了。

向南风答应着告别佐和子，他费劲全力，用了不到两分钟的时间爬了上去。

湘西蛊主和向南风都爬上去之后，佐和子把绳子拴在了自己的腰上，准备充分以后，便摇绳示意。

向南风和湘西蛊主又连拉带拽地把她从竖井了拽了出来。竖井上面，由于整个墓道中充满了落叶，最深的地方几乎能没过佐和子的眼睛。所以，三个人虽然筋疲力尽，却根本不可能在这里面休息，所以只能咬牙坚持先走出了墓道，最终，他们一直从二号洞走出来，走到雍家坟围墙的墙角下才找了片平整的地方坐了下来。

三个人坐在高大的围墙墙角下休息，佐和子趁机拿出本子，继续把刚才发现的21口棺材的详细位置记录在案。

“今天我们行动的速度真是够快的，比昨天可快多了。咱们还休息吗？要我说，咱直接回酒店睡觉得了。”佐和子把那些棺材记录在案，刚一合上本子，就迫不及待地说道。

“什么？你现在就想回去睡觉，才几点啊？”湘西蛊主把戴着手表的左手腕伸到了佐和子面前，“看见了吗？才两点啊！”

湘西蛊主现在正好精力旺盛，他当然不知道向南风和佐和子昨天白天一天都没怎么睡觉，甚至还跑了上千公里，往返了一趟北京。佐和子一吐舌头：

“师兄，我们不走难道躺在这里睡觉啊？昨天挖了11个，今天21个，多了将近一倍呀！”

“还是不能光看数量啊，还得看质量。毕竟我们什么都没发现。”

“怎么没发现啊，师兄！我捏出来的那根头发不算发现吗？多重要啊！”

“那算什么发现！雍家坟是怎么回事，天启六年八月初四发生了什么事情，雍家人为什么从守南山里逃出来，又为什么死在这里，他们跟妙瑶塔和妙瑶禅庵有什么关系，这些关键的问题，一个都没解开啊！”

“哎……”

湘西蛊主的话说得佐和子一声哀叹，便无话可说了。

“嘿，你们也不要太悲观嘛！”向南风伸了个懒腰说道，“现在我们只进了两个洞，我想这样的洞在这雍家坟里肯定不止两座，怎么样？今天时间还早，你们俩休息得如何了？如果缓过来了，咱们别废话，接着挖啊！我就不信挖不出真相来！”

“我晕，挖真相，向南风？”湘西蛊主问道。

“啊？怎么了湘西蛊主？”

“我才发现，你不是科教频道的记者吧，你是娱乐频道的记者吧？

哈哈哈。”

“你这就纯属胡说了，难道科教频道的记者就不挖真相了吗？”

“我去，科教频道的记者挖得不应该是真理吗！”

“这个……”向南风满脸黑线，“你这家伙真是够可恶的，刚才把你救上来简直就是个天大的错误，你这一晚上，玩命地拆我的台。”

“哈哈哈。”

湘西蛊主和佐和子哈哈大笑，三个人笑着，扶着高墙爬了起来，又一次回到了刚才离开的二号洞的洞口，然后继续顺着之前的路向前走。

诚如向南风所猜想的，继续向前走了大约200米，第三个墓道口出现了。一号洞和二号洞之间的距离是200米，二号洞和三号洞之间的距离也是200米，这惊人相似的距离显示出雍家坟的建造者的建造行为显然是有意为之，这座大坟茔经过了严格、严谨的整体规划。

向南风冥冥之中感觉到，这种规划的背后一定隐藏着建造者的某种诉求，是一种祭祀的礼仪吗？

还是一种用于防卫的阵法？

显然，建造者的这些诉求现在还不得而知。

向南风一行三人，恢复了原来了阵形：湘西蛊主在前，向南风在后，佐和子被二人保护在最中间，三个人依次进入了雍家坟三号洞。

从佐和子绘制的平面图上看，三号洞的入口应该正好位于一号洞入口的正后方，两个洞口的连线正好通过由怪藤巨树构成的雍家坟的正中心。

向南风猜想，这两个对称的墓道口，是否预示着墓道内部结构的对称构成呢？

果然不出他的预料，三号洞和一号洞的内部结构也极其相似。这里也是一条墓道通向一个圆形的环状墓道，通往洞口的短墓道位于环状长墓道的切线上，从而形成能够让人产生“鬼打墙”错觉的转坟。

通过卫星定位和准确的图上作业，向南风发现，环状墓道内的坟茔、墓碑及棺材分布，具有明显的规律性，以每10米到12米为准，平均分布着16座古坟，每一座坟的坟外，都有一块墓碑，墓碑上的碑文清楚地写明了它的原主人，及雍家族人的名字和天启六年八月初四，这个雍家人共同的死亡时间。而躺在棺材里的尸骸，也同之前两个洞中的情况一模一样，原本应该躺在这里的尸骨都已经被白苗祭司化成了数百年前，被白苗法术杀死的狼犬厉鬼的尸身。

而在三号洞中，湘西蛊主还发现了一些特别的端倪。这些狼犬厉鬼的尸体中，有一个尸体上残存了一些古老的粗麻布的残片。显然，这些残片是死者衣服的残片。不过，这些残片究竟属于原来躺在这里的雍家族人，还是属于这些后来被换进来的狼犬厉鬼，就不得而知了。

“南风，你还记不记得你在妙瑶塔地宫最后遭遇的那个活得狼犬厉鬼，它穿衣服了吗？”湘西蛊主捏着那一小片粗麻布的残片问向南风。

“这个……”向南风无可奈何地摇了摇头，“穿了，但它不是这种情况。当时我以为和我说话的人是归璐瑶，因为确实那声音是璐瑶的，可是却穿着一身古代的新娘的红色嫁衣。后来我发现那个有璐瑶声音的人的手居然只有白骨，我吓坏了，当时好像是想喊，没喊出声，我下意识地挣脱开那白骨，跟着，盖在这个鬼新娘头上的红盖头就飞了起来，然后我就看见盖头底下那个狼犬厉鬼了。它是活的我肯定，但是它穿着的应该就是那身红衣服啊。”

“哎，南风哥，既然这样，你是没见过那鬼新娘的脸喽？那你怎么知道它是鬼新娘之后又变成了狼犬厉鬼，而不是原本就是狼犬厉鬼的啊？”

佐和子指着棺材里的枯骨问道。

“因为狼犬厉鬼的嘴是尖的，凸出来这么高，你看这头盖骨不也能看出来吗？可之前跟我说话的那个鬼新娘，她的脸虽然在盖头下，可我能看出来那盖头里肯定是个人脸的形状，不可能是这东西。”

向南风指着棺材里的狼犬尸骸说道。

“哎，好吧。”湘西蛊主摇了摇头，“这么说，我们还是无法判断这片麻布碎片究竟属于谁，其实我只是想知道，这狼犬厉鬼穿不穿衣服。”

“穿不穿衣服？师兄，知道这些有什么意思呢？”

“呵呵，现在谁知道有什么意义。走吧，咱们出去吧。”

湘西蛊主把这片残片用手捏了起来，放进了一个自封袋里带走了。然后，三个人先后走出了三号洞。继续顺时针向前，向着下一个洞口走去……

竖井中的惊喜（九）

向南风一行三人第二次闯入雍家坟，这次，他们一连探了两个洞口，并且在凌晨3点时站在了第4个墓道口的洞前。佐和子的平面图显示，雍家坟的中心地带由怪藤巨树组成，事实上，所有雍家族人的坟茔无一例外都藏在这棵诡异的巨大植物体内。这座植物像是一棵特别的树，只是它的体积比最大的榕树还要大很多很多，而且它冒出地面之外的树冠并不高，而隐藏在地面之下的诡异空间又实在太大。

如果从天上看，如果将覆盖在树冠上的落叶全部清理干净，这巨树应该像是一个庞大的雷达，它惊人的树冠像是雷达的接收器，仿佛一直在接收着来自遥远失落世界的宇宙信号，而那些构成树冠的不可计数的怪藤，就像是一根根传输信号的电线。它们直直地插入地球的深处，把那些信号藏匿到另外一个遥远的未知世界。

在佐和子的平面图上，雍家坟巨树的平面呈现一个巨大的圆形。如果把它想成一个圆环，那么一、二、三号洞之间的距离大约就都是圆环周长的五分之一。而向南风他们现在站立着的四号洞的洞口，刚好就位于下一个五分之一的位置上。无论是顺时针还是逆时针，每向前或者向后走上大约200米，就可以到达下一个洞口。

“看见了吗？一号洞和三号洞的内部结构一样，我打赌啊，二号洞和四号洞的内部结构肯定也一样，信不信？”向南风站在四号洞门口，往左看看湘西蛊主，往南看看佐和子。

“好啊，那就赌今天早饭吧！如果一样我请客，不一样你请客。”湘西蛊主说道。

“哎，湘西蛊主，你别不要脸了啊，赌也得赌明天的，今天早饭两小时前就已经说好，你得请我们两位救命恩人。”

“就是的师兄，你怎么还带赖皮的。”

“哎，反应来挺快，走吧！进去吧！”湘西蛊主说着，率先走了进去，不过他一边走，一边回头说道，“哎，其实我也觉着南风说得有理，这个四号洞肯定和二号洞的结构一样。这一号洞和三号洞，是进去了出不来，鬼打墙，这考验的是脑力。可是刚才那二号洞的竖井，考验的可纯属是体力啊！看来免不了一会儿又是一场硬仗。”

“呸呸呸，你可真是乌鸦嘴！”

四号洞中的结构和二号洞确实有些相似，但一个重要的区别是，这里没有崎岖不平的墓道，而且墓道本身不像二号洞那样不断起伏，而是从洞口开始就一直以一个很大的坡度均匀下降。向南风看着海拔仪中海拔的不断下降，也开始有些惊慌失措了。

这条墓道这么深，是要通往哪里呢？

走了大约200米以后，面前的路彻底被落叶封死了。三个人手拉手侧身向前，忽然走在最前面的湘西蛊主停了下来。

“怎么了？怎么停下来了？”

“前面好像没路了。”湘西蛊主说道，“你听！”

他咣咣咣地用拳头捶击前面的树墙，那组成树墙的怪藤又发出了金属敲击一般的声响。

“右边，右边也没有路啊。”佐和子见状松开了手，她和向南风一左一右开始在落叶池中摸索，“右边也都是树墙了，被封住了。南风哥，左边呢？”

“不行，左边也不行，也是树墙啊。”向南风边说边摇头，“不对啊，这不可能。怎么会没有路呢？”

“我知道了，前后左右都没有路，脚下又没有竖井，莫非……”

湘西蛊主抬起头，可是头顶上只有落叶，他们谁也看不到其他的东西。

“佐和子，上来，过来，扶着湘西蛊主，你骑到我脖子上面，看看路是不是在头顶！按道理说，如果头顶真有路，那树叶不会太厚，应该能看到上面的。”

“嗯，有道理，南风，你站起来的时候慢一点，防备着万一上面没有路，别撞到佐和子的头。”

湘西蛊主细心地祝福着。向南风答应完便蹲了下来，他驮着佐和子摇摇晃晃地站了起来。

“噗”的一声，佐和子的身子从落叶里冲了出去：

“有路有路！”佐和子兴奋地叫着，“不过你们等等啊，我检查一下。”

佐和子说着，骑在向南风的肩膀上打开了随身携带的手电往顶上照。

“怎么样佐和子，能爬上去吗？”

“这个……还是放我下来吧南风哥，上面虽然有路，可这路实在太长了，这个通往上层空间的竖井太高了，我们怕是不可能就这样爬上去。”

“有多高啊？”湘西蛊主问道。

“不知道，这些怪藤都往一个方向长，都是从下往上直来直去的，越往上面走，眼睛的距离感就越弱，我……我实在是判断不出来这竖井有多高啊。”

“佐和子，你可真够笨的！”

向南风见湘西蛊主埋怨佐和子，赶紧打圆场，说道：

“湘西蛊主，你别这么说，就算是你知道竖井有多高，我们也肯定爬不上去的！就这种藤条，基本没什么着力点，慢说你我，就算是专业的攀岩运动员如果毫无外力借助也没可能爬得上去。佐和子，我先放你下来吧。”

“哦……”

佐和子沮丧地答应着，可就在这会儿，湘西蛊主却拦住了她。

“哎，等等，等等啊。佐和子，你先看看这竖井宽度有多宽。”

“宽嘛……大概一米多不到两米，哦不，不到一米五的样子。”

“这么说，跟刚才二号洞那个向下的竖井宽度差不多？”

“是啊，师兄。”

“行吧，那你下来吧。”

湘西蛊主说着，把佐和子从向南风的肩膀上扶了下来。然后他继续说道：

“哎，直接爬是没戏了，如果在绳子上绑上东西，然后扔上去试试呢？行不行？”

“我看没戏，师兄。这竖井是垂直向上的，这么窄，怎么扔啊？再说了，我们既看不到有多高，也不知道扔上去能挂住什么东西，扔是肯定没戏了。”

“可是那上面肯定也有一个环形墓道，墓道旁还有很多墓穴，我们不能视而不见啊。”

“要我看，如果想爬这个竖井，至少凭我们今天的装备是做不到的，我们恐怕得回去做好准备，明天再来了，师兄。”

“佐和子，明天再来就能行吗？”

“那你说怎么办？”

“喂！你们俩别吵了。”

向南风发现湘西蛊主和佐和子虽然不是亲兄妹，但可能真是在一起的时间太长了，总是吵啊吵的，而且互相一点儿面子都不留，特别是湘西蛊主对佐和子，真是一副兄长训妹妹的姿态。

“我说，你们俩别吵了。佐和子说得对，咱们今天肯定是上不去这个竖井了，不过我就在想，你们说啊，如果我们徒步，或者说有绳子，都无法从这墓道爬上去，那修建雍家坟的人，他是怎么把盛殓好了的尸体运上去的？这岂不是天方夜谭吗？”

“运尸体？不不，尸体肯定不是从这条墓道运上去的。”

湘西蛊主直摆手。

“啊？为什么啊？”

“为什么就像你说的，这地方不可能运棺材啊！当时修建雍家坟的人，根本无须这么走这里把棺材运进去。你看啊，刚才我们从墓道口一直走到这个位置，海拔在一直降低，没错吧？”

湘西蛊主指了指向南风手里的卫星定位仪，向南风点了点头说道：

“没错啊。”

“那就是了。我认为，这条甬道通往的环形墓道肯定跟地面基本平行，或者高个一米，矮个一两米而已。当时雍家坟的修建者，只需要在地面上开凿一条水平的临时墓道，把棺材运进去，然后掩埋好。之后人走的时候再把那临时墓道封上，不就完事了吗。等于最后把这条假的墓道留给我们，让闯入者知难而退。”

“开玩笑，湘西蛊主，这怎么可能。”向南风反驳道。

“这有什么不可能？”

“修建者之所以要让我现在走过来的这条路继续下降，目的就是为了间接地增加现在这条甬道和我们头顶上那条墓道的落差，好把外人挡在外面。那既然他要按你说的，已经开凿了一条临时墓道，用来运棺材，运完棺材以后，又把临时墓道封死了。那它有什么必要留下这条墓道？一块儿把整个雍家坟都封死不更简单更有效吗？哎，对了，咱别在这里傻站着啊，往外走吧！”向南风一边说，一边拉着湘西蛊主和佐和子往外走，“走吧，走吧！你们俩有办法爬上去吗？要是没办法就先走吧，在这儿聊也不是个事儿。”

“好吧……”

湘西蛊主点着头，也一起往外走。这时候，佐和子边走边说：

“嘿，我纯属胡思乱想啊，我觉着刚才师兄说得有道理，不过南风哥说得也是对的。”

“你到底是哪边的啊？有没有观点，要是没观点就别说。”

“切，我当然有观点了。我是想说，师兄你说有个临时墓道运棺材，这个我觉着不对，这点南风哥说得对，可是，师兄你说棺材从别的地方运进去，我觉着是正确的。会不会有这么一种可能，这四号洞比较特殊，它有两个门，一个门是入口，棺材从入口进。还有一个门是出口，而我们现在走的这个就是出口。”

“这个……也都不好说，佐和子说的也不是没有道理，是吧，湘西蛊主。”

三个人说着，已经第三次走出了墓道，回到了雍家坟的地面上，从图上看，雍家坟若是一块蛋糕，那么这些出口就仿佛是蛋糕刀切下去的刀口。一、二、三、四这四个刀口，下刀的地方都非常准确，一转眼，他们已经走到了最后一个刀口，也就是雍家坟的五号洞的洞口处了。这五个洞口刚好把雍家坟这块蛋糕不偏不倚地切成了五个等份。可问题是，他们三个人至少已经吃掉了其中的三块蛋糕，可除了一些旁证和小线索外，却没有找到他们最想得到的秘密。那么，这个秘密会不会就藏在另外的两个洞内呢？

雍家坟里没有宝藏，他的建造者却费尽心力，修起了一座这样规模空前、结构复杂、功能清晰的巨大坟茔。这座坟死死地守护着坟中的东西，可是，坟里雍家人的尸体已经被人轻而易举地换走了，它留在这里究竟还在守护着什么呢？那个秘密是否还真的存在呢？

向南风原本猜测四号洞会和二号洞的结构一样，可结果却证实他的猜想和事实恰恰相反。不过，他们这次走进的五号洞倒是跟之前的二号洞一模一样。五号洞的甬道走了一段之后，便消失在了落叶池当中。这一次，三个人格外小心，没敢轻举妄动。而是手拉着手，半蹲着往前探路。

果然，在快要碰到迎面堵路的树墙之前，脚下的路消失，变成了垂直的竖井，走在最前面的湘西蛊主一步蹬空，立刻退了回来。向南风按照前次的经验，先在树墙上找到了一根怪藤，把绳头传过去，拴死，然后他双手抓紧绳子，背对着洞口，跳进了布满积满落叶的竖井中，然后用双脚在竖井的树墙上蹬着，一跳一跳地往下降。

这一次，向南风感觉自己空降的时间可比上次明显长了许多。虽然他在这个过程中无法从卫星定位仪上查看自己的准确海拔，但是，能够感觉得出，在目前所有已探明的环形墓道中，这五号洞所通往的墓道，海拔必定是最低的。它很可能便是整个雍家坟的最下一层。向南风不知道他的这次下探，究竟用了多长时间，湘西蛊主和佐和子在上面喊了他两次，他都还没有到底。而第二次的时候，身在竖井中的他听到的佐和子的声音已经有些模糊了。

终于，向南风在无数落叶的包裹下，感到自己的脚碰到了地面。这一次，他留了个心眼，没有像上次一样贸然松手，而是紧紧地抓着绳子，小心翼翼地用双脚不断地试探周围的地形，在确定自己已经落到了一个绝对安全的平面后，向南风才把双脚踩实，然后，开始用一只手，不断转着圈地向周围摸索，并且把周围的落叶朝外推。渐渐地，竖井下方的落叶被他推出了一个开口，他看到了一条路。

不过，他不太满足于目前的这个视野，于是，他继续顺着那个开口向周围推。终于，他把所有阻碍自己视野的落叶都推开了。可就在此时，一个令他惊呆的地下世界展现在了他的眼前。

一——二——三——四——五——六——七——八！

天啊！竖井的正下方竟然藏着一个米字形的八岔路口，而他自己，便置身于这八岔路口的中央。生路死路，何去何从……

地下陀宫（一）

向南风一行三人在雍家坟的四号洞内碰壁，一条不知多长的竖井径直向上，挡住了他们的去路。于是，三个人决定暂时放弃四号洞，转而进入五号洞。五号洞的情况与二号洞的情况极为相似，在甬道的尽头，向南风率先进入了另一条竖井。然而，当他通过竖井，抵达整个雍家坟的底层，并推开妨碍他视线的落叶后，地下的世界却让他为之一惊。

竖井的正下方竟然藏着一个米字形的八岔路口，而他自己，便置身于这八岔路口的中央。

这……这里是……

“喂，向——南——风，你到底了吗……”

“南风哥，你能听见吗？”

哎呀，湘西蛊主和佐和子肯定是在上面等急了。自己这次用了这么久的时间，他们怕是以为自己出事了。向南风狠狠地甩了甩头，让自己赶快从慌乱的心态中摆脱出来。他忙抬起头，朝着头顶上的竖井喊：

“喂，下来，佐和子下来！”

他一边大声地喊，一边大幅度地摇摆绳子。不过，向南风估计这么远的距离，再加上中间还有那么多落叶，晃绳子这办法已经没什么用了。于是，他只能一边拽绳子，一边继续大声喊：

“喂，佐和子，佐和子下来吧！”

“好，我来了，南风哥！”

向南风没敢乱走，一个八岔路口，这事儿就算是在游乐场里玩迷宫，恐怕都不能乱走，更不要说在险象环生的古坟里了。好在没过一会儿，佐和子和湘西蛊主也都抓着绳索跳到了这里。显然，这个八岔路口的开局也把他俩吓了一跳。

“o,my god，一——二——三——四——五——六……”

“别数了，佐和子！你们俩没下来之前，我数了六遍了，一共八条路。”

“八条？八岔路口？这八个方向可怎么走啊？”佐和子皱着眉，“哎呀，我的选择综合征哟！”

“怎么走？这倒好了，要是两条路嘛，这还可以理性分析一下，要是八条路，也没什么可分析的了，随便走吧！”

湘西蛊主倒是一脸轻松，好像一副反正我有巫蛊术护身，妖魔鬼怪能奈我何的样子。

“哈哈，这次，我也同意湘西蛊主的说法。那么，选择权给你吧，佐和子，女士优先。”

“别啊，南风哥，我都说了我选择综合征了。你让我选。”

“嗨，我看也不用选了，就你面前这条吧。”湘西蛊主用手一指，拉着佐和子就往前走，“走不通就再回来呗，反正向南风手里有GDS，我手里有一个超忆症患者，找不到路有可能，但迷路，那是万万不可能的。”

三个人有说有笑地往前走，这样子一点儿也不像是来挖坟的。这两天来，向南风和佐和子的胆量简直是像变异般猛增，而自小修炼巫蛊术的湘西蛊主原本就不可能害怕这些东西。

用他自己的话说：人说喜、怒、忧、思、悲、恐、惊，这七种人之常情是为七情，眼、耳、鼻、舌、身、意，这六种生理需求是为六欲，可自打他修炼巫蛊术的那天起，他湘西蛊主的就只剩下六情六欲，那个感情里的恐，根本就没有了，就算是有，也是他送给别人，不可能是别人送给他。

字典里没有害怕二字的湘西蛊主大步流星地走在前面。后来的事实倒是证明了，他的抉择还真是正确的，虽然他们是从一个八岔路口出发的，可其实别管走哪条路，最终都是一样的，没什么分别。

湘西蛊主在前面，一边走，一边把路上的落叶往两边扒拉。这一层和之前的二号洞很像，地上的落叶很少，而且道路两边的怪藤也跟一号洞、三号洞都不一样，是那种很细很细但排列得密密麻麻的小怪藤，而且怪藤的表面还生长着木头一样的棕眼。湘西蛊主走在最前面，大约走了20米的样子，路的尽头，迎面而来冒出了一堵树墙挡住了直行的方向。

不过，等到人走到这堵树墙的前面时，便自然看到了树墙的两侧各自有一条路，它们中的一条通向树墙的左后方，另一条则延伸向树墙的右后方。

这是完全对称的两条路。这次，向南风随意选择了其中的一条路，当然了，其实他们每次选择时，都会记录自己所在的经纬坐标，而且，佐和子也在瞪着眼睛审视周围的一切，记住所有关于地理方位的细节信息。

向南风选择的是左后方的那条路，这次，他们走了大约10米，便在浅浅的落叶堆里发现了一口插在土坑里的棺材。棺材又出现了，向南风和湘西蛊主各拿工具，没费力便撬开了棺材盖。

腐朽的木头棺材里，一具狼犬厉鬼的尸体鲜活可见，但很快便在灯光的照射下化成了一团黢黑的尸烟，消失得无影无踪。佐和子翻开了已经扣在地上的墓碑。墓碑上依旧写着一个雍家族人的名字：雍二水，他同样死于天启六年八月初四。

雍家族人的墓碑，被插在土坑里的腐朽古棺，古棺材中被白苗法术杀死的狼犬厉鬼，向南风三人对于这些景象早已经见怪不怪了。既然找不到更多的证据，这些东西本身便已经单纯地变成了一种数据。

他们把尸体和数据处理完毕后，便绕过了古棺继续往前。这次，又走了大约10米，前方再次出现了两条路口，通过定位和佐和子随之绘制的平面图，他们发现，其中的一条岔路将把他们重新带回那个八岔路口，也就是说，其中的一条路是八岔路口中的一条。

因此，他们当然选择了另一条路。在这条路上，又走了不到10米，道路的中央又冒出了一口被插入土中的棺材。于是，三个人分工明确，继续完成之前的工作。

就这样，他们在迷宫一般的五号洞的底层，也就是整个雍家坟的最下层忙活了大约一个小时，最终在这里发现了六座雍家族人的坟茔。当然了，这些坟里的棺材也都被人挖了出来，插在土里，而棺材中装殓的尸体也通过从雍家族人被换成了狼犬厉鬼。这些信息已经无法再帮助他们缩短自己与雍家坟秘密真相的距离了，不过，通过对所有地理坐标、数据的记录和归纳，佐和子绘制出了五号洞下层的平面图。这五号洞下层的墓道，是雍家坟所有墓道里最规整的了。

这一层墓道的外围呈现出一个标准的正六边形，六边形每一条边的中央，各造有一座坟茔。而六边形的六条边两两相交组成了六个交点，这六个交点又分别与整个六边形的中心点相连，构成了他们看到的那八岔路口中的其中六条路。而八岔路口上的另外两条路，则分别指向正南方和正北方的两条边的中心点上，也就是连同着其中的两座坟茔。

整个五号洞的墓道结构规整、准确，而且特别令人意外的，正是位于墓道南北两侧的两座坟茔，它们之间的那条连线通过卫星定位显示，完全处在联通地球南北两极的经线上，在这古墓的深处，在这深不可测的地下世界，在既无现代观测手段，甚至又无日月星辰可做参考的条件下，构筑这样精确的墓道，雍家坟建造者对宇宙方向的洞察力可谓惊为天人。

由于五号洞墓道与上层甬道之间的落差实在太大了，三个人爬出竖井，走出五号洞的洞口时真的可谓耗尽全力。

这一次，最先爬上竖井的人是向南风，按照原本的计划，湘西蛊主应该第一个上去，就像爬二号洞时一样。可实际上，湘西蛊主只爬了三分之一，就感觉浑身无力，到顶无望，不得以只能原路滑下。最后，还是向南风拼尽全力，自己先爬了上去。湘西蛊主第二，佐和子第三。而由于期间不断地休息，等三个人都爬到甬道外的时候，已经是早晨5点了。

三个人害怕天光放亮，可能被雍家村中早起的村民发现，于是根本顾不得休息，趁着天黑，翻出高大的围墙，一路小跑着离开了雍家村。所幸的是，他们的行踪没被任何人发现。

回到车里以后，湘西蛊主的体力恢复得倒还算好，可已经将近两天两夜没有睡过整觉的向南风和佐和子实在是撑不住了。原本说好要让湘西蛊主请客吃早餐的，现在这计划也不得不破产了。向南风强打最后一点精神，把他们平安送回酒店后，干脆把车停在了酒店的停车场里，然后自己打车回家睡觉了。

人是一种奇怪的动物，他们最奇怪的一点莫过于永远在创立分裂的道德。他们渴望并且维护道德，可维护道德的方式却是反道德的。古代的历史都不用提了，就拿当今来说，美国由于“9·11”事件的影响，于2002年，在古巴的关塔那摩海湾军事基地设立了臭名昭著的关塔那摩监狱，专门关押恐怖主义嫌疑人。据说被关在这里的罪犯不仅会经常挨打，而且还要忍受一种并不血腥，却更加残酷的刑罚，这刑罚的方式也超级简单，就是不让人睡觉。

这一次，向南风和佐和子就领略这种酷刑的折磨。他俩由于一连两天夜探雍家坟，而且白天还往返了一趟北京去向《山海经校诠》的作者刘滴川请教问题，几乎要昏死在返程的路上了。

可是，说来也奇怪，向南风在回家的路上困得不行，可到了家里，躺在床上，反倒是又有了一点点精神。他利用这最后的一点精力给两个人各发了一条短信。这一条短信，他发给了藤原佐和子，他嘱咐佐和子好好休息，同时让她务必把今天凌晨在雍家坟二号洞甬道里发现的那根长头发保存好。第二条短信，他发给了自己的哥们儿亮子，他让亮子务必想办法调查一下刘滴川和藤原龙之介教授是否有交集，他们17年前的交集是什么，还有去年的8月到11月，他们两人是否有会面的可能，如果真的会面了，会面的地点在哪里。

两条短信发送成功后，向南风的精力也终于耗尽了，他浑浑噩噩地沉沦在了自己的床上。直到正午的天光洒满整个房间的时候，向南风刚好梦到了今天凌晨他在二号洞里亲密接触的那个狼犬厉鬼，他居然梦见那厉鬼还活着，并且正把它的血盆大口挪向自己的脖子。

"阿嚏！"

向南风打了个喷嚏，心里暗骂，真是个糟糕的噩梦。要是被噩梦吓醒了，也算是无怨无悔，可偏偏他不是被吓醒的，而是被恶心醒的。向南风揉了揉眼睛，他知道自己已经睡不着了，于是就准备起床去洗澡。

正在这会儿，他看到自己床头上，手机的信息提示灯一闪一闪地亮着。他拿过手机一看，上面是三条短信。第一条是亮子在早晨10点钟发的，他说所里昨天夜里端了一个卖淫窝点儿，今天一直忙活到现在，所以有什么事儿，让向南风下午再联系自己。没想到自己和亮子还挺有缘，昨天自己挖尸体挖了一夜，亮子审小姐审到天明。呵呵，真是巧得很。

向南风手机里的第二条短信和第三条短信都是佐和子发来的。短信发送的时间分别是半小时之前和三分钟之前。在第二条短信里，佐和子是这样说的：

"南风哥，你醒了吗？你发短信的时候我已经睡着了，那根头发我保存得很好，请你放心，今天见面时，我就把它带给你。谢谢你那么困还先把我和师兄送回酒店，真是辛苦你了。刚才我睡觉时梦到了爸爸，心里很难受。等会儿我可以去你家找你吗？"

向南风看着佐和子的短信，心里说不出的不是滋味。毫无疑问，他真的很心疼这个妹妹，她心里的苦，真不知该怎样释怀。于是，向南风又打开了佐和子刚刚发来的下一条短信，这条短信的内容很短，佐和子说道：

"南风哥，我想爸爸了，呵呵，现在我已经在他的研究室了。我在这里坐坐，一会儿就走。"

于是，向南风给佐和子回复道：

"佐和子，我刚刚睡醒，才看到你的短信。别在藤原教授的研究室里坐着了。你如果现在有空，就来我家吧，我在电视台宿舍17号楼，你打车说电视台宿舍就可以了。快到了给打我电话，我去小区门口接你！”

向南风看着手机短信的发送报告，立刻从床上坐了起来。他赶紧忙着洗了个澡，然后又把屋子简单地打扫了一遍。正在这个时候，他的手机响了，原来佐和子已经到了小区门口。向南风慌忙出门，朝着佐和子迎了过去。

“嗨，佐和子，你说你怎么也不多睡一会儿！哎，哎！你化妆啦！”

“是啊，睡眠时间太短，不化妆都没法看了。我刚才出门前一照镜子，觉着自己都快变成一股尸烟飘走了！”

“哈哈，哪有你这么花容月貌的狼犬厉鬼，再说了，睡眠不好，也只是脸色差了点，但人还是很漂亮的嘛。”

“真的吗？”

“当然，不过你化妆的样子也不错，很好看啊！”

“真的假的？”

“当然是真的了！”

“那南风哥，是我漂亮还是璐瑶姐姐漂亮啊！”

地下陀宫（二）

佐和子来向南风家找他，两人在楼下时的玩笑话弄得向南风还挺尴尬。佐和子问他是自己漂亮还是璐瑶漂亮。呵呵，这还真是一个标准的女性问题，其实如果实话实说，这真不是一个难于回答的问题。从主观上说，情人眼里出西施，向南风怎么可能觉着佐和子更漂亮呢？

从客观上说，明明就是归璐瑶更漂亮一点。

呵呵，可是向南风一直标榜着要做个有涵养，至少是说话客气，不刻薄的男人，所以他只好把问题支开，因为他既不愿欺骗佐和子，也不愿意挫败佐和子的自信心，何况佐和子本来也很漂亮。

但可惜的是，向南风支开话题的方式不算太智慧，或者说佐和子对这个问题的追问不够理性，两人走到向南风家的电梯口的时候，佐和子因为得不到向南风满意的回答而临时改变了主意，当时，电梯的门已经要关上了，佐和子却忽然一侧身从电梯里逃了出去。

事发突然，向南风再想追却已经来不及了，可碰巧的是，这趟电梯里的人站得满满的，他站的位置离电梯的控制面板还挺远，他不可能立刻绕过好几个邻居，再按下开门键，所以，向南风只能眼睁睁地看着电梯门的那条缝越来越小、越来越小。

向南风心想，这下可糟了，真没想到这小姑娘还这么任性！她要是这么跑出去，万一出点儿什么事儿可怎么办，毕竟这是她第一次来望山，自己这个做哥哥的，怎么也得对妹妹负责不是。

向南风的心里是这么想的，他既害怕佐和子出事，又害怕她真的生气了或者伤心了。可是，就在向南风忧心忡忡的时候，也就是在电梯门缓缓关上的瞬间，电梯门越来越小的缝隙里，佐和子扭头朝进退两难的向南风做了一个鬼脸，那鬼脸高兴得不行，仿佛一点也没在意刚才的事情。向南风赶紧喊道：

“嘿，佐和子，你站着别动，我马上就下来！”

可是，他这话还没喊完，令他意想不到的是，佐和子却对着电梯里面大声喊：

“明明有老婆还约我来你家，你个臭流氓！”

“啊？什么啊？什么……”

向南风被佐和子这一嗓子骂给骂傻了，什么啊？

“我……我怎么了我……哦，不，不！我没有，我不是！”

向南风环顾四周，满满一电梯的人啊，有大人，有老人，还有三四岁的孩子，所有的人都像他投来鄙夷的目光。那群众目光中凛然的正气，仿佛都变成了一口一口的口水，把向南风活活淹死了。

向南风满脸通红，百口莫辩，真是百口莫辩啊！

好个佐和子，这小丫头也太歹毒了。

这大风大浪过了不少，在单位，在社会里钩心斗角的，没想到在家门口让个小丫头给算计了。

哎哟，向南风心里这个气啊，这张脸真是没地方搁，没地方放了。原来她刚才那笑脸是为了这个，向南风还以为她是不生气了自己乐了呢，原来是提前透支了胜利的“喜悦”！哎，这家伙简直是太坏了，也不知道她是不是早就算计好了，故意化完妆，逼问自己她和归璐瑶谁好看，她是不是准知道自己不能说她漂亮，所以算计好了特意来我家给我这么一手？

可是她图什么啊？

自己没招她，没惹她的……

哎，向南风想着这个家伙，心里是又气又喜欢，她这坏得简直都没边儿了，不得不让人佩服她的智慧。

哎……

向南风一边想，一边臊着个大红脸，凑到电梯的控制面板前，按下了一个五层，因为他们这栋宿舍楼是32层的高楼，所以电梯5层以下不停，没办法，他只能停在5层，然后跑楼梯下去追她。

毕竟她一个人从来没来过这边，人生地不熟的，向南风生怕把这个小妹妹弄丢了。真要弄丢了，还不知道怎么跟湘西蛊主交代。

向南风顾不得丢人现眼，顶着众位高邻鄙夷的目光在5层下了电梯，然后风风火火地从楼梯上跑了下去。他刚跑出楼门口，便看见了佐和子的背影，原来她好像正抱着腿坐在楼门口的台阶上。

也不知怎么回事，向南风一见到佐和子，刚才心里的火儿一点儿都没有了。呵呵，或许他原本也没拿这个当回事。名誉啊，身份啊，这些原本也都是虚无缥缈的东西，就像钱财和地位一样，也都是身外之物。再说了，虽说住一个楼里，谁认识谁啊？

就算真认识也无妨，真认识了，才知道那姑娘必然是在开玩笑，且不说他向南风一向做人清白，单说所有人都知道他单身一个人，就算是约个姑娘，交个女朋友，难道还犯王法不成?

再说了，佐和子今天心情原本不好，刚才短信里她说了，她做梦梦到了藤原教授。自己正发愁不知道该怎么劝她，这样多好，她这一胡闹，心里痛快了，能把烦心事放在一旁，那自己不也省得苦口婆心地开导她了吗。向南风如此想着，心里的气儿，转眼就都消了。

向南风远远地看见了佐和子的背影，见她没有走，而是坐在那儿，便赶快停下了自己慌张的脚步。

一副优哉游哉的样子，走了过去，对，我可不能让他看出我很着急，很担心她，否则她这种任性的小孩儿保不齐又要干出什么出格的事情。于是，向南风慢条斯理地站在了她的身边，也没坐下，也没面对她，而是低头往下看。这一看不要紧，他以为佐和子会站起来，或者起码是抬起头主动看他，没想到，佐和子的怀里居然多出了一只小狗，就是那种城市流浪狗，小阿黄。

土黄色的身子，黑鼻头儿。这家伙呼呼呼呼地喘着气，看起来跟佐和子还挺投缘。

“你看，它多可怜啊！”

佐和子知道向南风已经站在了她身边，她看见了向南风的脚。不过她没抬头，而是全神贯注地抱着小狗，精力都在小狗的身上。

“哼，它可怜？我看是我可怜吧？”

向南风被佐和子的恶作剧捉弄得现在还满脸通红。不行，向南风心想，我怎么也得批评她几句，否则开玩笑不嫌事儿大这种习惯，一旦养成，后患无穷。可是，向南风刚想开口，佐和子却抱着小狗站了起来，不过她虽然站了起来，却还是没有跟向南风说话，而是继续对着怀里的小狗说道。

“呵呵，我们都挺可怜的，不是吗？你看，他也是从小就没有了爸爸、妈妈，咱们都没有爸爸、妈妈了。”

矮马，上升到这个高度啦？

向南风心里一脸黑线，得了，这还批评什么啊？不但不能批评，这还只能是安慰着啊。他抬头一看，佐和子眼泪汪汪地看着小狗，而这小狗也不知道是通人性还是这些天流浪得了结膜炎，居然也泪眼汪汪地盯着佐和子。哇，这场面，那叫一个心碎！

“嗯……”向南风这个“嗯”含在嘴里含了半天，憋了半天才说出一句话，“这小狗是谁啊？”

“是我弟弟。”

“不是……”这一句话给向南风噎得一愣一愣的，“不是，你……你弟弟……你弟弟它从哪儿来的啊？”

“不知道。”

“哦。那咱们现在……”

向南风本想说，你是不是先给你弟弟放下，让它回归大自然，然后咱俩看看是上楼待会儿，还是先去哪儿吃顿午饭。可是，向南风一看佐和子那水汪汪的大眼睛，眼睛里全是泪，这话他又没敢说，这万一要是在楼门口给她弄得泪崩了，哭起来没完，还死活不走不挪地方，等会儿真碰见熟人，他向南风这脸可算是丢尽了，赶明儿他一上班，还不得全台人都知道这事儿。于是，向南风后面的半句话没说出来。他正愣神这会儿工夫，佐和子说话了。

“南风哥，你给它起个名字吧。”

“起……起名字？你这不会是要收养它吧？”

“我当然要收养它了！哦，不对……嗯……”佐和子想了想，也不知道她在想什么，然后佐和子转身就走。

“喂喂，你去哪儿啊？”向南风没办法，也不知道佐和子要干什么，问她呢她也不说，没办法，向南风只能跟着她走了。

“嘿，佐和子，你要干吗去啊？”

离开了人来人往的楼门口，佐和子抱着小狗走到了小区花坛后面的一棵大树底下，她四下一看，周围一个人都没有，于是停了下来。

“嘿，你来这儿干吗啊？”

“干吗？还不是看楼门口人多，怕给你造成不好的影响吗？”

“啊？你还知道会给我造成不利影响啊？就您刚才那一嗓子，我一世英名毁于一旦你知道不知道？”

“喂你还说？有你这么当哥的吗？哄哄人都不会啊？现在，交给你一个任务，任务完成了，我就原谅你了。”

“啊？还得你原谅我……这什么事儿啊……算了算了，你说吧，不跟你这小孩儿计较了，你又让我干什么啊？”

“起名字，快，给我弟弟起个名字。”

“不是，你要收养它是吗？”

向南风还想追问，可佐和子却噌地抱着小狗把身子转过去了，看都不看他，一脸死也不回答的架势。

“就让你起名字，快快快！”

“哎哟……”

向南风一边唉声叹气，一边极不情愿地探头瞧了瞧她怀里那只小狗。那小阿黄看起来简直是个哈巴狗，它仿佛也知道找到了靠山，在佐和子怀里扭啊扭啊，高兴地蹭，然后瞧见向南风正在探头看它，就也瞪着个溜圆的眼睛瞧着他，然后把舌头吐出来，哈哈哈哈地美不够。

哼，一脸为虎作伥、狐假虎威的坏狗嘴脸啊！还得给它起名字……

叫什么呢？

向南风一瞧，这狗顶多3个月大，一看就是盛夏时节的某个猥琐的夜晚，那谁家的小谁跟那谁家的小谁“爱情”的结晶，哦，不，是结晶之一。

“就叫结晶吧！”

“什么什么？”佐和子一听有名字了，嗖地又转了回来，“你说叫什么？”

“结晶结晶！”向南风没好气地说道。

“结晶？哪两个字啊？”

“团结的结，水晶的晶。”

“咦……怎么这么别扭，一听就想起了尿结晶。”

“那你怎么想我不管，反正我就这么给起了。”

“哦，好吧，那就这样吧。”佐和子低下头，又用脑门儿蹭了蹭小狗的鼻子，高兴地冲它说，“哦！哦！哦！有名字喽，你以后就叫藤原结晶！哇，中日混血的名字，好酷哦！有名字喽！”

向南风看着佐和子破涕为笑的样子，心里又无奈又觉着有几分可爱。其实，这不就是纯真的本质吗？我们既希望孩子能快快长大，又希望人总能够保持初心。向南风摇了摇头。暖暖的阳光洒在了他的脸上，洒在了藤原佐和子的脸上，也洒在了藤原结晶的脸上。

好吧，这名字真是有些别扭。

“喂，佐和子，咱们现在干什么去？我看现在都快三点了，要不咱俩先外面吃点饭，再回来上楼坐坐？等会儿我也给湘西蛊主打个电话，咱们这样，咱就一直在家里坐会儿，等晚上再一起行动。你看怎么样？”

“行啊，没问题。这样吧南风哥，要不现在咱们先去买点吃的，然后回家吃，晚上我请你和师兄吃饭，就当是刚才，啊？我那个……那个那个小小的恶作剧，哈哈，给你压压惊！”

“呦？你还知道道歉和不好意思呀？怎么还脸红了？”向南风一看，佐和子说这话的时候，居然还脸红了，加上她今天画了淡妆，这样子白里透红的，格外漂亮。

“不对！先说好啊，我可不是道歉，我就是给你压惊，错是你错的，我是大人不记小人过，不光原谅了你，还给你压压惊。”

“哦，行吧行吧！我就不计较这些了，就算我错了！”向南风一想，他可不能再纠结这事儿了，否则以佐和子这又坏心又狠，而且惹祸不怕事儿大的性格，还不知道再闹出什么恶作剧，于是，向南风欣然接受，拉着她就要往小区外面走，可是，没走两步，他忽然发现怪怪的：

“哎，不对不对，咱们中午也可以外面吃啊，为什么非要买回吃的回家吃啊，那还得回来收拾，怪麻烦的。”

“不麻烦不麻烦，我可以收拾呀！”佐和子闪着一双大眼睛，一眨一眨地故意装可爱。

“不对，你干吗非要带回来吃？再说了，你怎么还抱着这小狗啊？”

“我当然得抱着它了，这天这么冷，它这么小。我要先去给它买衣服，买吃的。然后咱俩再买点吃的，带回来一起吃啊！”

“不是？你怎么还给它买吃的？还买衣服？难道你真要收养它啊？不行，这可不行啊，你自己还住酒店呢，怎么养狗啊？再说了，收养一个小动物，那可不是一时兴起的决定，你决定了就得对它负责一辈子啊！你现在哪儿有这个条件啊？”

“是呀是呀，所以我才让你给它起名字啊！是吧，藤原结晶？”

暖暖的阳光照在向南风的眼睛里，照在藤原佐和子的眼睛里，也照在藤原结晶的眼睛里。

哎，藤原结晶，听起来真的好像是一泡尿啊，真是个好污的名字。

每一条生命，

都是世间的流浪者。

地下陀宫（三）

佐和子在向南风家楼下意外捡到了一只3个月大的小阿黄流浪狗，向南风也不知哪根神经搭错了，给这只狗取名叫藤原结晶，而且居然同意了佐和子，让她把这只流浪狗养在自己家里。

佐和子拉着向南风去宠物店给藤原结晶买了两件小衣服，还买了一大兜子狗粮，并且还在店里给藤原结晶洗了它生命中的第一个热水澡。毫无疑问，从它在这个冬日温暖的午后溜达到向南风家的楼下，发现了佐和子，并且扑入她怀抱的这时候起，这只狗的命运也将就此发生改变。

它从一只普通的城市流浪狗，变成了一只有主人的宠物狗。然而，这当时不是它生命改变的全部，因为从这一刻起，它的命运也将和它主人的命运连在一起，生死相随、荣辱与共。

“哎，佐和子，你知道不知道中国有句俗话：猫是奸臣，狗是忠臣？”

“不知道呀，猫是奸臣，狗是忠臣？”

此时，向南风和佐和子已经带着藤原结晶从宠物店回到了向南风家。因为时间已经不早了，既然已经错过了午饭，他们决定还是别耽误晚饭为好，所以就简单在网上订了个零食外卖，然后一边吃零食，一边看着藤原结晶躺在沙发的靠垫上舒舒服服地睡大觉。

好家伙，这只狗胆子还真大，一点也不认生，究竟是见多识广的流浪狗，从小就这么霸气。佐和子看着小狗睡觉，高兴得合不拢嘴，路上，她说她从小就一直想养一只小狗，可是爸爸不让她养。

她说那个时候她就一直发誓，等到有一天自己长大了，结婚了，说什么也得养一条大狗。

看得出，同意收养这条小狗，让佐和子郁结的心情变得大好，她居然还说既然爸爸已经不在了，虽然她要给爸爸报仇，可同时她也该开始她自己的生活。这一番话让向南风欣慰不已，他难以置信佐和子居然能就此开始新的人生，这让他为自己做出的这个决定感到庆幸。如果她真的能因此改变自己的人生，那么这该是一件多好的事情。

那一瞬间，向南风甚至有些恍惚，他忽然想，如果佐和子能就此放弃参与他们现在的计划，虽然这对他们而言不是一件好事，可对佐和子自己来说，无疑是一件莫大的好事。

或许，她总有一天，总能找到一些别的什么方式，从藤原龙之介的死亡中走出来，而不必用生命去冒险。如果这样，他又有什么理由阻拦她，而不去祝福她呢。毫无疑问，三天的相处，三天的出生入死，使向南风真心地把佐和子当成了自己的亲妹妹，他自己的心理也正在悄然发生转变。是的，究竟有没有一种办法，能让这个古灵精怪的小妹妹平静地生活呢。

“猫是奸臣，狗是忠臣，是说猫很奸诈，狗很忠诚吗？哎，南风哥，南风哥，你想什么呢？”

“啊？啊？哦！”向南风回过神来，呵呵，他想着想着，竟然出神了。

“嘿，你说你问我问题，你自己居然还得思考，难不成你不知道答案，要现编啊？”

“不不，那怎么会，我当然知道答案了。就是说俗话说，猫对主人感情很一般，谁给它吃的，它就跟谁走。狗就不一样了，狗对主人非常忠诚，永远不离不弃。哦，对了，还有一句俗话叫‘人不嫌母丑，狗不嫌家贫。’就是说，任何人都不会觉着自己的妈妈长得难看，任何狗呢，也不会因为看着别人家的狗都有肉条吃，而自己只能吃剩饭，就嫌弃自己家里贫穷。”

“这个我还真不懂，为什么啊？”

“嗯，我告诉你，其实人总是用猫和狗对比，是因为猫和狗是最常见的宠物。不过猫和狗在自然环境下的习性不同，所以虽然被人饲养、驯化了几千年，甚至上万年，还是无法改变它们的性格。”

“南风哥，那它们什么习性，什么性格啊？”

“这个猫啊，它是独居动物，就是独来独往。你看非洲大草原上的狮子，大兴安岭的东北虎，除了妈妈带着孩子以外，你没见过一群一群的狮子，一群一群的老虎吧？”

“嗯……好像确实没有。”

“可是你看，狼，狼很少有单独行动的，狼都有狼群。这就是为什么在野外，碰见狼很可怕，因为即便你能打死一条狼，但是你不可能杀死整个狼群，而且狼还很狡猾。”

“对，狼是群居动物，是以狼群为单位生活的。”

“所以，这狗是数万年以来，人类不断地驯化狼，从狼的身上演变出来的。那这狗也是群居动物。所有的群居动物，它天然地就会服从族群中领袖的意志，成员对领袖是绝对忠诚的。而在人类家庭里，在人和狗建立的关系中，主人给狗食物吃，给狗房子住，为狗提供食物的供给和安全的庇护，这就跟大自然里狼群中的狼王庇护狼群中的群狼一样。因此，这狗和人的关系，也继承了狼群里群狼和狼王的关系，狗把主人当成了领袖，所以它们自然而然地就会忠实于领袖。相比之下，你看猫，它自然环境下就独来独往，所以人养了它，它也不会拿你当领袖，因为它脑子里就没有领袖的概念，这样的话，它自然不会忠诚于你。”

“哎呀，这么说结晶会对我忠贞不贰，把我当领袖了？哈哈哈，太棒了，太棒了！”

“哎，你等等，你等等。我跟你讲这么多，我的意思你好像理解错了。”

“什么？我为什么理解错了？”

“我是想说，结晶肯定会对我忠贞不贰，把我当领袖。”

“凭什么呀？当然我才是领袖！它是我带回来的！”

“哈哈哈，你带回来的？你给带到哪里了？是带回美国了还是带回日本了？这房子是我的吧？是我给它提供的安全庇护吧？”

“啊？怎么会，那吃的，吃的都是我给它买的！”

“那没用，等会儿你走了，还不是我喂它？你能保证它吃的每一顿饭都是你喂的吗？谁买的它哪儿懂啊！哈哈哈。”

“不可能不可能，就是我是领袖，我才是领袖，它得听我的，就连你也得听我的！”

佐和子一边说，一边闹着用沙发上的小靠垫打向南风的头。向南风呢？一边笑，一边躲，一边又笑。他们俩人的打闹把刚刚睡着的藤原结晶吵醒了。

小狗就是这样，一天到晚活力四射，它看主人们打闹，自己也顿时来了精神。它从沙发上跳了下去，在沙发底下跑来跑去，然后一会儿站起来扒着佐和子的小腿探着头看她，一会儿又一头撞到向南风的脚上，站起来扒着向南风的小腿抬头看他。

小小的一居室里，两人加一只狗，其乐融融，一团暖暖的气氛。可就在这个时候，忽然，叮咚一声，门口的门铃响了。

门铃一响，把佐和子吓了一跳。向南风赶忙穿上拖鞋起身去开门，门刚打开了一条小缝，外面的人还没进来，声音却先进来了。

“嘿，幸亏我今天起得早，提前赶过来了。你们俩居然都已经开始争夺领导权，还谁当领袖，我要晚来一步，是不是就得沦为奴隶了。”话音未落，绕过门前的玄关，湘西蛊主走了进来。

佐和子听出了师兄的声音，用身子挡住了身后的藤原结晶，低着头说道：“哼，你就是来了，也是奴隶。过来过来，赶紧来参拜女王陛下！”

“呦，快让我看看，这是哪个国家的女王陛下瘦得跟牙签儿似的，你上级主管单位是联合国难民署吧？我说你……”

湘西蛊主的后半句话还没说完，一眼看见了被佐和子藏在脚后面的藤原结晶：

“狗……狗狗？”

“你……你……你你……你，结巴什么？”

向南风学着湘西蛊主的样子，把佐和子逗得哈哈笑。可是，他们顺着湘西蛊主的眼神，往佐和子的脚后面一看，第一眼见到湘西蛊主的小狗藤原结晶居然彻底变了一副模样。

它蹲坐在地上，屁股紧紧地贴着地面，两只前腿站得笔管条直，高昂着头，一动不动，目不转睛地看着湘西蛊主，尾巴则不断地在屁股后面甩来甩去。藤原结晶浑身有些微微地颤抖，好像是紧张，但那颤抖是紧张里透着兴奋，兴奋中又包含着紧张。它和湘西蛊主的对视大约持续了两秒钟，只见藤原结晶微微地低下了头，然后使劲儿往前一探脖子，发出了一声悠长悠长的，穿透力极强的嚎叫。

对对，那声音是嚎叫，是嚎叫，不是吠叫！就是深山里、草原上，小狼呼唤同伴，呼唤狼群和狼王时的叫声。这叫声稚嫩但却充满了奔放的野性。

藤原结晶一边叫，随着音调的起伏，它的脖子又不断往前伸，一直到这声嚎叫结束时，它的颈椎刚好伸直，伸到最顶点。然后，它叫完了，便噌噌几步向湘西蛊主蹿了过去。

这时候，湘西蛊主立刻蹲下了身子，张来了双臂，把蹿进他怀里的藤原结晶一把抱了起来，不停地用自己的下巴和脸爱抚它。而藤原结晶也在湘西蛊主的怀里高兴地吱吱吱吱地哼哼。

“我……我……”

向南风和佐和子看得都傻了。这是什么情况，这是什么情况啊？

“这什么情况啊，南风哥？”

“不知道啊。嘿，这狗不会是他遗弃的吧？怎么跟他这么好啊？”

“不是……不是明明是我抱回来的啊，我给买的吃的、洗的澡啊，它跟我姓藤原的嘛！”

“明明是住我家的啊，我给起的名字叫结晶的啊。”

“南风哥，你刚才跟我说什么？狗是忠臣？”

“佐和子，你……你就当我什么也没说吧。”

“好吧，我什么也没听见。哦，对了，南风哥……”

“怎么了？”

“你们家楼下有流浪猫吗？”

“有啊，怎么了？”

“走，咱俩下楼抱一只猫吧！我真是受够了背叛了。”

“呵呵，我也是。”

藤原结晶当然不可能是湘西蛊主遗弃的宠物，可不知道为什么，他们素昧平生，却格外投缘。湘西蛊主陪藤原结晶玩了好一会儿，窗外的天都已经彻底黑了。向南风一看表，已经是傍晚六点半了。

于是，三个人打算出门吃饭。因为在收养小狗的问题上得到了向南风的鼎力支持和大力帮助，佐和子心情大好，执意要请两个人去吃晚饭。她说她看下午带藤原结晶洗澡的那个宠物店旁边有一家看起来还挺不错的日本料理，于是就把两个人拉到了那里。

而藤原结晶呢，它折腾了整整一个下午，也困得在沙发上睡着了。

华灯初上，夜色阑珊。

如果把一座城市看做一个旅人，那么，一天中的这个时候，一定是望山心情最复杂的时候。

写字楼里，那些大片大片的亮灯的办公室中，有很多人还在为生计或者理想的生活奔忙；道路上，走走停停的车流里，有很多人正拖着疲惫的肉身返回生命的港湾。

食街上、餐馆里，所有人都是饮食男女，消费、流行，现代的生活造就了现代的文化业态，古老的夜生活永远也少不了年轻的色彩。

三个人前前后后地走进了佐和子选定的那家日料店，佐和子走在最前面。日料店门口的中国女招待用日语迎接中国客人，没想到迎进门的却是一个日本人。日料店的老板听说了有个远道而来的老乡，特地在点餐的时候，满脸堆笑地出来迎接。这是一个大约三十多岁的日本男人，他跟佐和子叽里呱啦地说了半天日语，向南风一个字儿也没听懂。

他只是看见，老板的脸上始终挂着笑容，也不知道那笑容是出于在他乡见到老乡的喜悦，还是出于发现了潜在的稳定客户。总之，他一直笑着，直到点完菜，转身离开。

“嘿，他是不是看上你了，佐和子？”

“你说什么呢，师兄！”

“我这日语虽然不灵，不过我可听见他管你要电话了。我可警告你，这种人你可不要跟他有任何瓜葛。你看见了吗？一看就是有妇之夫！你要是跟这种人来往，很容易吃亏的！嘿，你看见没，你看见没？”

湘西蛊主正说着，正好服务员端上了第一盘菜，湘西蛊主指着上来的盘子，压低了声音说道：

“嘿嘿，你看见没，你看着寿司，给你上的这盘多大量，哪有给这么大量的，一定是没安好心，你看看旁边那桌的寿司多大盘！”

“我晕，师兄你这人怎么跟更年期的妇女一样！你贫不贫啊你！”

“哎！说你你还不听了，没人管你了是吗？他给你加量你还挺享受是吗？你是不是真看上这种人了？”

“我看上什么了我就看上了，再说他跟我要电话我给了吗？你看我给他了吗？再说了，人家不像你想的那样，人就是想让我给他宣传宣传，邀请我有空来这里参加聚会。”

“这种人简直是……”

向南风看着湘西蛊主一边气急败坏，一边又不好意思声张的样子，觉着挺逗，他赶紧过来解围，说道：

“湘西蛊主，佐和子都多大了，她自己能管好自己的事情。再说你看那老板那么丑，她要是连这样的人都能看上，那也算不可救药了。”

“哎，你懂什么，就你惯着她，还有今天那只狗，这养狗这么大的事儿怎么能说养就养了，能负责吗？如果我们成功地去到了那边，如果我们都通过了去了苗国的世界，这狗怎么办啊？”

“好办，带着一起去。”

向南风喝了一口茶，格外轻松地回答道。显然，他不假思索的回答让湘西蛊主和佐和子都为之一惊。

带着藤原结晶一起去？难道，难道这是他想好的计划吗？

地下陀宫（四）

向南风应佐和子的要求收下了仅仅三个月的流浪狗藤原结晶，并且决定带藤原结晶一起远赴苗国。为什么呢?

没有为什么，向南风就是想给佐和子找个伴儿，目前世界上没有针对超忆症的系统治疗方法，显然，动物的陪伴可以在一定程度上减轻人的痛苦。当然，向南风也知道，这对于佐和子的丧父之痛并没有什么实质性的帮助，但是别的什么，他也做不了。再者，如果一定要说带着藤原结晶究竟有什么好处，向南风只是隐隐的感觉，或许……

或许，那个世界中的某些人或者某些事件真的会和藤原结晶的同伴或者祖先有关。

那个照顾归璐瑶的禾孝大爷，为什么会以烧狗肉作为当家菜。归璐瑶为什么要对着那盆烧狗肉大快朵颐，她为什么说她苗家的狗都是恶狗，为什么说她小的时候被狗欺负。

而无独有偶，《山海经校诠》的作者，熟识上古神话和上古社会的刘滴川却一口咬定那狼犬厉鬼是三苗的众神之神，黑苗宗主盘瓠。虽然此人在藤原教授的问题上闪烁其词，而且他所说的狼犬厉鬼是盘瓠，怪藤巨树是扶桑的说法实在有待商榷，可是，现实世界中雍家坟里出现的狼犬厉鬼，梦境世界里雍家坟中营业的狗肉馆，这之间会不会有什么联系？那些从小就欺负归璐瑶的苗家的恶犬又会不会和妙瑶塔地宫里劫走归璐瑶的狼犬厉鬼有关呢？

日料店里，湘西蛊主摊开了一张不小的图纸，图纸上密密麻麻地画着各种各样的图形，它被划分成了多个区域，每个区域都有详细的坐标和方位。

“怎么样？二位吃饱了吗？如果吃饱了，我们就看看图，规划一下今晚的行动。”

“啊？今晚的行动？今晚不是吃完饭聊聊天就回去睡觉了吗？”佐和子原本还格外精神的眼睛，听到“行动”俩字瞬间变成了惺忪的睡眼，“怎么又要行动啊……不是棺材都打开了吗？”

“哦？”与佐和子不同，向南风一听湘西蛊主的话，反倒来了精神，他正发愁自己白白浪费了一个下午，毫无突破呢，其实看到湘西蛊主的图，向南风就已经猜出了八九不离十了，再看他打开平面图时信心满满的样子，向南风更是精神大振：

“喂，湘西蛊主，原来你也没闲着？我还以为你一直在酒店里睡到刚才呢。”

“呵呵，怎么可能，我只是把你们用来玩狗的时间，放在了思考正事上。”

“不要玩狗玩狗的，藤原结晶可是我弟弟了。”

“佐和子，你说……”

湘西蛊主本想就佐和子的这句话分辩两句，被向南风拦了下来。

“哎呀，湘西蛊主，别理她了，赶快赶快，咱们先说正事！你快说说，你是不是发现了什么？还有，这张大图是什么东西？是雍家坟吗？”

“对，向南风，这是我根据佐和子记录的数据，包括所有墓道的走向，经纬度坐标和海拔，以及目前我们发现的所有棺材、坟墓的经纬度坐标和海拔制作的雍家坟从各个角度的平面图。”

“哦？各个角度？那你发现了什么？”

“是啊，师兄，你究竟发现什么了？这么高兴的样子？”

“嗯……”湘西蛊主指着其中一幅图，这幅图看起来让人有些莫名其妙，它好像是一个汽车的轮毂，“看看这张图，你们觉着这是什么？”

“报告：像水车，师兄！就是古代灌溉用的那种水车，诸葛亮发明的那个孔明车！”

“呵呵，佐和子，你懂得还挺多，我都不知道那东西是诸葛亮发明的。不过我看着啊，它像汽车的轮毂，五辐的。”

“五辐？什么意思，南风哥？”

“哦，就是辐射的辐啊，你看，假设这是个轮胎，从中间车轴的位置出发，一共有五根铁条向外辐射，那这就是五辐，六个的话，就是六辐。”向南风给佐和子讲完了汉语，扭头有些不好意思地看湘西蛊主，然后笑着说，“呵呵，正好碰上就顺便给她讲讲。你接着说。”

“嗯。”湘西蛊主点了点头，“你们一个说像水车，一个说像汽车轮毂，这其实都没错。确实很像。不过呢，其实我画的这个是雍家坟俯瞰的剖面图。”

“哦？雍家坟俯瞰的剖面图，那这么说，这个圆形里面代表雍家坟的怪藤巨树，那这里面从圆点辐射出来的5条线是……”

“我知道了师兄！这5条线就是雍家坟的5个洞，5个洞从洞口一直通向中心地带的，进入墓道之前的那段甬道。”

“对，你说得一点也没错，佐和子。”湘西蛊主点了点头，可是，跟着又开始摇头，然后，他接着说：

“其实啊，我今天中午醒来以后，就一直在想，有几个问题，我始终想不通，可是我觉着，就这几个问题，也是几个疑点，这疑点本身肯定就是事件的突破口。你们看啊，就好比说这5个洞口，5条通往中心墓道的甬道。今天凌晨，我走进去的时候，走到第三个、第四个，特别是第五个甬道的时候，我就在想，为什么我们从5个不同的方向朝雍家坟的中心，也就是向这怪藤巨树的中心地带走，可走来走去，这5条甬道却没有交汇在一起，甚至连两两交叉的情况都没出现。”

“这是因为这5条甬道的最终目的虽然都是中心点，可甬道的坡度不一样，所以最终到达中心点时，水平海拔不一样呗。虽然它们最终都到了中心点，但这5个中心点，哦不，四号洞我们目前没进去，但起码说其他四个洞甬道今天的那个点，虽然都在中心，可是却处于一个无形的垂线上。”

“对，师兄，当然是因为坐标虽然相同，经纬度一样了，可海拔不同，所以不会相交啊。”

“对，我想这一点，我们三个人已经达成共识了。那么我回来以后，我就通过每个甬道通往的墓道所在的海拔高度，把这些东西整理了一下。你们看，就是这张图了。”

湘西蛊主说着，用手指了指另外一张雍家坟水平纵向的剖面图。

“你们看这里啊，看看这雍家坟里埋棺材的墓道的排列特征：一共有五个洞，一、二、三、四、五，其中这个四号洞我们只进入了甬道，但是却没能通过，爬上那个向上的竖井，所以我们不知道它的墓道在什么位置，可是，其他四个墓道我们都知道了它们的海拔。”

“嗯，五号洞通往的墓道海拔最低，二号洞通往的墓道海拔最高。”

“没错，而且它们的纵向分布，在海拔上非常有特点。最低的五号洞墓道，大概位于地下20米，比它高一点的是一号洞墓道，在地下15米。再高一点的，是三号洞墓道，在地下10米。已知海拔最高的，是二号洞墓道，在地下5米。”

“哦，我明白了。”佐和子点着头说道，“也就是说，每两层墓道，海拔差都是五米？”

“对，没错。”

“哎哎……我有点儿明白了！”向南风皱着眉头，但随着眉头的舒展，他的表情变得兴奋而激动起来，“我们唯一没有进入的四号洞墓道，当时我们走进一号洞的甬道以后，甬道就在急速下降，那甬道的坡度是整个雍家村中最大的，非常陡。然后走到头，我们就看到了那个特高的、向上的竖井。因为太高了，没法爬，我们就放弃出来了。这么说，要是按照这个规律来判断，如果爬上那个竖井，我们将到达的四号洞墓道的位置应该和地面持平。”

“哦……对对，真是这样！”佐和子也点头附和。

“没错，南风，目前这样看，你说的好像是没错，但是，还有另外一种可能。就是四号洞墓道可能位于地下25米，它其实是最深的一个，这也说不准。但是，我仔细观察之后，发现了这个雍家坟的墓葬群里，还藏着另外一个更加重要的，也更加隐蔽的规律，也正是因为这个规律的存在，我认为你刚才说的那种可能，四号洞墓道可能与地面持平的说法，这种说法的可能性恐怕不大。至少四号洞墓道更有可能的海拔高度应该是位于地下25米的地方。”

“不是，那你说的这是什么规律啊？湘西蛊主，就你说的这隐藏的规律，这是什么规律啊？”

“是啊，师兄，你怎么还卖上关子了？赶快说嘛，我们都急死了！”佐和子和向南风都迫不及待地想知道湘西蛊主所说的那个隐藏的规律，他们满脸挂满了急不可耐的神情。

“别急啊，你们看这边，咱们得一点点地来。”湘西蛊主笑着，一副慢条斯理的样子，继续指着这一组平面图说道，“这几张图分别是五号洞墓道、一号洞墓道、三号洞墓道和二号洞墓道的平面图，这张平面图里表明了墓道的走向和墓道上所有的墓穴分布。”

“嗯，可是这……这说明了什么呢？”

佐和子摇了摇头，托着下巴不解其意。

“是啊。”向南风也附和道，“这些能说明什么呢，湘西蛊主？”

“你们看，我们现在从离地面最近的墓道说起，当然，我现在不能按南风的说法来计算，我先假设我们没有去到的那个雍家坟的四号洞通往的墓道应该在地下25米的地方。”

“好，湘西蛊主，你继续说。”

“嗯，那我们先从离地面最近的二号洞墓道开始。二号洞的墓道在地下5米，这里面我们数数看，一——二——三——四——五——六——七——八……哦，你们看，这里一共有21个墓穴，21个墓穴，我们发现了21口被插入土里的古棺，21块刻有雍家族人名字的墓碑，挖出了21个狼犬厉鬼的尸体。”

“对对，那然后呢？”

“然后是三号洞墓道，三号洞墓道在地下10米左右的地方，看，它在这里。”湘西蛊主指着另外一张小平面图，说道，“来，我们数数啊，这层一共有一——二——三——四——五——六——七——八……一共有16个墓穴，当然了，古棺、石碑和狼犬尸体也都是配套的16个。

紧接着，再往下就应该是一号洞墓道了，这是我们最早进入的一个墓道了，这里更深了，在地下20米了。这里一共……”

“师兄，这里一共有11具尸体，11个墓穴，我知道。”

“对，那么下面就是我们已知的最后一个墓道了，五号洞，我们最后一个成功进入的墓道，这个墓道里，我们发现了6个墓穴，6口插入土坑的棺材，6块墓碑和6具狼犬厉鬼的尸体。先刨去我们现在没有去过的四号洞墓道不算，你们发现什么问题了吗？5、10、15、20，这是洞口墓道距离地面的距离，21、16、11和6，这是每一层墓道里面的墓穴数量！”

“天啊，这……这居然是一个等差数列啊！”

“什么？等差？数列？什么是等差……数列？”

“我晕，佐和子，你不知道等差数列吗？”

“不……不知道啊，那是什么东西？”

“你没上过高中吗？”向南风看着佐和子一脸懵懂地看着自己，一副浑然不知的样子。

“是……是数学吗？还是物理啊？”

“哎，你们美国人这教育……哎，不说了不说了，就你这号儿的也能考大学啊？怨不得现在北京、上海的户口都不吃香了，有钱的中国人都移民去了呢！等差数列是最常见的数列了。就是说，如果一个数列，从第二项开始，每一项跟它前一项的差额都是同一个数，那这个数列就叫等差数列。具体到湘西蛊主说的这个规律，它就是一个等差数列啊！”

“哦……从第二项开始，每一项跟它前一项的差额都是同一个数……”佐和子重复着向南风的话，眼珠在眼眶里转啊转，一副快速思考的样子，“我……我好像是明白了，师兄的意思是说，墓道每下降一层，也就是墓道平面每下降5米，墓道平面内所埋葬的墓穴数量也下降5个！”

“哎，没错，虽然知识很贫乏，但是学习的速度还是够快的！”

“所以呢，当我们发现了这个重要的规律时，我们就很容易做出两种判断了。”湘西蛊主抬起头，看着向南风和佐和子，“两种可能性，其一，四号洞口通向的墓道像向南风所说的那样，海拔上跟地面持平，如果这样，这里将有26个墓穴。其二，四号洞口通往的墓道位于地面以下25米的地方，而这里只可能有一个墓穴！”

“也就是说，它位于整个雍家坟的最深处，而且居然是唯一的一座墓穴！”

“对，这样的话，四号洞口通往的也就不是墓道了，而是整个雍家坟的主墓室……”

写写画画，画画写写。

地下陀宫（五）

藤原佐和子为了感谢向南风收留了她的流浪狗弟弟藤原结晶，特意请向南风去日料店共进晚餐，并且邀请湘西蛊主作陪。席间，湘西蛊主拿出了一张巨大的图纸，图纸上画满了从各个不同角度标记雍家坟重要信息位置的平面图。通过对这些平面图上所有信息的综合分析，湘西蛊主发现了隐藏在雍家坟建筑设计结构和墓穴分布中的重要规律，这就是，雍家坟整体的设计遵循了一个等差数列：

墓道每下降一层，即墓道平面每下降5米，墓道平面内所埋葬的墓穴数量也同时下降5个。

"这么说……"

"这么说，我们唯一没有成功进入的四号洞只可能有两种情况，要么它的深度跟地面持平，它是最上面的一层，如果我们爬上去，就可以在墓道里发现26个墓穴。要么它得比五号洞通往的墓道还低，它才是距离地面最深的一个，而且它的墓道里只会有一个墓穴。是这样吗，师兄？”

“对，佐和子，你说得没错，但是我认为，前一种可能不会发生。”

“为什么啊，湘西蛊主？四号洞我们虽然没能到达它最终连通的墓道，但我们亲眼看到了，挡住我们的是一面树墙，而这树墙的上方，是一条向上的竖井，我驮着佐和子看的啊！当时我们在地面之下，在离地面很深的地下，那条竖井竖直向上，难道不更像是通往和地面持平的平面上吗？”

“不，这可能性很小，或者说，我认为它根本就不可能。”

“怎么讲啊？”

向南风紧盯着湘西蛊主的眼睛，佐和子也同样目不转睛地看着师兄。湘西蛊主看他俩都这么认真地看自己，他呵地苦笑了一声，然后说道：

“嘿，嘿，你们俩，这么认真盯着我干什么？别看我，看图，看图啊！”

说着，湘西蛊主又把手指向了右边的那一组平面图上，然后说道：

“看啊，看图。这一组图一共是5张，5张图都是等比例的啊。先看第一张吧。”

湘西蛊主指了指第一张图，说道：

“第一张图，这是整个雍家坟中心地带，也就是我们翻过围墙以后，站在雍家坟的地面上，能看到的那个怪藤巨树。”

“哦，也就是说，雍家坟里所有的墓穴都在这个圆圈里面了？”

“对。”湘西蛊主点头，“但准确地说，都在这个圆圈的下方。因为这个图画的是怪藤巨树在地面这个水平面上的情况。当然了，因为它的外围是一个圆，所以图上表示这就是一个圈。注意看，圈上面的这五个点，分别就是一号洞到五号洞，五个洞顺时针排列。”

“哦，那我明白了。”佐和子接着湘西蛊主的话说道，“师兄，那下面的这张图就是地面下方五米，怪藤巨树的剖面图喽。”

“也就是从二号洞进入的那条甬道连通的那个墓道的平面。”向南风接话说道。

“没错。你们注意看啊，因为我们在夜探雍家村的时候，向南风可是用卫星定位仪定位了每一个甬道和墓道连接点，竖井，墓道里的每个墓穴以及左右直线拐点的经纬度和海拔的，所以我现在的这整张图纸，都是很精确的。那么，你们看，这二号洞最终到达的墓道平面，它这21个墓穴所分布的这条圆形墓道，就光是这条墓道，它的周长就很大了吧？看到没，你们看这个圆圈，是不是都快赶上它上面这张雍家坟地面上，怪藤巨树围着的那个圈儿的周长了？”

“嗯，是，确实是。”

“嗯，没错。”佐和子也附和着向南风说道。

“好，那你们继续看。”湘西蛊主接着开始指第三张图，“看着第三张图，这张图是距离地下10米的雍家坟剖面图，这里有16个墓穴，我们看看这个墓道的周长，是不是比刚才地下5米那个剖面图的墓道周长小了很多？”

湘西蛊主看向南风和佐和子纷纷点头，便继续说：

“好，再往下来，第四张图，距离地下15米的雍家坟剖面图，这里只剩下11个墓穴了啊，看看这个墓道的周长，又更小了吧？最后，再继续往下看，第五张图，这里距离雍家坟地面已经20米了，非常深了啊。看看这里的墓道形状和之前那3个全都不一样了。”

“对，这个墓道是六边形的。我还记着，一共有6个墓穴，正好对应这六边形的6条边。这6个墓穴都建在每一条边的中心点上，每个墓穴距离六边形边的交叉点大概10米，也就是说，这六边形墓道的每条边有20米长，绕一圈的话，整个墓道长度是120米！”

“对，我想修建到这里，因为这一层墓道的直径已经很小了，如果再继续修建环形墓道已经没有意义了，因为这么小的直径，再有多少落叶，也不会‘鬼打墙’。所以雍家坟的修建者干脆换了个思路，弄了个六边形的结构，然后在最中间，人下来的那个地方弄了个八岔路口的迷魂阵。不过那建造者肯定想不到，390年后的这些闯入者，已经是能够利用卫星技术的现代人了。我们直接定位任何我们想定位的地方，这样的话，什么迷魂阵，什么鬼打墙，就都无效了。但是……”湘西蛊主话锋一转，继续说道，“但是有一点，却没有发生改变。无论这墓道是什么形状，从第一层到这第四层，这四层墓道的深度不断增加，墓道上的墓穴数量越来越少，同时，墓道总体的面积越来越小。整个雍家坟，如果俯视地看，就是4个同心圆。”

“哦，我知道了，知道了。”

向南风连连点头，表示完全地赞许与青睐：

“湘西蛊主说得对，如果这样的话，这第五个同心圆要么比四号洞口连接的那个同心圆，也就是那个六边形墓道要小，要么就必须比二号洞口连通的那个同心圆还要大。”

“可是二号洞口连接的那个同心圆的周长本来都快赶上第一张图里露在地表上的怪藤巨树的周长了，如果真有个跟地表持平的同心圆墓道，墓道上还能容纳下26个墓穴，那它的周长肯定超过怪藤巨树的周长了。可要是这样……”佐和子接过了刚刚向南风的话，一副恍然大悟的样子，“可要是这样，除非这些墓穴里的棺材直接摆了怪藤巨树的外面一圈。”

“呵呵，那么，咱们去了雍家坟两次，可曾见到怪藤巨树外面有一圈棺材吗？”

“当然没有了，湘西蛊主。”

“所以说，这种假设不成立了。唯一的可能就是，四号洞连通的那个地方，就位于整个雍家坟的最深处，它距离地面25米深的地方，而且就在这雍家坟的圆心！”

“对，师兄，你说得对，四号洞连通的那个墓道一定就是……”

“不！”向南风打断了佐和子，“不是的，不是墓道啊，四号洞连通的不是墓道。”

“是的，南风说得对，佐和子，你想想，一个古墓最核心的地方应该是哪里？”

“师兄，你知道的，我对中国的葬俗，对中国的古代墓葬不太了解。”

“哎呀，不是中国，全世界都一样，墓葬最重要的是什么？”

“那……应该是棺椁？”

“不对不对，不是说最重要的东西，我们说的是最重要的结构，哎，算了……”向南风直接打断了佐和子，“最重要的地方一定是墓室啊，最前面的是墓门，打开墓门以后是墓道，穿过墓道，最终进入的就是墓室啊。墓室可能还有前墓室、后墓室，还有左右两边像耳朵一样的结构叫耳室，但别管什么，墓道沟通的一定是墓室。”

“没错！这就是我从这些平面图里发现的东西，其实，还真的多亏了南风当时坚持要标记所有重要信息的坐标。南风，你这招自己去守南山找南山馆的时候，没起到什么效果，不过这次在雍家坟，可是发挥奇效了啊！”

“哈哈，别这么说，我就是出了个主意，这坐标都是佐和子记的，这规律嘛，也是你发现的。我纯属坐享其成，哈哈。不过说真的，这雍家村里雍家坟，雍家人的秘密很可能就藏在主墓室里，那唯一的一口棺椁内，藏在那具躺在主墓室棺椁里的尸体身上！我想，无论这棺材里放着的是不是又是那狼犬厉鬼的尸体，但起码，墓碑上的字，肯定能告诉我们这位身份极为特殊的，被单独埋葬在雍家坟最深处的雍家族人，究竟是谁。”

“哎，不过有一点，虽然我们现在知道了四号洞连着的就是主墓室，而且这主墓室就在底下25米，雍家坟的圆心上。可是咱们又该怎么进去呢？今天我们可就是在那竖井那里无功而返的呀。爬不上去可怎么办？”

佐和子忽然想到了问题的症结，其实事情就是这样，你想到了结果，却没有想到印证结果的方式。事实上，如果你能够知道印证结果的方式，那么你直接去看看结果是什么就好了，还有什么必要去费力画图，费力猜想呢。

向南风看着窗外，虽然时间才不过晚上八点，但冬天是夜的故乡，此刻，天空早就是黑暗的舞台了。佐和子说的这个问题，他其实从昨晚在那道径直向上的树墙前无功而返的时候起，就一直在思考了。爬上去，是唯一的方法，可是怎么爬呢？

他曾经想过借一个航拍用的无人机，飞上去。可问题是，航拍的无人机顶多能给他探探路，看看这竖井究竟有多高，如此而已。无人机就算飞过去了，就算成功地降落在了那高墙顶上。又能怎么办呢？或许无人机可以带一根绳子上去，可问题是，它总不能把绳子系在高墙的墙头上吧？何况就算是光用无人机上去侦查一番，凭他们三个人恐怕都实现不了。

别的不说，单说这么小的洞口，就这个不到两米宽的直径，对无人机的驾驶都是一个不小的挑战。可是，除了无人机，还有什么更好的办法呢？

此刻，向南风看着窗外的世界，满脑子都是困惑和疑虑。马路对面，是一栋15层高的建筑，那里是望山市邮政局。而对于老望山人而言，他们更喜欢称其为邮电大楼。因为在很多很多年前，向南风小的时候，哦，不对，是向南风还没有出生之前，20世纪70年代末80年代初，这栋现在超级不起眼的方方正正的建筑，曾经是望山市的地标，望山市除了守南山上的隐山寺以外，这可是最高的建筑了。

如今，世事境迁，当年的高原变成了盆地，当年的地标变成了现在的城市记忆。靠窗坐着的向南风抬着头，看着这座大楼。他想起了臧克家的那句超级有名的诗："有的人活着，但是他已经死了。"

呵呵，人如是，建筑不也是一样吗。就像眼前的这座邮电大楼，属于它的辉煌时代早已黯然落幕，它虽然还活着，但是它只能活在今天的历史里了。就像装点这座大楼的夜景灯一样：

快来看看吧，大楼侧边的转角上，各绑着一溜彩灯。在望山，这些彩灯，如今你已经很难在夜市大排档以外的地方见到它们的身影了，更不要说在一栋大楼的夜景照明上应用了。这些彩灯从上到下，分成三段，大约以三四秒钟为单位，为三四秒钟就分段变一种颜色。一会儿上面是蓝色，中间是黄色，下面是红色；一会儿呢，上面是绿色，中间是白色，下面又是蓝色。这种一节一节跳跃的色彩，让所有看见它的人都恍若隔世，以为回到了20世纪90年代的都市。

呵呵，向南风看着还挺上瘾，真是魔性！这一段一段，变来变去的。

哎，等等，等等！

向南风猛地摇了摇头，一段一段的，变来变去的！

"哎，我知道，我知道怎么办了！"

“你说什么，南风哥？什么你知道怎么办了？”

“那个竖井啊！我知道四号洞的那个竖井怎么爬上去了。虽然……虽然有一定的风险，但是理论上没有问题，应该是可以做到的！”

“啊？南风，什么办法啊？”

“你们知道飞爪吗？”

“飞爪？飞爪是什么东西？”

湘西蛊主和佐和子面面相觑，他们好像都没有听说过向南风所说的这种东西。

“嗨，飞爪，你们肯定知道，就是没对上号儿！我告诉你们啊，见过鸡爪子吗？鸟的，鸟的也行啊。中间一个小棍，小棍的背后有个眼儿，这个眼儿上可以系上细绳子。小棍的前段是三个小爪子，爪子都特别尖，反向的，把这东西往任何东西上一扔，只要是那三个小爪子中有任何一个挂在什么地方，你再往回拽，越拽越紧啊！”

“哦，我知道！”佐和子一拍手，“忍者！那不就是忍者用的那种东西吗？爬墙用的！”

“不光是忍者好吗，特种部队，消防员，武警，都可能配备这个东西。我以前也想过这个，可是我傻啊，我当时就光想着这么窄的洞口，如果直上直下地扔，顶多说扔上去十米八米的，肯定扔不到顶。但是，扔一个飞爪扔不上去，如果两个飞爪轮换着用呢，理论上，多高都能爬上去啊！”

“好主意！南风，可是这飞爪我们去哪里找呢？”

来吧，飞上去，抓住它！

地下陀宫（六）

记得那是去年夏天八月初的一个周末，一年中最热的时候。张宁宁接了台里新闻频道的一个私活，去采访望山市反恐支队的训练。张宁宁自己做记者，可问题是还缺少一个摄像。

于是，张宁宁拜托向南风前去客串摄像，并许以1500元的巨额车马费。向南风思前想后，考虑到宝贵的革命友谊断然不能用金钱来衡量，最终决定毫不犹豫地牺牲了自己半天的休息时间，陪张宁宁去了趟反恐支队。

当天，他们一共采访、拍摄了三个训练科目，其中有一个好像叫什么攀爬的科目。训练内容就是在他们训练基地内一处五层高的楼外，五个队员，分成五组，一人一组，每个人将一个飞爪精准地扔到五层的窗台上，然后在没有任何保护措施的情况下，仅用几十秒抓着飞爪所连接的绳子，爬上五楼窗台，然后破窗而入。

当时，这个训练科目给向南风和张宁宁都留下了格外清晰的印象。向南风当即对飞爪表现出了浓厚的兴趣。

他当时很奇怪，这飞爪就算扔到了五层的窗台上，怎么就保证能抓得住，而且抓得紧。特警支队的指导员还亲自给他讲解，指导员说这飞爪只要是能碰上个沟沟坎坎，就一定能钩上，而且只要钩上了，除非从正面摘掉，否则从背面拉，只会越拉越紧。而且这飞爪实际上非常轻，别说特警队员了，就是普通小姑娘，也能扔个七八米高，只是想把它稳稳地扔到指定的位置，想一下就扔上窗台，那就得经过不懈努力的练习了。另外，别看这飞爪很轻，却能够承受200公斤的拉力，也就是说，别说是一个胖子拉不断它，就算两个胖子，也照样安全。

采访结束后，指导员见向南风特意问过这飞爪，便赶快拿了两个硬说要送给向南风和张宁宁一人一个，两个死活推脱不掉才不得不收下。不过回来以后，这飞爪的事儿，两个人就都给忘了，所以向南风想了想，那两个飞爪现在还在自己办公室的柜子里放着呢。

“南风哥，你是说，你的办公室的柜子里就有一对儿飞爪？”

“是的。我当时纯粹就是好奇，根本也没想要，死活推脱不掉嘛才收下的。万万没想到，居然还能有用上的一天。”

“呵呵，南风，我发现你这当记者的，真是见多识广，而且还总能收到各种各样稀奇古怪的礼物。”

“湘西蛊主，让你说对了！就这些稀奇古怪的礼物，不瞒你说，我收到的时候，都觉着自己一辈子也用不上，而且还不值钱。你说留着吧，占地方，扔了吧，又总念着份儿情义和回忆。所以都留下了。呵呵，我现在发现了，以前用不着是因为过得都是正常人的日子，现在这一不过正常人的日子了，就发现这些稀奇古怪的东西就都有用了。这回这飞爪，还有上次我苏州那朋友送我的拓片工具套装，呵呵，最近全给用上了。看来啊，这回我还得好好收拾收拾东西。”

“哎，让一让，让一让！三位要不要把这张图先收一下，酒来了！”正在这时，一位年轻的服务员拖着一个竹托盘，走了过来。

竹托盘上托着的是三壶清酒和三个杯子。

这三壶酒是向南风坚持要点的。按道理说，向南风晚上还要开车，虽然清酒的度数很低，况且这样一小壶清酒等到他需要动车的时候，那点酒精也早就代谢出去了。

可按照向南风的性格，他原本是不可能主动要求喝一壶酒的，可是，他还是坚持点了这壶酒，这是他看了半天菜单，唯一想要点的东西。或许，这在湘西蛊主和佐和子看来，实在也没什么可稀奇的。可是，他们并不知道，向南风为什么想喝上这壶酒。

呵呵，其实，如果今晚没有夜探雍家村，如果佐和子仅仅是约自己来这家日料店吃顿饭，那么向南风都有心一醉方休。

如今，这个世界上除了向南风自己，再没有人知道，他上一次来到这间日料店时的事情了。

其实，那是一个多月以前的事情了。是的，那个时候，别人都说向南风还在昏迷着。

没错，向南风上一次踏进这间日料店，就是在他的梦境世界里。当时，他因为交了女朋友，居然兴奋地请他们栏目组全组的同事吃饭，当然了，毕竟他和璐瑶的相识和相恋根本就是在众目睽睽之下发生的，他想瞒也都瞒不住。于是，那天下班后，他就带上了璐瑶，请全组7个人，在这儿吃了顿晚饭。当时，他是何等的高兴，何等的幸福！

向南风原本以为，他会忘记这间日料店。倒不是说他会忘记他的这段经历，这经历他是忘不掉了，就像与璐瑶在一起的每一天，他都刻骨铭心。可是，他觉着，总有一天，在不久的将来，他不至于再经常回想这一天在这里发生过的事情。可是，他万万没有想到，望山有那么多饭馆，饭馆里有那么多是日料店，但佐和子今天却偏偏会选中这一家。向南风没有阻拦，他觉着这没什么可阻拦的，因为这是命中注定的。不过，他也没有把这些话告诉佐和子和湘西蛊主，因为他觉着这也没什么好说的，毕竟，这实在太荒谬了。

一个月前，他们还在这里相恋，可一个月后，璐瑶丢了，失踪了。

失踪也便失踪了吧？他没法去派出所报警，没法在电台、电视台发寻人启事，甚至没法去网上的论坛里发帖子，而是要跑到一个叫雍家村的鬼地方挖坟掘墓找线索……

哎，璐瑶啊，璐瑶，向南风闭着眼睛，咽下了一口清酒，清灵肌骨。

你说如果你不来自那个世界，你说如果你只要也生活在这里，哪怕你不在望山，哪怕你都不在中国，哪怕你是跑到这个世界的任何一个角落里去了。哎，如果你现在也在这里，如果桌上摆着的是四壶清酒跟四只酒杯，我一定要把湘西蛊主和佐和子介绍给你，哦，对了，还有在我家里睡大觉的佐和子异父异母的亲弟弟——藤原结晶。

呵呵，如果，如果生活里的每一个“如果”都能变成可望而可即的梦想，即便不是唾手可得，那该有多好呢。

三个人的小酌，三处无以释怀的闲愁。能够借酒消愁，这对向南风而言，该是一个多么宝贵的夜晚！

有知己，有闲愁，还有一座不夜城，装着。

有美酒，有回忆，甚至还有精美的酒壶和酒杯，盛着。

这真是一壶不错的好酒，甚至就连盛放清酒的酒壶和配套的酒杯，都采用看起来就非常高档的蓝色琉璃制成。这些琉璃酒杯和酒壶都是古法琉璃配方，而且是纯手工制成。在酒壶的腰线和酒杯的杯沿处还各有一道描金。

据说，这种清酒正是这家酒店的招牌，难怪连酒具都如此别致。此时此刻，向南风右手拿起了酒壶圆球的，饱满的壶身，那壶身的造型颇似中国传统的瓷器器型天球瓶，当然了，它的体积得远远地小于天球瓶才行。向南风拿着酒壶，往酒杯里倒了一杯酒。酒杯有着宽宽的口沿，平直的杯壁和直径明显小于口沿的底座，样子看起来好像是一个陀螺。

陀螺?

陀螺……

蓝色的，略带磨砂质感的古法琉璃将杯中的酒也染成了蓝色。这酒本来是什么颜色，它又有怎样的味道，怎样的口感？呵呵，蓝色是一种神秘的，诡异的色彩，它像夜空一样让人遐想，又使人敬畏。而这陀螺一样的形状呢？向南风想起刚刚摆在这里的那些平面图，想起了雍家坟的侧面剖面图，那诡异的地下空间，那四通八达的地下网道，还有那上宽下窄的独特造型。

雍家村里的雍家坟，你就如同是一座潜藏地下的陀宫，你掩埋的人和历史，你掩盖的秘密和真相……

390年了，难道还不该见见天日吗？还有那55个雍家族人，他们生来为何而死，他们死去又因何失踪?

呵呵，或许，是该有个交代了。

“来，干杯！”

“干杯！行动成功！”

“成功！干杯！”

晚上11点半，向南风、湘西蛊主和藤原佐和子，三个人第三次夜入雍家坟的行动在亢奋中开始了。与以往两次不同的是，这一次，他们的队伍里多了一个幼小的身影——藤原结晶。原本湘西蛊主竭力反对向南风和佐和子居然要带一只三个月大的小狗参加这样危险的行动，他甚至认为这样的决定是愚蠢而匪夷所思的。但是，向南风却坚持自己的主张。他表示：

让藤原结晶参与行动，至少有几个方面的好处：其一，如果他们夜入雍家村，甚至是在翻越雍家坟围墙的时候被雍家村的村民发现了，他们可以以丢失宠物狗为理由搪塞村民。其二，狗的嗅觉非常灵敏，向南风希望藤原结晶能够嗅出那个被他们认定的存在的，在不久之前先于他们进入雍家坟，用被白苗法术杀死的狼犬厉鬼的尸体换走雍家族人尸骸的白苗祭司的味道。

“你别逗了，向南风，这根本不可能。”湘西蛊主直到进入雍家坟围墙之后，还在反驳向南风，“我强烈建议你们两个人不要异想天开，把这只狗留在这里吧，我看它倒确实非常乖。我们把它留在这里，等会儿咱们从这里出来，再带它走！你们现在把它也带到坟里面去，到时候爬那个竖井，还得抱着狗，太危险了！”

“不，我的背包里给它留了位置，再说我说了，我要让它记住那个白苗祭司的味道，以便日后能认出这个人。”

“这真不可能，你以为它是警犬吗？它才三个月，而且就是只普通的流浪狗！”

“流浪狗怎么了？”佐和子也反驳道，“师兄，你别管它是什么品种，总之它是狗，它的嗅觉就比人灵敏得多。再说今天下午我和南风哥试验过它的嗅觉了，它鼻子就是很灵吗！是不是，藤原结晶？”

藤原结晶还挺聪明，佐和子一跟它说话，它还真就跟听懂了似的汪汪地答应两声。湘西蛊主无奈，实在拗不过二人，只能同意向南风把藤原结晶装进自己的背包里，带进了雍家坟。

午夜11点40分，一行人按照原计划，准时进入了雍家坟四号洞的洞口，然后他们在崎岖的甬道里穿行，一路下坡，费了不少力气，终于扎进了那片没过他们头顶的落叶池。走在最前面的湘西蛊主摸到了迎面挡住去路的那堵树墙。

“嘿，南风，到头了，到头了，竖井就在我们头顶上了。咱们怎么着？”

“湘西蛊主，等会儿你贴着这树墙蹲下，然后我站到你的肩膀上，你再用力把我顶起来，把我顶出这落叶池，佐和子帮忙扶着点我的腿，别让我摔下来。然后，就用这两个飞爪交替着往上扔，然后一点点爬上去就是了。哦，对了。”

在黑暗的落叶中，向南风抓住了佐和子的手，对佐和子说道：

“佐和子，你听着，等会儿我爬上去以后，你就骑着湘西蛊主的脖子，坐在他肩膀上，拿这个强光手电往上面打光，给我照着点儿亮！等我爬到顶上以后，我就把软梯给你们扔下来，然后你们再爬上去！这主墓室，湘西蛊主已经分析得很清楚了，它肯定位于地下25米的深度上。现在我爬到这个竖井上面，别管海拔是多少，但肯定是比地下25米高很多。所以说，到时候我们肯定还得再走一个往下的竖井，所以……嗨，这个等爬上去了咱们再说吧！”

“哎，可是南风，你用两个飞爪交替着扔，然后往上爬，虽然从道理上是行得通的，可是你别忘了，你可没有任何的保护措施，一旦出现意外……要不然，还是让我来吧！我胆子大啊！哈哈。”

湘西蛊主笑着说，在黑暗中，向南风根本看不到他的表情。但是，毫无疑问，向南风能够通过那笑声听出笑声里满满的真诚。

湘西蛊主的体力和身体的敏捷度都根本不如自己，所以他知道自己显然不是完成这项工作的最佳人选。可是，他仍然还是出于对自己安危的关心，渴望亲自代替自己出战。就这份真诚的兄弟情，向南风的心里就暖暖的。于是，向南风也笑着说：

“行了，兄弟，什么都别说了，心里都有了。不过这事儿你就别争了，它是个技术活啊，争也白争。我又不是拼命去了，我心里都有数，你们就放心吧。”

“嗯，南风哥，那还有一条啊，你非那两个飞爪我刚才看了，那个往回钩的三个爪子，真的特别尖，特别锐利，你往头上扔的时候，可一定小心点，万一扔起来没有挂上，掉下来的时候可千万别扎到头上或者身上！”向南风感觉到，佐和子说这番话的时候，她攥着自己的那只小手，手心里满满都是冷汗。那紧张的程度好像比自己还要强烈。

向南风：

“嗯，放心吧，佐和子。你看……”向南风一台左胳膊，然后说道，“我找了个厚牛皮的绑腿，绑在这里了。到时候我都用右手扔飞爪，万一飞爪没抓住，掉下来了，我可以用这个绑腿挡着，钩不到，也砸不到我，你们就放心吧！”

向南风说罢，一个健步跳上了湘西蛊主的肩膀。落叶池中的叶片沙沙的一阵乱想，向南风便消失在了那茫茫的落叶池外，只剩下池中的落叶，还在沙沙的作响……

域外石棺（一）

向南风、湘西蛊主和佐和子带着藤原结晶第三次夜探雍家坟，这一次，他们计划进入前夜无功而返的四号洞。四号洞甬道的尽头是一个难以判断高度的竖井，他们之中，必须有人爬上竖井，然后在竖井上方放下软梯，三人才能顺利通过。显然，这种危险又需要极强体能支持的行动，只能由向南风来完成。

由于整个竖井直径狭小，向上抛投的动作几乎不可能直接将任何物体抛投到竖井顶端的井口处。因此，向南风想到了将两只飞爪分别使用，交替抛投，交替上升的方式，这就像是攀岩运动中，攀岩运动员的两只手，左手先往上抓住高处的一块石头，然后整个人的身体提高到相应的位置，之后再伸出右手抓住另一块更高的石头，然后再把人的身体提高到新的更高的位置，这样一左一右，交替上升。

向南风和湘西蛊主、佐和子分别做了嘱咐。他叮嘱湘西蛊主在把自己送上去之后，就立刻驮着佐和子，让她给自己用强光手电照亮。然后，向南风一个健步蹿上了紧靠树墙蹲着的湘西蛊主的肩膀。

湘西蛊主用尽全力才稳稳地站了起来，向南风的腰以上的位置都露在了落叶池的外面。他从右侧的腰间摘下了其中一只飞爪，此刻，由于自己还踩在湘西蛊主的肩膀上，所以他不可能去驮佐和子给自己照明，于是，向南风只能奋力地朝后面仰头，用自己头顶上的头灯尽可能高地照亮头顶上的竖井。

天啊，这竖井真是够高的！

向南风心里一沉。看来昨天佐和子并没有看错。这竖井的井壁统统都是由径直向上、盘桓缠绕的怪藤组成的，这怪藤的形状和样貌都太相似，而且都朝一个方向生长，从下往上看，人很难通过肉眼辨识这怪藤组成的竖井究竟有多高。

算了，别管多高了，今天豁出命了，就这么交替着用飞爪往上爬吧，爬到哪儿算哪儿，爬上去了算我命大，掉下来了算我活该，反正人怎么都是死，何况他早就被人中了篾片蛊，那篾片蛊究竟是个什么东西他也不知道。

呵呵，向南风想到这里，把心一横。他从右侧的腰间摘下了其中一只飞爪，对准了头顶上看不到尽头的竖井顶端，捏着飞爪的右手从右大腿的外侧往上，猛地抬升到右上方的头顶处，然后一松手：

哎，扔到哪儿算哪儿吧！

飞爪嗖的一声飞上过了向南风的头顶，向南风只觉着时间在这一刻头凝固了。仿佛过了有一天一个月一年那么久，寂静的世界里才传来了当啷一声清脆的声响。那是飞爪碰到了怪藤，怪藤发出了金属的敲击声。

紧跟着，头顶上发出了哗啦哗啦的声响，飞爪正在怪藤树墙上下落，这声音正是飞爪的爪尖划过树墙发出的响声。不过，好在这哗啦哗啦的声音只很短就停了下来，随着它停歇的瞬间，头顶上又传来了一个极其微小的声音，由于向南风的耳朵离发出声音的地方太远了，在他听起来，这个声音就好像是一根绣花针掉在钢板上一样：当。

挂上了，挂上了！飞爪挂上了！

向南风在心里兴奋地雀跃，这声音同样传到了落叶池中湘西蛊主和佐和子的耳朵里，他们两个也是一阵狂喜。向南风当然顾不上庆祝了。他用双手用力地向下拽了拽连在飞爪后面的绳子。没问题，很结实！看来这飞爪真是很好用。也是，能不好用吗？就连平直的窗台，飞爪都能钩上，更不用说是这种盘旋纠结的怪藤了。向南风长长地吸了一口气：

好了，看来这就算开始了，爬！

向南风全身一晃，开始奋力向上爬，大约五六秒钟之后，向南风忽然听见脚下的树叶沙沙地震动，跟着，他头顶上一下子亮了起来，那是湘西蛊主又驮起了佐和子，他把佐和子和佐和子手中的手电一起推出了落叶池，于是，光明便征服了黑暗的世界。向南风的心里，豁然开朗。

“加油加油，南风哥！加油加油，南风哥！”

“佐……佐和子，你……你要不要……要不要这么可爱啊！”向南风一边呼呼地喘着粗气奋力向上爬，一边又差点被佐和子逗笑了。

“南风哥，你小心点，不过千万要快点爬，否则慢下来，体力消耗更大！”

“佐和子，你……你废什么话，你别说起来没完影响他！”佐和子的话音刚落，湘西蛊主的声音伴随他呼呼的喘气声也从竖井下面传来了。

佐和子“哦”了一声，像是又受了委屈似的，不再说话了。向南风此刻当然也顾不上这些了，他满脑子里都是自己去年夏天去特警支队的训练基地采访时的画面，满脑子都是那五个人，一人一组，靠着飞爪在短短的几十秒内便踩着建筑外墙翻上五层楼窗台的特战队员的背影。

人家也没有防护措施，人家还是顶着八月初的酷暑，而且人家还没有美女啦啦队观战打气，不也照样几下就爬上去了吗。

向南风刚才的这一抛，倒还真的抛得不矮，他粗略地算了算绳子的距离，自己即便是没有爬上来十米，八米总也是有的了。

“南风哥，是爬到头了吗？”

“没……没有，不过飞爪到头了，得……换一个继续往上了！”向南风眼看马上就要碰到飞爪了，赶快用右臂在绳子上转了个圈。然后右手死死地抓紧了绳子，跟着又把双腿撑起来，好让双腿和右臂更加均匀地受力。然后，向南风腾出了左手，摘下了左侧腰间的飞爪，他现在的这个姿势，是不允许他再从一侧向上抛投了，他只能把飞爪放在怀里，然后从怀里向上扔。

“南风哥，小心啊！”

佐和子的手电清清楚楚地照着向南风扔出去的飞爪，那飞爪碰到了怪藤树墙，发出了清脆的金属碰撞声，跟着便哗啦哗啦地贴着墙面往下掉。可是，实在不走运的是，这只飞爪没有挂上树墙上的缝隙，而且不光是没挂上缝隙，它径直下落还正好掉到了向南风的腿上：

——噗。

“啊……”

向南风一阵钻心的疼。

他眼看着那飞爪朝自己抓了过来，可是没有任何办法啊。

他本想用左手绑着的那个厚牛皮绑腿去挡飞向自己右腿的飞爪，但无奈离着太远，他如果做出这个大幅度的动作，则很可能会因此失去平衡，发出剧烈的晃动，进而引发挂在墙面上支撑他身体的那只飞爪的松动。

如果要是这样，那么他必然要从这个三四层楼高的地方径直摔下去。而且一旦如此，不禁他自身的性命受到威胁，更将会累及站在洞底为他照明的佐和子和湘西蛊主。

于是，向南风没有任何犹豫，他决定用自己的右腿碰碰这长着钢制倒刺的飞爪，看看它是不是像传说中那样名不虚传。飞爪因为从天而降获得的惯性，轻而易举地在向南风右腿的牛仔裤上穿了一个洞，然后刺破了他的肌肤和肌肉。

“啊……”

向南风发出了一声痛苦地呻吟。他觉着自己的腿就像是肉铺了被挂着在铁钩子上的一绺瘦肉，渗透着血腥的味道。

“南风哥，南风哥！你怎么了？”

“南风？”

就连湘西蛊主都听到了向南风的声音，他和佐和子都提心吊胆地喊着。

“呃……没……没事！继续，继续照明！”

“南风，你是受伤了吗？如果受伤了就赶快下来！千万不要蛮干啊！”

湘西蛊主显然已经猜到了上面发生了意外，他恳切又担忧地喊着。

“南风哥，南风哥，你别爬了，我们不爬了，我们不去了好不好，快下来，下来我们去医院！”

佐和子听到了向南风的呻吟，而且她和湘西蛊主不同。湘西蛊主是站在落叶池里看不见上面的情况，可佐和子却是亲眼所见，她眼睁睁地看着那飞爪掉了下来，扎进了向南风的右腿的肌肉里。佐和子吓得直哭。

“你！你哭什么哭，照着亮！”

向南风紧咬着牙关，长长地出了一口气。没事，没事，只是擦破了点皮而已。他一边给自己一个强烈的心理暗示，一边慢慢地蹲下身子，忍着痛，把尚且自由的左手朝右腿的小腿伸了过去。

然后，向南风一把抓住了那个挂在自己肉里的飞爪，连想都没想，噗的一声就把它拔了出来。飞爪之所以能牢牢地抓住任何缝隙，甚至是在没有缝隙的地方撕开缝隙，就是因为它有着尖锐的尖刺像利爪一样锋利，同时，它还长着同样锐利的倒刺，只要插进任何的缝隙，再想拔出来，都必须付出足够的代价。

向南风拔出飞爪，这勇气虽然刚猛，可这皮肉的疼痛来得更猛。特别是在这种情况下，他的右腿小腿虽然受伤，但也同样用着力，支撑着身体的平衡。

他这猛地一拔，连血带肉，几乎是在右小腿上拽出了一个小窟窿，血窟窿、肉窟窿。这一下疼得向南风一歪，差一点失去平衡撞到树墙的墙面上。

“南风哥，你没事吧？你流血了！”

佐和子眼睁睁地看着向南风的腿里，往外滴血，那血原本还是慢慢地往外渗，可当向南风拔出飞爪的瞬间，血一下就冒了出来，它甚至从向南风的腿上滴落下来。

“南风哥？快点下来啊你！”

“没，没事……”

向南风咬着牙说完了这句话，就不再说话了。他呼呼地喘着气，他知道自己不能有一丝一毫的停留了，因为他每在这树墙上停留一秒钟，自己的体力就会被消耗一截，还有腿上的血，也就会多流至少一毫升。

向南风根本没有犹豫和喘息，他左手攥着这个还挂着他血肉的飞爪，嗖的一声便又把它扔了上去。这一次，飞爪顺利地挂在了怪藤上。向南风用力下来，在确定飞爪已经抓牢怪藤的情况下，他用尽全力继续往上爬，三两步之后，他先路过了第一只飞爪挂着的地方，于是，他把绳子绕在左手的手臂上，探出自由的右手，从怪藤上摘下第一只飞爪，照例挂回右侧的腰间。

如此反复交错，向南风第四次抛投时，飞爪终于挂在了竖井口沿的外侧。整个攀爬大约用了4分钟的时间。向南风筋疲力尽地拖着满是血水的伤腿爬上了四号洞的竖井。他感觉自己的整个身体都被掏空了，心脏里的血流完了，肺里的肺泡都闭合了。

向南风强忍最后的一切力气将软梯绑在了竖井口沿外的一个怪藤上，然后扔下了软梯。他听着软梯叮叮当当地撞击着怪藤树墙，然后顺利地展开，掉进落叶池中，发出沙的一声响。向南风瘫软地靠着树墙坐了下来。

哎，我的天啊，总算是成功了。

紧跟着，恐怕还不到一分钟的时间，佐和子和湘西蛊主就顺着软梯爬了上来。佐和子不停地喊着“南风哥，南风哥”，可是却说不出一句整话，她只是一边哭，一边从背包里翻出纱布、碘酒，还有一个小铁盒。打开铁盒，那里面是几把不同型号的手术刀，缝合针和几包缝合线。

“哎哟，专业的就是不一样啊，咱要带个急救包顶多放几片创可贴。人家这……这还带着个手术室呢啊！”向南风咬着牙，抬头对湘西蛊主说。

“哎，南风啊南风，你说这种情况你还爬上干吗，多危险啊。你也不想想，什么最重要，命啊！没有命在，何谈去救归璐瑶啊！”

“呵呵，没事，我的腿我清楚。”

“清楚什么啊，伤口这么深，等会儿出去了，得赶快去医院打破伤风针才行。”

“那你现在干吗？要给我缝上啊？”

“当然了，简单处理以后，给你缝上。”

“我……麻药呢？我怎么没看见麻药，你直接缝是吗？”

“我上哪儿给你找麻药去，那都是处方药，只有医院有。再说了，你还怕疼啊！”

佐和子嘴上虽然这么说，可真到下手的时候，她好像比向南风还疼的样子。她一边不断地劝说向南风忍着点，一边还不停地用嘴给他吹气。湘西蛊主也紧紧地抓着向南风的手，就三个月大的藤原结晶都老老实实地蹲坐在旁边，翻着水汪汪的大眼睛看着向南风，一副给主人打气的样子。

终于，佐和子给向南风清洗、缝合并且包扎好了伤口。佐和子的业务确实非常出色，她不仅成功地给向南风止住了血，向南风甚至都觉着，腿上明显不是很疼了。而且趁着包扎伤口的这段时间，他的体力也得到了明显的回复。然而，就在他们以为自己可以长出一口气的时候，忽然，湘西蛊主的脸上却陡然紧张起来。一股阴风从甬道的尽头吹来：

“喂，你们，你们有谁看到藤原结晶了吗？”

伤口是一条通路，血液可以流出去，

细菌可以钻进来。

域外石棺（二）

向南风拼死攀爬四号洞的竖井，虽然最终成功登顶，但也付出了不小的代价。他被飞爪伤及右腿，所幸得到了佐和子及时的、专业的救治，既成功止血，又避免了感染。向南风抱着膝盖，看着被佐和子缠着绷带的右小腿，忽然咯咯地傻乐起来。

“嘿，佐和子，业务真好，不会留疤吧？”

“嗯，那要看你是不是疤痕体质喽，一般不至于。”

“千万别留疤啊，我这性感的小腿呦！”

“南风哥，我看你这回是真的疯了。是不是，师兄？”两个人都如释重负，佐和子看着向南风转危为安，也终于破涕为笑了，“来，南风哥，站起来走走，试试！”

“好，辛苦你了。”

“你这叫什么话，来，我扶你，师兄，师兄，扶一把啊！”

佐和子伸出手，打算扶起坐在地上的向南风，她本想着湘西蛊主也该自然地搭把手，可没想到，湘西蛊主居然傻站着没动，佐和子心里还挺不高兴，说道：

“师兄，叫你呢，扶一把啊！”

倒是向南风感觉着出湘西蛊主的不一样，刚刚他和佐和子有说有笑的时候，湘西蛊主就没跟他们说话。显然，这有悖常理。他怎么了？

向南风朝佐和子摆了摆手，示意她别去打扰湘西蛊主了。同时，向南风在佐和子的搀扶下忍着疼站了起来，显然，佐和子的技术水平真是不错，向南风此刻的疼痛感已经小了很多了。他站稳以后，拍了拍身边的湘西蛊主，问道：

“嘿，怎么了，湘西蛊主？你怎么不说话啊？出什么事儿了吗？”

“啊？”湘西蛊主回过头来，看着正跟他说话的向南风，“包……包扎完了？”

“是啊，湘西蛊主，你怎么了？”

“哦，你们……”湘西蛊主满脸的凝重，那眼神充满了紧张，“你们谁看见藤原结晶了吗？”

“什么？结晶，结晶怎么了？它去哪儿了？”

“哎，你刚才给我缝合的时候，结晶不是还在旁边蹲着看我们的吗？”向南风这才意识到藤原结晶消失了，他猛地低头朝着刚才藤原结晶蹲坐的地方望去。可是，那里空空如也。

“是啊，这么快的时间，它能跑哪儿去？”佐和子也一下紧张了起来，她唰地打开了手电，朝着甬道的远处照了过去。“结晶，结晶！”

“它肯定是趁我们聚精会神给南风治伤的时候自己先往前跑了！”湘西蛊主指着甬道延伸的方向说道。

“走，我们赶快去找结晶吧！快点！”

“哎！南风，你这腿……”

湘西蛊主指着指向南风的右腿。

“我没事啊，刚才那样都能爬上来，现在又有了佐和子这妙手回春的医术，没事，放心！”向南风说着，有一点踉跄地往前走了几步，“看，没事，走吧，别傻站了，快点去找找结晶！”

三个人一边说，一边往前走，他们用各种光源照亮甬道，并且不断呼唤着结晶的名字。可是，完全出乎三人预料的是，他们起码往前走了二三十米，既没有见到结晶，也没有看到甬道的尽头。

“这是怎么回事？不应该啊！”

“是啊，师兄，按照刚才咱们在日料店的分析，这甬道按理说应该走不了几步就该出现一个竖井，竖井直通地下25米处的第五层主墓室啊！”

“这个……”湘西蛊主极为困惑。这究竟是怎么回事，为什么甬道还在向前，为什么地面上还没有出现那个通往地下主墓室的竖井呢？

“汪汪！”

“哎！是结晶，是结晶呀！”

忽然，寂静的甬道里传来了一声犬吠，佐和子第一个听到了结晶的声音，她大声喊着结晶的名字。很快，从甬道的远处，一个幼小的身影疾驰而来，结晶跑了过来，一路狂奔。它跑到佐和子的脚下后，佐和子正打算教育教育它，告诫它不能乱跑，却没想到结晶一口咬住了佐和子的裤角，拉着她一个劲儿地往前走。

“哎，结晶，结晶你怎么了？”

结晶的反常表现，反倒是把佐和子弄蒙了。

“它肯定是发现了什么，走，咱跟着它走！”

湘西蛊主眼前一亮，立刻加快了脚下的步伐。

藤原结晶在前面带路，湘西蛊主在前，佐和子扶着向南风走在后面，一行人很快走到了甬道的尽头。甬道的尽头是一堵树墙，在树墙的两侧，各有一条完全对称的路。藤原结晶直接进入了左侧的那条路，湘西蛊主想都没想就跟了进去，佐和子和向南风两人对视了一眼，跟着也走了进去。这条路非常短，只有实际上也就四米远，他们刚一拐过来就看到了墙，而墙的左侧，又是一条向前延伸的路。藤原结晶一边吠叫，一边在那里等待着他们。

可是，那里究竟有什么呢？

“师……师兄，前面，前面是什么？”

佐和子扶着向南风的胳膊不知不觉地勒紧了。

“别紧张，佐和子，我们都在呢。”

向南风一边鼓励佐和子，一边也朝已经站在了道路转角处的湘西蛊主问道：

“嘿，湘西蛊主，前面究竟是什么东西啊？”

“这……这不可能啊！”

向南风他们看不见湘西蛊主的表情，可是，听他的声音，前面出现的景象一定令他难以置信。

“怎么了，师兄，究竟是什么东西？”

“是……是棺材！哦，不，不光是棺材，是墓穴。”湘西蛊主转过了头，看着走到面前的佐和子和向南风，“怪了，又跟原来一样。哦，不，又不一样。”

转眼间，向南风和佐和子也站到了甬道的转角处，他们向这条未知的道路上望去，眼前伫立的又是一个熟悉的景象：

一口棺材直插在土坑里，土坑外，一块墓碑插入地下。然而，就像湘西蛊主所说的，在这四号洞里，他们不仅没有找到竖直向下，通往地下25米深主墓室的竖井或通道，反而意外地看到了新的墓穴。当然，这个墓穴的发现出乎他们的预料。它的出现说明了他们的猜想是错误的，这里四号洞连通的并不是什么主墓室，而是跟之前一样的墓道。

在这条墓道上，墓道上的墓穴的形制和之前看到的所有墓穴也一般不二：一个木头棺材被插在土坑里，一块墓碑在土坑外。而且，向南风和湘西蛊主还和以前一样，拆开棺材，验证里棺材中的尸身。

当然了，依然没有期待已久的雍家族人，棺材中的尸体还是那种狼犬厉鬼。不过，唯一和之前不同的是，这四号洞最终连通的墓道既不像一号洞、二号洞和三号洞，是圆形的环状墓道，也不像五号洞连通的那种六边形墓道。四号洞连通的墓道形状是一个非常窄的窄条状的长方形。

所有的墓道都位于长方形的两个长边上，每到长边都平均分布着13个墓穴，加起来，刚好是26个。这数量与墓道的高度位置，倒确实与湘西蛊主发现的雍家坟的建筑和墓葬分布规律相符合，即高度每下降5米，墓道内的墓穴数量下降5个。

这样比起来，特别是参考了海拔仪给出的海拔高度，四号洞墓道的高度确实与整个雍家坟的地面持平，等于位于地下0米的高度上，同时，这里的墓穴数量又刚好比它下面5米的二号洞墓道中的墓穴数量多出5个。

不过，这里的墓穴分布和下面的比起来，还有另外一个区别，那就是这一层墓道里的墓穴，一个一个墓之间都能看到，隔着一个墓，能看到它后面的墓。这在以往的墓穴分布中，是从来没有的。

向南风和湘西蛊主一连拆掉了这最后的26口棺材，并且将棺材中的26具狼犬厉鬼的尸身化成了26团黢黑的尸烟。佐和子把所有刻着雍家族人名字的墓碑擦拭干净，并且把碑文内容与每一个墓穴的位置都记录在案。

三个人忙完了这一切，便无可奈何地顺着软梯又下到了竖井下方，跟着通过甬道，重新走出了雍家坟的四号洞。

在这种诡异的地下陀宫之外的黑暗院落里，在那堵灰色古老的高墙之下，三个人席地而坐，小狗藤原结晶也跳到了佐和子的怀里，一副兴奋却又暗藏疲惫的样子。

“怎么样？说说吧！”三个人坐下来能有半分钟，向南风才率先开口。

“呵呵，难道就这样结束了吗？”

湘西蛊主满脸沮丧。今晚的行动，他的情绪变化很大，可谓大起大落。毕竟，是他率先发现了雍家坟地下陀宫的建筑与墓穴分布规律，几个小时之前，他还大言不惭地给向南风和佐和子讲解，并且当即否认了向南风认为四号洞将通往与地面持平的墓道，且墓道上应分布有26个墓穴的猜想。

可他万万没有想到的是，事实的真相居然无情地推翻了他的本应无懈可击的推理。他错了，向南风反倒是对了。而且，因为他的执意坚持，向南风才本着向雍家坟主墓室和核心秘密冲刺的精神攀爬四号洞竖井，并且最终因此被飞爪所伤。害得向南风受伤，湘西蛊主心里格外后悔，他认为向南风的负伤是他推理失败的结果，他甚至认为，自己本该为向南风的负伤负责。所以，此刻他的心情经历了大喜大悲，他失魂落魄地说道：

“要不我们别在这里坐着了，赶快回去吧，等会儿进城我开车，我有国际驾照。咱们赶快先送南风去医院，打一个破伤风针。千万别让伤口感染了才是。”

“这个……”

送向南风去医院打针，这确实是一个非常合理的建议，佐和子原本还想就今晚的行动发表一些看法，可同样关心向南风的她，听到了湘西蛊主的建议，也立刻闭上了嘴，表示应该立刻终止行动，送向南风去医院打针。

此刻，向南风坐在两人中间，他左看看湘西蛊主，右看看佐和子，苦笑着说道：

“喂，你们俩人怎么回事？这什么心理素质啊？刚遇到一点困难就要当逃兵？嘿，真是，看来这资产阶级思想就是害人啊！鼓起勇气啊，我们又没有输！”

“南风哥，可是你的伤？”

“我的伤怎么了？你妙手回春已经好了啊！再说我没说我不去医院，不去打破伤风针。但早一两个小时，晚一两个小时有什么妨碍吗？再说了，佐和子，你平心而论，你的技术水平比普通医院的大夫怎么样？嘿，佐和子这业务是真叫棒！”

向南风说着，笑着又把头从佐和子扭向了湘西蛊主，对湘西蛊主说道：

“这佐和子可真行，我跟你说，刚才在底下她给我缝针，我真以为会很疼呢，没想到，人家手真巧。刚才我忍着还看了看，那针脚，缝得比苏州专业的苏绣绣娘都不差呢！真棒！佐和子！”

向南风的一番话，说得佐和子一脸乖乖的表情，她想笑，可心里心疼向南风，所以苦得很；她想哭，可是又觉着三个人能这样在一起，这种黑暗里人性的温馨，哪怕是现在死了都不感到痛苦，所以她又幸福得很。

“好了，你们两个都振作起来！听我分析分析吧！”向南风说着，又使劲儿往起坐了坐，“其实刚才在四号洞墓道里发现那些棺材的时候，我就一直在想着这究竟是怎么回事。我跟你们不一样，我很高兴，你们觉着，特别是你，湘西蛊主……”

向南风用手一指湘西蛊主，说道：

“特别是你，湘西蛊主，你肯定是觉着自己分析错了，你用合理的推理把我和佐和子都推翻了，你让我们都相信了你最终的结论，那就是四号洞连同着主墓室，主墓室在地下25米，而且里面只有一个棺材。你觉着你分析错了，是吧？”

湘西蛊主没说话，他只是默默地看着向南风，一句话也没有说。向南风笑了笑，继续说：

“我跟你说，你没错！我到现在都认为你不仅没错，你分析得太对了。”

“老大，你真活该把腿给剐了，你说话也忒损了！”

湘西蛊主绷了半天，冒出了这么一句话，他这话一说，把佐和子和向南风都逗乐了。

“真是的，南风哥，你也太坏了，专门往人心口里戳啊！”佐和子也笑着说道。

“不不，我没有啊，我说的是真的！”

向南风一本正经地反驳道。

“你看，你看他多坏，又开始往我心里撒盐了！”

“嘿，我真说的是真的，你这人有迫害妄想症吧！”湘西蛊主原本还想说句什么，向南风一拍他肩膀说道，“闭嘴，你别说了，你先听我说，我这儿认真说呢，你们别打岔！这四号洞通往和地面持平的墓道，而且墓道上真有26个墓穴，这个意义很重大，虽然我们仍然没有发现任何直接的秘密，但是它再一次验证了湘西蛊主发现的那个规律，地面每下降5米，墓道内的墓穴数量减少5个。”

“南风哥，所以你想说的是？”

“所以我想说的是，虽然我们已经围着这个雍家坟转了三天了。而且我们到目前为止只发现了这五个洞口，而这五个洞口通向五个墓道，五个墓道里最终分布了26加21，加16，加11，加6，一共是……”

“一共是81个墓穴！”湘西蛊主说道。

“对，一共81个墓穴，但是，既然这五个洞口，五个墓道和墓道中的81个墓穴都印证了湘西蛊主说的那个规律，那么，我坚信，这雍家坟一定还有第6个洞口，而这个洞口连通的，便是位于地下25米，雍家坟圆心处的主墓室！”

“对！”湘西蛊主点了点头，此刻，他也从沮丧的情绪中走了出来，当理性重新占领他的大脑时，湘西蛊主一边点头，一边说道，“南风，你说的没错，一定有个主墓室，否则，这么多棺材，这么多长的墓道，它究竟围绕着谁，它究竟又为了守护什么秘密。”

寂静的暗夜里，一只黑色的飞鸟飞越黑色的天空，原来那飞鸟的羽翼比天空更黑。黑色的地下世界里，那个诡秘陀宫的深处：

听，那尘封在历史中的空气，正无声地转动起来。

如果我是一只鹰，

我也要飞越月的夜，云的国度。

域外石棺（三）

向南风本着向雍家坟主墓室和核心秘密冲刺的精神攀爬四号洞竖井，最终以右腿负伤为代价爬上了竖井。然而，四号洞竖井上面的甬道所连通的既不是主墓室，甚至也不是通往主墓室的竖井，而是一条分布着26个墓穴的墓道。

这一结果让三个人大失所望，他们原本抱着爬上竖井，就能达到位于雍家坟地下25米处的最底层主墓室，从而发现雍家坟秘密的心态乘兴而来，如今是乘兴而来败兴而归。特别最早发现雍家坟建筑和墓葬分布规律的湘西蛊主格外懊恼和自责。

不过，向南风却安慰他们，他认为这四号洞的墓道恰恰再一次验证了湘西蛊主所发现的规律，即距地表距离每增加5米，该平面内的墓穴数量下降5个。所以据此，向南风坚信，湘西蛊主的判断一定是正确的：在雍家坟地表25米以下，整个坟茔的圆心位置上，一定存在一个主墓室。那是整个雍家坟的核心，在那里埋葬的棺木中，他们很可能能解开雍家人从守南山来到这里，并且死亡的秘密。

天启六年八月初四，这一天，逃出守南山的雍家族人中发生了什么？这一天，他们脚下的这座雍家坟里究竟发生了什么？

“秘密，雍家坟的秘密一定会藏在那里！”向南风左手抓住了湘西蛊主的手，右手抓住了佐和子的手，“主墓室，一定存在！我们得想办法找到它。得想办法找到通往地下25米的那条竖井！”

“可是……南风哥，你跟我师兄说的都对，我也认为应该存在这样一个墓室，就像数数一样，古代社会等级森严，26，21,16,11,6，那6以后呢？总应该落到一个1上听起来才合理啊！”佐和子肯定地说着，可是，说着说着，她便又迟疑了，“可是……我们已经围着雍家坟的怪藤巨树转了那么多圈了，一共就只有这么5个洞口啊！哪里还有第六个！”

“哎，佐和子，你想想看，如果这第六个洞口也像前五个那么容易找，它凭什么埋着雍家坟的秘密？”

向南风刚刚说完这句话，湘西蛊主跟着也说道：

“没错，但凡它不是这么隐秘，我也没有兴趣去寻找它了。你想想，我们目前发现的这81个墓，有一个是完整的吗？全都被那个早我们一步捷足先登的白苗祭司破坏了。雍家人的尸体全都没有了啊！我们觉着‘鬼打墙’很危险，我们觉着这个，那个竖井很高，很难爬，或者一不留神就会跌下去摔个粉身碎骨。可白苗祭司呢？这些对她而言根本就是易如反掌。这些把戏怎么能拦住她呢？但凡这第六个洞口不是那么难找，呵呵，不瞒你们说，我现在都想打道回府了。找了也白找，找到了，照样一个棺材，棺材里一个狼犬厉鬼的尸体，顶多了，你翻出个墓碑，看看墓碑上的名字叫什么，然后记住了这个人，因为他的身份可能比较特殊，保不齐是雍家人的族长什么的。可是你就算知道了这些，又有什么用呢？南风是查过县志的，县志上这雍家族人的事儿可是一笔都没写过。你就算知道了死的所有人的名字，也照样没处去核对他们死前经历了什么。”

“哎，可问题是，师兄啊，白苗祭司找不找得到我不知道，但现在咱们好像也找不到那个洞口啊……”

“嗯，我有个思路。”

“我有个思路。”

嘿，几乎完全在同一时刻，湘西蛊主和向南风两个人说出了同样的五个字：“我有个思路。”呵呵，这真是太巧了，原来他们两个人慷慨激昂的陈词都是建立在已有思路的基础上。向南风和湘西蛊主两人同时听到了对方居然和自己说出了同样的话，他们俩同时转头看着对方，先是一惊，跟着相视而笑。

“哈哈，你先说。”向南风谦让道。

“你也有思路？还是你先说吧！”湘西蛊主也推脱着说道。

“嗨，你们两个就别推脱了！听我的吧，南风哥，这次让师兄先说！”

“哈哈，好，那听佐和子，湘西蛊主，还是你先说吧！”

向南风把手掌向上，指尖指向了湘西蛊主，做了一个“请”的动作。

“好吧，那我这次我先来！”湘西蛊主轻轻地咳嗽了一声，然后继续说道，“我们绕着雍家坟中心的这个怪藤巨树已经走过很多圈了，我觉着可以肯定，这个神秘的六号洞口绝对不可能跟其他五个洞口一样也在地表的这个圆圈范围内。而且我们现在通过已知的建筑结构可以看出它的建筑风格，雍家坟的建筑风格非常规整，前五个洞已经把怪藤巨树分成了很平均的五个等份，如果再冒出一个，就不规整了，所以六号洞肯定不在那里。”

“嗯，没错。”

佐和子点头，向南风也点头同意。

“可是湘西蛊主，那你觉着这六号洞会在哪里呢？”

“呵呵，要我猜想的话，我猜有两种可能。”

“哦？”

湘西蛊主说到两种可能的时候，向南风眼前一亮，他没想到的是，湘西蛊主的想法竟然和自己不谋而合，向南风愣了一下，跟着赶紧追问道：

“那么，你说的是哪两种可能？”

“我想既然不在地面这个常规的平面上，或许那就只有上天入地了。”

“上天入地？”

“上天入地？有点儿意思啊，你继续说。”

“所谓‘上天’，你们看那里。”湘西蛊主说着，用手指了指远处怪藤巨树的顶上，“你们说那顶上是什么？如果我们从外面爬上去，那树顶上有没有可能有洞口，甚至干脆有个洞口，进去就是个竖井，然后直接可以下到最下面？”

“师兄，这保不齐真有可能啊！你说呢，南风哥？”佐和子一边肯定湘西蛊主的猜想，一边问向南风。

“嗯，确实有可能，确实有可能。”

向南风还真没想到这一点，不过他觉着，湘西蛊主的这个猜想这样推测起来，还是很合理的。于是，他很快顺着湘西蛊主的思路想了下去，接着他说道：

“对，你说的这个还真没准就是对的！而且如果这六号洞在整个怪藤巨树的顶上，那它一定在树顶的中心，在圆心的位置。”

“对，没错。”湘西蛊主完全肯定了向南风的说话，“南风，我也是这么想的，如果这个洞开在整个怪藤巨树的顶上，就只可能位于中心点的位置上。”

“哎？这是为什么呢？”

佐和子抱着藤原结晶，左顾右盼地听着湘西蛊主和向南风的分析，然后不时地提问。

“你没听你师兄刚才一直在说吗？这雍家坟的建筑风格非常规整，我想建起这雍家坟的人很可能是一个完美主义者。你看已知的那五个洞的洞口，非常平均。而如果第六个洞口在整个雍家坟的最顶上，那如果在整个圆形的顶上开一个洞，你说以这个建筑者的审美，他会认为开在哪里最好看呢？显然是开在圆心上。”

向南风解释完了，湘西蛊主点头表示认可，然后他继续说道：

“开在圆心，这个就算是‘上天’了，还有一个‘入地’，我在想会不会有这样一种可能，这个通往地下25米的主墓室的通道，根本不是从上往下挖的，而是从下往上挖的。”

“什么？从下往上？什么意思啊，师兄？”

“就是说，我们一直想找到一条路下到主墓室，但其实应该有一条路是从某个地方上到主墓室的。呵呵……”湘西蛊主苦笑了一下，继续说，“可惜这条路的猜想，我到现在也没想清楚。或许这条路不在这雍家坟的范围内，或许有一条路能从外面直达主墓室，这也说不好。所以……”

湘西蛊主一看向南风，说道：

“南风，还是你先说说你的思路吧。”

“呵呵，其实我的想法跟湘西蛊主很相似，我觉着也是有两种可能性。其中第一种，就是刚刚湘西蛊主说的，第六号洞的洞口可能在怪藤巨树树顶上的圆心位置上。这个刚才已经说了，现在我就不说了。”

“哦？南风。那你赶快说说你的第二种可能。”

“第二种可能，咱俩想的不太一样。我认为这洞口不可能在这围墙外，而一定就在这雍家坟里面。”

“啊？真是在雍家坟里面？怎么讲，南风哥？”

“目前已知雍家坟中最深的墓道是五号门连通的墓道，在地下20米深。我认为，雍家坟如果有六号门，可这六号门如果既不跟一号、二号、三号、四号门在同一圈上，又不在雍家坟顶上的圆心上的话，那它只能开在其他墓道内部。那么，在已知的墓道中，五号门连通的墓道最深，所以，这六号门很可能开在五号门的墓道里面。”

“你是说五号门的墓道里藏着一个竖井？”湘西蛊主满脸狐疑地看着向南风，“可是……”

他“可是”后面的话还没有说出来，就又咽了下去。跟着，他说道：

“好吧，你说的也有可能。别管怎么说，现在咱们有了两个方向，一个是爬到古藤巨树的顶上，爬到那圆心上去看看，再一个就是再下到五号洞的甬道里去？”

“对，所以心动不如行动。我们直接验证起来吧！”

“好，那么先验证哪一个？”

“当然是验证头顶上圆心上的那个了！谁让那是咱俩共同的第一怀疑区域呢。”

“好，没问题，说走就走。”

湘西蛊主腾地站了起来，向南风本来也想像他一样敏捷地起身，可无奈刚要动，感觉腿上一阵疼痛。

“南风哥，你行不行？要不这样的活儿，我和师兄去吧，你跟结晶坐这儿歇会儿？”

“嗯，就是的，南风。你坐着歇会儿吧。”湘西蛊主也劝道。

“别逗了，我腿没事，再说了，这么重要的事情，怎么能少了我？”

向南风说着，忍着疼，一骨碌身子，侧身站了起来。他说了声“跟我来”，然后一步当先走到了队伍的最前面。没走几步，他便扎进了落叶池，然后到达了怪藤巨树脚下。

目测来看，这怪藤巨树大概比两层楼略高一点点，有个七八米高。如果把它当作一个建筑的话，那么这个建筑的外墙虽然不像建筑内部甬道的树墙那样都是垂直的，但它的坡度也一样很陡，虽然达不到90度，但起码也得有70度。所以，如果完全没有外力，想徒手攀爬的话，还是相当有难度的。

不过，向南风这次是有备而来的，他的腰上还别着两个飞爪呢。既然有飞爪，这样的高度哪怕是对于负伤的向南风来说，也是轻而易举的。于是，向南风选好了一个相对比较好的攀爬位置，从腰间抽出了其中一只飞爪，嗖地扔了出去。

飞爪顺利抓到了怪藤巨树的树顶上，向南风往后又拽了拽与飞爪相连的绳子，很快，飞爪便牢牢地卡在了树顶上怪藤之间的某一个缝隙里。

于是，向南风回头对湘西蛊主和佐和子说道：

“我先上，你俩再跟上啊！”

说着，向南风抓住绳子，用双脚踢着极陡的外侧树墙，不到半分钟的时间，便轻而易举地站在了树顶。

“嘿，佐和子，该你了！”

“好嘞，南风哥，等我啊！”

佐和子看似娇滴滴的姑娘，却还真不是个娇气的丫头。之前两次在雍家坟内部的竖井里，向南风和湘西蛊主都是两个人先爬上去，然后让佐和子把绳子捆在腰上，合二人之力把她拉上去的。其实那两次，佐和子就反复要求，想要自己试试。

这一次，向南风看着这外墙的高度不高，加上毕竟还有个70度左右的坡度，于是就放手让佐和子试了试。没想到这一试还真行。

“怎么样，南风哥，我就说不用你们拉，我自己也能爬上来吧？”

“不错，不错！巾帼不让须眉啊！”

佐和子爬上来后，不到半分钟的功夫，湘西蛊主也爬上来了。这怪藤巨树的顶上，还算平坦，那些藤条在这里变得异常得细，它的形状和状态虽然仍与下面一样，可直径却从藤一样的粗细变得像草一样。

向南风低头看着脚下这些从奇异世界生长的诡异植物，又抬头仰望天空中属于他的世界中的满天星斗，然后深深地呼吸。

未免洞口太小，容易错过，向南风提议，让湘西蛊主和佐和子分别跑到了这个巨大坟茔的另外两个方向上去，也就是向南风的60度和120度方向上。然后，他们三个人从这三个方向一起往圆心处走。

他们每两个人之间行走轨迹的夹角都是120度，这样，正好把一个正圆平均分成了三份。就这样，他们三个人从树顶的边缘一直走到圆心，又从圆心换了另外不同的角度，重新走回边缘，就这样，他们一共来来去去走了三趟，可最终，竟还是一无所获。

域外石棺（四）

向南风一行三人爬上雍家坟中心怪藤巨树的树顶上，然而，他们分头找了半天，不仅在巨树的中心没能找到通往地下25米处主墓室的6号洞口，而且，他们搜索了整个怪藤巨树的树顶，也没有发现任何能进入怪藤巨树内部的洞口。

可见，如果想进入怪藤巨树内部，就只能选择地平线上的那五个洞口。三个人心有不甘，却无可奈何，只能从树顶下来，重新回到雍家坟的地面上再作计较。不过好在，向南风和湘西蛊主在攀爬树顶之前，就曾经制定过第二套方案，如果树顶上没有六号洞口，那么下一步就该下到五号洞的墓道里去。于是，向南风一行三人又朝五号洞走去。走在前面的湘西蛊主一边走，一边回头问向南风：

“南风，你刚才说六号洞口也有可能在五号洞的墓道里，你说的时候我就想问，你为什么这么想呢？你是不是已经有了什么思路？”

“嗯，有那么一点点思路，不过很不成型，顶多说也就是个第六感。”向南风笑着说道，“你看啊，你刚才不也提到了‘上天入地’吗？‘上天’既然失败了，那‘入地’嘛，我觉着墓室嘛，总得跟墓道相连，否则如果墓室和墓道分开，那修墓道干什么？那从整个地下陀宫的机构看，主墓室就在五号洞连通的墓道下面5米，而且它的面积又比五号洞下的墓道小，所以我很自然地想，如果一定是跟某个墓道相连，那就应该是五号洞。”

“南风哥，其实……其实我有个想法……”

佐和子扶着向南风往前走，她原本一直是默默地听着向南风和湘西蛊主的对话的，可是这会儿，她忽然插了个嘴。

“哦，你说啊。”

“要不算了吧，我还是就帮你们记记事，打打下手吧。”

佐和子一副实在拿不准，欲言又止的样子。

向南风对佐和子说道：

“这有什么的，我们俩也什么都拿不准啊！说啊，说！”

向南风劝完了，湘西蛊主也说：

“嘿，佐和子，哪有你这样的，有什么就说出来，说一半儿算什么啊。”

“好吧好吧，那我说就是了。我就是在想，五号洞洞底下，下到那个竖井下面，不是有一个米字形的墓道岔口吗？就是南风哥说的那个八岔路口。”

“嗯，怎么了？”

“你是怀疑六号洞的洞口在那八岔路口中央？不不，这不可能！”湘西蛊主没等佐和子说完，就反驳道，“两点不可能啊，第一，那八岔路口就在整个雍家坟的圆心上，而我们现在推定，主墓室的中心，也就是主墓室中墓穴的位置也应该就在那个圆心上，如果说六号洞在那里，那六号洞莫不是直接是个竖井的井口吗？从这竖井掉下去，就是主墓室的棺材板？这怎么可能呢！再说，我告诉你第二点，昨天我踩过那个八岔路口的中心，那地面上全是怪藤，根本就没有土，不可能是洞口所在。”

湘西蛊主一通反驳，他一说完，佐和子就没话了，她低着头，只是默默地扶着向南风往前走。向南风当然注意到了佐和子的变化，于是，他立刻说道：

“湘西蛊主，哪有你这样的，人家都没说完，你就直接给否定了，你知道她要说什么啊！佐和子，别理他，你接着说。”

“这……”

“你快说吧！”

“其实我就是想，那个米字形的八岔路口很奇怪。你们想想，那个墓道的整体结构和棺材的分布，所有的棺材都放在六边形的6条边的中央，而且每两个棺材之间，是看不到的。只有那两个棺材，通过穿过米字中心的墓道相连，而且对头放着。我不知道它说明了什么，但是这样的安排似乎有些不合情理，多此一举了。我就是觉着米字中间的那一竖，很别扭。”

“我明白了！嘿，湘西蛊主，我觉着佐和子这个想法非常棒啊！或许那个六号洞的洞口就在米字的一竖的起笔处或者落笔处！”

“行，等会儿就有机会验证你们俩的猜想。”

湘西蛊主说着，大步流星地走进了五号洞的甬道，向南风不知道湘西蛊主的态度怎么忽然发生了这么大的转变，那感觉仿佛他是一个实力超群的马拉松运动员，在把别人远远地甩开到达终点后，居然坐在观众席上以一个观众的视角去欣赏其他运动员的比赛一样。

难道，他成竹在胸了？

20分钟后，向南风三人顺利地下到了五号洞的底层，并且来到了其中一处可疑的棺材处。从外表看，看不出这口棺材和其他的棺材有什么不同，400年的潮湿的环境使得木质结构变得扭曲变形，棺材外的油漆早已经脱落，木板的纹理在头灯的光照下异常清晰。

“我们得把这棺材抬走！”向南风说道。

“难道你们认为入口在棺材底下？”湘西蛊主苦笑着看着他们。

“不知道，不搬开看看，怎么知道有没有啊？”

“哎，算了，别忙啦，我想我的巫蛊术又可以派上用场了！”

“什么？你说什么？”

“你说什么，师兄？”

佐和子一听也一愣。湘西蛊主叹了一口气，说道：

“哎，真是对不起大家，我也是在下来之前才想到它的，我有一种巫蛊叫泥鳅蛊，其实我早就应该想到的，居然把它忘了。”

“泥鳅蛊？是用来探路的？”

“不不，那当然不是了，泥鳅蛊是在五月五日端午时，将泥鳅放在大片的竹叶里包裹，然后向竹叶内注入蛊药，泥鳅吸食蛊药中的毒素，一只泥鳅蛊就制成了。由于蛊主采用的蛊药成分不同，不同的泥鳅蛊会有不同的威力。而使用泥鳅蛊修炼巫蛊术，要将泥鳅蛊生吞入腹中。泥鳅蛊在蛊主体内，它的灵魂便与蛊主的惊魂相与为一。刚开始，蛊主只能驱使威力较小的泥鳅蛊，慢慢地随着对蛊驾驭能力的提高，便可以驱使威力强大的泥鳅蛊。每一只泥鳅蛊都有不同的功能和特性，相传巫蛊术的高手蛊婆同时可以驱使上万只泥鳅蛊，对一个目标发起攻击，这样的巫蛊术叫作万蛊蚀日。”

“那你现在要用它干嘛啊，师兄？”

“我放出泥鳅蛊是想让它帮我们找一下进入主墓室的通道！泥鳅蛊的肉身毕竟是泥鳅，在泥里找一条路径肯定比我们容易许多啊！”

湘西蛊主一边和他们解释，一边不慌不忙地低下头，将手指重新插入泥土中。

“等等啊，它马上回来，等等啊，马上就回来……嘿，它回来了，走，找到路了，天啊，还真在这里！”

湘西蛊主说着，走到这个米字一竖起笔处的那口棺材前面大约一米的地方。

“佐和子，还真让你猜对了，其实墓道口就在这里！不过不是在棺材下面。”

跟着，湘西蛊主从背包上解下行军铲，向棺材背后的长满青苔的泥墙上奋力一击。原来，这块青苔附着的地方并不是一堵树藤墙，而是泥土的墙面。生长的树藤在这里偶然地留出了一个缺口，经年累月沉降的泥土堵塞了这个缺口背后的空洞，而旺盛生长的青苔又长满了泥土的表面，使这块地方看起来与其他的树藤墙一般无二。

不过，在行军铲一连几次的撞击后，薄泥沉降浇筑的墙面彻底坍塌。他们的面前出现了一个空洞，空洞两边的树藤都分部向左右两侧生长，留出了一个直径1米左右的缺口，缺口里，是一个被树藤紧紧包裹的隐秘空间：

那又是一个竖井！

湘西蛊主用行军铲将整个泥墙的前面豁开，竖井的形状完完整整地呈现在了他们的眼前。三个人继续把绳子捆绑在棺材周围的怪藤上，然后依次进入了竖井下的下层空间。

这里是整个陀形墓穴的最底层，也是主墓室的所在。

主墓室的建筑顶部呈现出半圆的球状，成千上万的黄白色怪藤组成的树藤墙壁包围着主墓室，而这些树藤，又都最终汇集向墓室中央的半球中心，然后统统环绕拧系在一起。而整个主墓室中，最为抢眼的，就是墓室正中面朝他们的一个巨大的墓碑，那墓碑高接近两米，宽大约有1米，只厚度就超过30厘米。

“快看！这里埋着的是守南山雍氏的族长！”

向南风的眼睛最尖，他一眼看出了墓碑上的字。那墓碑上清晰地刻着：守南山雍氏族长，雍维桑之墓，天启六年八月初四。

三个人绕过墓碑，直奔墓碑背后的棺椁。与上面5层的整整80个棺材截然不同的是，主墓室里的雍维桑的棺椁颇有皇家气派，巨大的花岗岩石棺上，竟然雕刻着满满的浮雕。

但是，这些浮雕的内容怪异而神秘，因为猛地看起来它好像根本没有内容可言，好像只是一种对石棺的装饰。浮雕的基本元素是突出的如拳头般大小的半球，这些半球看似毫无规则地相互覆盖，无序地布满整个石棺的表面，毫无对称感可言。可以非常肯定的是，石棺上浮雕的图案，绝非来自任何时代的中原华夏文化，也肯定不带有常见的宗教色彩，但是，如果硬要说它与苗国有什么关系，好像也并不直观。

湘西蛊主趴在石棺上认真地看，向南风猜想，他一定希望找到这石棺与苗国的联系。毕竟，浮雕作为一种造型艺术一定代表了某一文化体系的审美特点和文化特征，而石棺上的浮雕，甚至可能描绘宗族的图腾和文化符号。这是判断雍家坟和400年前的雍家与苗国关系的最好见证，也是目前可知的，唯一直观的明证。可是，这些浮雕究竟属于什么文化？

“这是苗国的东西？”

向南风将信将疑地看着浮雕中这些奇怪的图形问湘西蛊主。

“这个……实在不好说，可是如果它是，它与我见过的苗文化好像迥然不同。”

“是啊，这上面怎么都是突出的半球，这是符号吗，完全没有人物也没有动物啊！”

向南风看着整个石棺上的浮雕，这些浮雕的雕刻手法非常的纯熟，从某种意义上讲，如果抛开石棺这一典型的古代丧葬器物的形制，单从浮雕本身看，这个石棺的浮雕给他一种强烈的现代视觉冲击性。因为从远处看，覆盖整个石棺的浮雕，给人以极强的装饰感和不对称性，这不能不让他自然地想到现代的西方装饰画。

然而，他绕着石棺转了两圈，又仔细地观察这些奇怪的突出半球。它们中有的相互分离，离着很远，有的相连或者相接，又或者相互遮挡。

向南风虽然看不出这些半球的排列有什么样的规律，但是他隐隐地感到它们并不像直观视觉上看起来的那么随意和无序。因为，他感觉反复地看到了一些重复出现的图案，显然，它们应该不仅仅是起到一种装饰石棺的作用。或许，它们的排列在传递一种特殊的信息，只是这些信息，他们尚未可知。

“这会不会是某种文字？”向南风看着湘西蛊主问，他知道，他也一定沉浸在和自己类似的沉思中，“苗国有没有文字？”

湘西蛊主张开嘴，倒吸了一口气，皱着眉头回答我：

“我的奶奶不会写字，我们滇藏花苗一支绝对没有文字。目前已知的苗文化研究没有苗国存在过文字的可靠证明。藤原教授也认为，苗国是一个没有文字的特殊文明。”

“你这话说得颇有玄机啊？”一直傻傻地盯着图案看的佐和子在旁

边说道。

“不，只是严谨一点而已，我没有看到过，或许我就不能说没有。”湘西蛊主回答道。

“可是师兄，如果说这些图形是文字，实在有些牵强吧？只有圆形，其他任何形状都没有，肯定不是象形字，也不可能是字母啊！”

佐和子摸着石棺上的图案说。

“可是，有些东西……”向南风迟疑了一下，一个灵感一瞬间占据了他的整个大脑，“它是不是文字其实也并不重要，重要的是，我们应该可以认定它是以类似文字的方式在传递一些信息。你们觉着呢？”

“嗯，是。”

佐和子首先肯定了向南风的猜想，然后她转过头。湘西蛊主看着向南风，也点了点头。

“如果你不想猜测它是一种文字，你想证明什么？”

向南风拍着湘西蛊主的肩膀问他：

“你不觉着它可能更像另一种东西吗？比如……”

“比如什么？”

“莫尔斯密码……”

你好，雍维桑。

好久不见了！

域外石棺（五）

向南风一行三人第三次夜探雍家坟寻找通向地下25米处雍家坟主墓室的道路。湘西蛊主灵机一动，想到了利用泥鳅蛊带路的方式。果然，在泥鳅蛊的帮助下，他们在五号洞连通的墓道内发现了一堵被泥糊上的墙，砸开泥墙，泥墙的背后就是一条向下的竖井，直通雍家坟的主墓室。

主墓室内除了刻有“守南山雍氏族长，雍维桑之墓，天启六年八月初四”字样的墓碑外，还有一口看起来并未被移动的石棺。与雍家坟墓道中所有的棺木不同，墓道中的棺材都是木质的，而且那些棺材很明显原本是被埋在土里的，后来，才被不久之前先于他们进入雍家坟中的白苗祭司用法术从墓道下的泥土中翻出。可主墓室中的棺材，体型巨大，而且是由石头雕刻而成的，看起来，其重量起码要在千斤以上。而且，这口石棺完好地平放在主墓室的中央，它周围的地面都是怪藤，从表面看，仿佛看不出有被人翻动过的痕迹。

“湘西蛊主，我问你个问题。”向南风扶着石棺，问道。

“你说。”

“你是研究历史的，这个你肯定比我懂。有个问题我很奇怪，你看，这石棺上的图案这么古怪，我们从来没见过这样的文明形式。其实不光是这些图案。你有没有发觉，这整个雍家坟里的葬俗也很奇怪。”

“葬俗？是指墓葬的习俗吗？”佐和子问道。

“对啊，不光是墓葬，墓葬当然是最终的结果了，也包括下葬，下葬是过程嘛。你们看啊，我刚走进这个主墓室的时候，光是看这个石棺，我觉着这墓室特别像明清时期的帝王寝啊！你们有没有去过北京的明十三陵？定陵的地宫可都开放了。还有河北的清东陵和清西陵。这些明清帝王的陵寝地宫……”

“对，南风哥，我去过，你刚才说的时候我也在想，就这种形制，关键是这墓室的大小啊、高度啊，和中间这个巨大的石棺，整体的比例，这么大气，如果把周围的怪藤换成石头砖，我肯定觉着这就是明清时代帝王级别的墓室。”

“对，其实最关键的就是这口石棺。虽然我们不知道这石棺上纹饰的风格和含义，不知道它的文明形式，但是这石棺一看就价值不菲，当时做这么大一个石棺，肯定得花不少钱。”

“没错，说得好，你们能看出这石棺的来历吗？”

湘西蛊主眼前一亮，他也走上前来，用手摸着石棺问道。

“来历？什么来历？”

佐和子先是一愣，然后满脸的疑惑。向南风也是一脸的茫然。

“什么来历？你是说从哪里来的？”

"嗯……基本可以这么说。刚才咱们三个人都趴在这儿看石棺上这些古怪的纹饰，就连藤原结晶都用鼻子在这儿闻。当时，我就在想一个问题。就像南风说的，我虽然还无法从这些纹饰上判断出这石棺的文明归属，或者说，我想不到它会跟三苗有什么关系。可是，我想就这种石雕的工艺，再加上这作为石雕材料的石头本身，看它的材质，我觉着对于这口石棺的来历，我倒能猜个八九不离十。"

"哦？——哦！"向南风一拍大腿，激动地说，"我怎么没想起来，我知道了，你是说这石棺它不是来自望山的，对对对，有道理，我在望山长大，望山没这种石头，望山就算是出石材，也都是在守南山出。可守南山肯定不出产这种石材！"

"这石头倒真是很漂亮，像白玉一样啊，南风哥，你看，用光一照，这石头里泛着一点一点的金光呢。"

佐和子用手电紧贴着石棺表面照，在强光的照射下，石棺光滑表面仿佛充满了细腻的金色颗粒，洁白如玉，但又光彩如宝石。

"这就对了。这种石材就是古代石雕当中最昂贵的材料，汉白玉。"

"汉白玉？师兄，我听说过，这不是古代最高档的石材吗？皇帝用的？"

"对，没错。汉白玉是一种名贵的建筑材料，它洁白无瑕，质地坚实而又细腻，非常利于雕刻，所以古往今来，中国的古典建筑，大凡是名贵的，不惜成本的话，都会用它作为石材。当然了，也不光是皇家建筑，其他的建筑也有可能。今天我知道，汉白玉的这个'汉'字，是'汉族'的'汉'，'汉朝'的'汉'，所以关于它的来历，就有两种说法。一种说是因为中国从汉代开始，就用这种洁白无瑕的美玉来做建筑材料的，人们就顺口说成了汉白玉。汉代的石雕很多，而且特别是汉代视死如生，把死亡当成生命的延续，所以汉代的死人墓都极致奢华，汉墓的贵族墓葬中就有大量的装饰用了汉白玉。可除了这个以外，还有另外一种说法。”

湘西蛊主说到这里，脸上露出一丝笑容。向南风心想，汉白玉这样有名的石材众所周知，湘西蛊主之所以要在这里讲它名字的由来，想必必有深意啊。果然，他继续说道：

“可是你们知道这名字的由来还有一种解释吗？据说这汉白玉的‘汉’字本来不是‘汉’朝的‘汉’。而是‘干旱’的‘旱’。”

“哦？干旱？”

“对。中国人素来喜欢玉，有非常悠久的玉文化。从新石器时代长江流域的良渚文化到北方草原的红山文化，再到殷墟的武丁时期，妇好墓，出土过很多玉器。这些玉器里面有一大类最高档的就是白玉。早期文化时期的鸡骨白玉，后来殷商时候开始有了产自新疆和田的和田玉，但这些白玉无一例外，它都是水玉。”

“水玉？是产自水里的玉？”

“对啊。都听说过现在和田玉有山料有籽料吧？”

“那当然了，连我都知道，山料是山上的，籽料是河床里面的。哈哈。”

佐和子在旁边搭话道。

“没错，可问题是你说的这是现代。在古代，清朝以前，和田玉可没有山料，都是籽料。你想想，当年路途遥远，而且没有现在的开山用的炸药。当时的人进山背玉，他不可能爬到几千米高的山上去炸山，开山料。它只能是沿着和田河的河边走，在河床里捡籽料。那这是什么意思呢，就是说，在很早很早以前，所有做礼器、做装饰品的这些白玉它都是在水里的，是水玉。可后来出现了另外一种白玉，它在山里，它不在水里。”

“哦，我知道了，你是说水里的玉是水的，是水白玉，这山里的玉是旱的，是旱白玉。而这汉白玉的汉，其实就应该是‘干旱’的‘旱’。”

“可是师兄，这汉白玉是山里的，这个没错了，可是这只是其中的一部分啊，关键的问题在于，我们眼前的这口石棺，它是哪座山上的啊？”

佐和子拍着石棺问道。

“哈哈，你说的好，我告诉你它产自哪里！历史上，汉白玉的产地有不少，而你们看这口石棺，它的磨光性、透光性都非常好，几乎可以和水白玉媲美了，而且它的颜色也是白而清润，质地纯而细密，可见，能出产这种品质的汉白玉的地方，只有两个，一个是北京京西南房山的大石窝，还有一个则是四川雅安宝兴县。”

“啊？一个是北京，一个是四川雅安？湘西蛊主，你确定吗？”向南风有些难以置信，他有点自言自语地说道，“这可能吗，这两个地方离望山可都太远了！”

湘西蛊主一说到这两个地方，向南风一下想到了宋徽宗的太湖石。据说宋徽宗非常喜欢太湖石，可太湖石产自太湖，从太湖到北宋的都城东京汴梁路途遥远，而太湖石的体积和重量又太大。所以，当时给宋徽宗运太湖石的人就想了个办法，趁着冬天天冷的时候，往路面上洒水，等水结成了冰，摩擦力小了，再在冰面上拖拽太湖石。

后来北宋亡国后，宋徽宗千辛万苦从太湖运到开封的太湖石又被金人运到了自己的都城，金中都。金人也同样是用冬天泼水结冰的方式，把这批太湖石运走的。后来，时过境迁，这些流落到金中都，也就是今天首都北京的太湖石又被清朝的乾隆皇帝看上了，他修建北京的皇家园林北海公园的时候，就用这批太湖石堆成了北海中央的琼岛。

显然，在交通不便，特别是缺乏大型装载设备的古代，想长距离，甚至是跨省运送石材，简直比登天还难，甚至有不少人还戏言，北宋的灭亡就是因为宋徽宗运太湖石，消耗了太大的国力。

可见，如果真如湘西蛊主所说，雍家坟中，眼前的这口石棺，体型如此庞大的石棺，如果它真的产自望山以外的地区，无论是北京的房山还是四川的雅安，这在雍家坟落成的时代，距今390年前的天启六年，把这么沉重的石棺运到望山，实在是……实在是惊天的壮举啊！

这个时候，就在向南风的思绪天马行空的时候，佐和子问道：

“师兄，你说这石棺的石材产地要么是北京京西南房山的大石窝，要么是四川雅安的宝兴县，可是这石材的产地就等于这石棺的来历吗？或者说，虽然石材产在这里，但石棺就一定是在这两个地方生产后，再运到望山的吗？”

向南风听了佐和子的问题，眼前一亮，对，这真是一个好问题。

显然，湘西蛊主也认为这个问题不错，他笑了笑，说道：

“佐和子，你这个问题问得好！我先回答你，你这问题答案是：不是。这石棺既非从北京运来，也非从四川运来，它是从河北的曲阳运过来的。”

“什么？曲阳？”

“曲阳？曲阳是哪里？”向南风和佐和子两人都是一愣：

曲阳？这个地方，他们连听都没有听说过。湘西蛊主一阵苦笑：

“哎，你们真是少见多怪。曲阳是河北保定下属的一个县，历史相当悠久。相传，春秋战国时，百家争鸣，这十家九流中有一位名士，他婴儿时，因为被遗弃在曲阳县一座叫黄山的山上，所以被人称为黄石公。在当时，这黄石公与鬼谷子齐名，传说他有两本书非常有名，一本叫《太公兵法》，另一本叫《雕刻天书》。后来，他把《太公兵法》传给了张良，于是张良就靠着这本书帮刘邦得了天下。而这《雕刻天书》呢，他传给了宋天昊和杨艺源这两位弟子，从此曲阳石雕便名满天下了。”

湘西蛊主说到这里，没想到却引来了向南风一阵大笑：

“哈哈哈，你说你怎么这样？明明大家都在集思广益，想从这石棺上找出点儿真实历史信息的端倪，您可倒好，改给我们讲传说故事了。”

“哈哈，我不是为了调节一下气氛嘛？我看你们俩刚才那眼神，太紧张了。”

“哈哈，这倒是啊，师兄。你刚才说你知道这石棺的来历时，不瞒你说，我后背直发冷。”

“你不是还抱着藤原结晶呢吗？这还冷啊？抱个‘小火炉’。”

“那也紧张啊！不过现在好了。”佐和子笑着说，“得了，师兄，你快好好说说吧，你究竟是怎么看出这口石棺是曲阳雕的？”

“还是看纹饰啊，你们看！”湘西蛊主说着，把手指向了石棺上的那些奇怪的圆圈，“你们看这些圆圈。它不是完全的圆圈，而是一个压着一个，一个盖着一个，虽然它们的纹饰本身不规则，但是这种雕刻的手法却非常见功夫，你看，一点都不乱。”

湘西蛊主指着其中一个圆圈的边沿，对旁白的向南风说：

“南风，你看看这里，我们就随便挑一个圆圈，你看，这个圆圈压着它下面的这个圆圈吧？”

“嗯。”

“你看，上面的这个圆圈大概厚2毫米。可是你再看这个，它旁边的这个，也是厚2毫米吧？”

“对。”

“你再看这个，看这个，哦，还有这个……”

湘西蛊主一边说，一边在前面走，跟着，他三步并作两步地绕到了石棺的背后，另外一个面上，然后，随便指着一个圆圈，这个圆圈和下面被它压着的圆圈跟之前他指的那些具有相同的位置关系。

“你看，南风，这个，这个也是2毫米吧？佐和子，你也看。你们都看看，是不是无论它的纹饰怎样杂乱无章，只要圆圈与圆圈保持相同的叠加关系，它之间的厚度就都是这样，都是2毫米吧？”

“对，真的啊，非常规整。”

“是啊，师兄，能看得出，这石棺的雕工非常精湛。”

“而且你看。”向南风一边观察着湘西蛊主指出的那些厚度规律，一边和同样仔细观察的佐和子说道，“佐和子，你看，而且这些圆圈，它还都不是平的，不是一个平面，而是曲面，要么是凹面的曲面，要么是凸面的曲面，但别管是凸面还是凹面，都格外规整，特别特别的规矩！”

“没错，这说明它的工艺格外精湛，综合分析这雍家坟修建的时间，天启六年，以当时来说，我们虽然不能判定这些纹饰的文明归属，但就从雕工来说，在天启六年能定制这样的一口石棺，能完成它的地方，就只有曲阳了。另外，我还是要说就这些圆圈，一个压一个的这种处理方式，这是标准的曲阳宫廷石雕的处理方式。你们看没看过北京故宫或者是很多皇家园林的石栏杆。”

“雕栏玉砌应犹在，只是朱颜改。呵呵。”向南风随口背了一句李后主的名词，“湘西蛊主，你说的就是那‘雕栏玉砌’吧？”

“对，明清皇家的汉白玉石栏杆，栏杆的头上都是云朵纹。就那种云朵纹的云朵之间，高高低低的关系处理，和这个石棺上圆圈之间的覆盖处理方式，如出一辙。”

“哦！师兄，我明白了！也就是说，这石棺是什么人在河北的曲阳定做的，这些石棺上的圆圈纹饰我们不知道来自于什么文明，可曲阳的工匠在呈现这些圆圈时又采用了当时典型的宫廷石雕工艺？而且他们还选用了北京京西南房山大石窝顶级的汉白玉作为原料，最后做好以后，运到了望山？”

“对。可问题是，究竟是什么人定制了这口石棺呢？”

“是啊，这是一个能请宫廷御用匠人出山的神秘人，而且他还来自某个神秘的域外文明的世界……”

如此华美的石棺，我也想躺在里面。

域外石棺（六）

向南风一行三人终于历经艰险，成功进入了雍家坟的主墓室，并且在这里见到了一口巨大的石棺。这个石棺绝非寻常人家能够使用的寿材。它体型巨大，雕工精湛，制作这口材料的石材出产于北京西南房山的石窝子，而雕刻这口棺材的匠人居然还是河北曲阳的宫廷御用匠人。

究竟是什么人能够承受如此巨额的开销，把这口棺材从万里之遥的地方运抵望山？而且，这个人还必须能够有能力请到宫廷匠人出山，为他雕刻特别订制的石棺。

“师兄？有没有这样一种可能，这石棺不是在曲阳雕刻的，而是那位宫廷御用的石匠来到望山雕刻的呢？”

“这个……”湘西蛊主和向南风都笑了，不过，向南风没有说，还是湘西蛊主说道：

“佐和子，这怎么会呢？这样做，成本更大啊。你想想看，汉白玉原石在没有雕刻之前，刚刚开采出来肯定比现在成型的石棺更大，而且重量也更大。运送这么大的石棺尚且需要耗费不可想象的运输成本，更不要说把石材运去异地加工了。这就像是钢厂通常都会建在盛产铁矿石的地方，焦化厂通常都会开在煤矿矿区一样。用来生产的原材料只要比生产后的成品沉，那生产的工厂肯定会开在离原料产地近，而非离市场近的地方。不过你这么一说，也不排除这样一种可能，就是雕刻这个石棺的皇家石匠是从曲阳去了北京房山，在那里做成的这个石棺，然后石棺直接从石材的产地房山石窝子拉到了这里。而且这种可能性挺大，你看这石材，其实曲阳本地也出产汉白玉，可曲阳的汉白玉没有房山石窝子的好。我去过曲阳，也看过很多博物馆里的曲阳石雕，曲阳本地出不了质地这么细腻的汉白玉。所以这样看，这石棺很可能是曲阳的皇家石匠在房山雕的，然后运到了望山。可是……”

“可是如果这样说，这个石棺的委托制作人必须同时具备三个条件！”向南风接着湘西蛊主的话说道，“其一，这个人必须足够的富有。无论是从曲阳还是北京，想运送这么沉的石棺到望山，普通的车马根本拉不动，即便是走船，走水运，其中的困难也可想而知。就这样的财力，恐怕非一般的富商巨贾所能承受。北宋时，宋徽宗动用国家力量从太湖运太湖石到开封，都能搞得整个北宋几乎亡国，可苏州到开封的距离却比北京到望山要近不少啊。”

“是，这个神秘委托人的财力恐怕要富可敌国吧？”

佐和子接了句下茬儿，向南风接着说。

“好，其二，这个委托人得有能力请皇家的御用石匠出山。刚才湘西蛊主说了，这石棺上面纹饰的处理方式与北京故宫和皇家园林石栏杆上的云纹的处理方式如出一辙，虽然它们的纹饰不同，但纹饰的处理方式却一样。这说明制作这个石棺的人同样是皇家石匠。可皇家工匠都是皇家御用，就像景德镇有给皇家烧瓷器的御窑厂，北京有给皇家做玉雕的造办处，但凡是皇家御用的工艺，御用的人，那都是专供皇家使用的。普通老百姓，你再有钱，恐怕也不可能让一个皇家御用的工匠给你定制一口石棺吧？况且这石棺体型如此硕大。”

“是的，南风说的这点很重要。古代中国，等级森严，民间私用皇家御用那是杀头之罪。虽然说这口石棺它不是皇家御用的石棺，它的纹饰造型，跟皇家御用的不一样。但是，想请一个皇家工匠给普通人定制一口这么大的石棺，这简直是不可思议！古代没有电钻，没有电动的磨具，而且我刚刚仔细看了这口棺材。这棺材是一个一体的石材直接雕刻的。找一块体型如此巨大的汉白玉石材，本来就极其罕见了，再加上要让宫廷工匠干这么大的活儿，不可思议啊！先得把石材切成这么大的长方形，然后再切成两半，上面的一小半是棺材板，下面一大半是棺材的主体。之后再把下面这个主体掏空了，外面雕刻，雕刻完了整体抛光。按照古代的生产速度，我估计一个工艺高超的师傅带上五六个徒弟，这么大的石棺，就算是昼夜不停，恐怕也得干它一两年才能雕成啊！这些宫廷的御用匠人那在古代都相当于国家公务员，或者是体制内的工程师吧。你说就算是他贪图富贵，接受民间的委托接一单私活儿，可要接下一个这么大的私活儿，实在是不可思议啊！”

湘西蛊主一连说了三个“不可思议”。

可不嘛，这口纹饰奇特的石棺出现在这里，出现在雍家坟中，原本就是个不可思议的奇迹，可是要说到这不可思议的，最不可思议的应该是第三点。向南风接着说：

“这最不可思议的是其三啊！这个神秘的委托人必须崇尚或者根本就是来自一个域外的神秘文明，这上面的纹饰，这些奇怪的圆圈，当然它不可能是臆造的。可是我们却看不懂，不知道这些圆圈代表什么，甚至从来都没有见过类似的风格，更谈不上知道它究竟来自哪里。可是，这原本也没什么不可思议的。你，我，她……”向南风用手分别指了指湘西蛊主、自己和佐和子，“毕竟我们谁也不是搞古代美术的，不知道某个域外文明，这本不足为奇。可这个问题奇怪就奇怪在它的时间啊！”

“对，大明天启六年八月初四！”湘西蛊主用手弹了一下这口石棺的边沿，“南风说的太对了，距今390年前，明末清初，怎么还能有我们都不知道的域外文明出现在望山呢？这不是非洲，不是亚马逊雨林，这是大明朝，这是产业革命都已经爆发几百年的明朝啊！这地方哪儿冒出了个域外文明呢？”

“而且，师兄，而且这域外文明的人还这么有钱！不仅有钱，还能认识并且请到皇家石匠。可见这个神秘的委托人虽然来自域外文明，却能够和明朝社会、和汉文化完全无障碍地交流。”

佐和子说的这点也很重要。向南风心中暗想，我们都知道中国历史上，华夏民族有句优越感十足的话，叫作“胡虏无百年之运”，就是说，但凡是入主中原的少数民族，最多不到一百年就会被汉化，其外族的文化特质就会被高度发达的汉文化彻底瓦解掉。

可问题是，这个神秘的委托人，或者说，这个雍家坟的建立者，他居然能够如此了解汉文化，了解明朝社会，他能不惜重金去请皇家石匠定制这口石棺，并且把它运到这里，这说明他能够认同汉文化。可是既然这样，他又怎么会继续保持这种域外文化的特质呢？

呵呵，真是让人啧啧称奇。

显然，向南风知道，这一切的答案其实就藏在石棺上这些奇怪的纹饰上。这些一个一个的圆圈，凸起或者凹陷的球面究竟是什么图案，它们的排列又代表了什么含义呢？

这时，佐和子也凑到了石棺前，她认真地用眼睛去看那些图案，而且，也正在用她无与伦比的记忆力去扫描整个石棺。忽然，佐和子好像想起了什么，她问道。

“哎，对了，刚刚南风哥说，说这棺材上的图案不是文字，却好像能够起到文字的作用，能够记录事情，然后你们两个说像什么什么密码？我刚才没听清楚，你们说的是什么密码？”

“哦，是莫尔斯密码，像莫尔斯密码是南风说的，不是我说的。”湘西蛊主解释道。

“师兄，莫尔斯密码是什么？”

“你不知道吗？英文是Morse code。”

“哦哦，原来是Morse code，‘二战’间谍战经常需要用到的对不对？”

“对。”

“可是南风哥，你为什么说这些图案像是那个……那个莫尔斯密码？”

“这个啊，这个还是让你师兄告诉你吧。”

南风说着，取出了相机，虽然佐和子神奇的大脑能够把这上面的一切一五一十地记录下来，可是向南风自己还是需要一种自己能够看到的视觉呈现。于是，他准备趁此机会，把石棺上的浮雕一块一块地拍下来。向南风准备着相机，站在一边的湘西蛊主便对正在用大脑记录石雕图案的佐和子说道：

“你不是问那个莫尔斯密码吗，怎么说呢，这莫尔斯密码啊，它又叫莫尔斯电码。”

“电码？”

“对啊，无线电发报嘛。这莫尔斯密码实际上就是一种时通时断的信号代码，这种信号代码通过不同的排列顺序来表达不同的英文字母、数字和标点符号等等信息。我认为啊，向南风的意思可能是，或许浮雕上的这些图案，你看这些半球相互之间远近、交错、覆盖、重叠的排列组合关系，可能分别都代表了固定的某一种意义。这样的话，它们的组合，也实现了文字的意义，也就是说，这或许是另外一种远古时代类似于莫尔斯密码一样颠覆文字的文字……”

“颠覆文字的文字？你是说，它比文字还高级？”

“不不，那倒不一定，也不能说莫尔斯密码就比文字高级，只能说它产生的时间晚，而且全球通用性强，文字，不能全世界通用吧？可其实说起来，你看在文字诞生之前，结绳记事，给麻绳打结也能记录事情，这种思路跟莫尔斯密码不也很相似吗？虽然方式不同，但逻辑一样。”

“对，湘西蛊主说的对，逻辑一样。不能说谁更高级，只能说是两种思路，一个是文字式的，一个是密码式的，这就像是我们今天的人类语言和计算机语言一样，没什么高级低级的区别。”

他们说着的时候，向南风已经把石棺上的图案都拍了下来，并且储存安全了。等他把相机收好，便打断了湘西蛊主和佐和子的谈话，然后说道：

“刚才湘西蛊主说的那些太复杂了，佐和子，你一定记住这个棺材上面的团，我跟你说说我是怎么想的。我告诉你，其实莫尔斯密码特别简单，它就是用点和画来代表不同的字母，进而拼出单词，造出句子。点就是一个圆点儿，画呢，实际上就是一横。比如我记着字母A就是一点一横，字母B就是一横，跟着三个点。字母C就是一横一点一横一点，等等这些。电报机两边，一个发报的，把这些横横点点的发出去，那边收报的人听，听完了把这些排列顺序记下来，然后再对着密码本，按照排列组合的标准把这些排列对应的字母按照顺序拼下来，这样发报人想说的话，收报人就能知道了。”

“哦，原来是这样，那你说这个石棺上的图案也是这样？”

“对啊，我为什么说它像莫尔斯密码，而不是结绳记事呢？你看。”向南风走到石棺前，指着石棺上的图案说，“你看，这石棺上其实只有两种图案，一个是凹陷的球面，一个是凸出的球面。别管它们怎么组合，但基本的元素只有这两个。那如果它们的组合确实具有记事的功能，那这凹面和凸面的圆球不就是莫尔斯密码的点和画吗？”

“明白了，南风哥！只要我们有足够多的资料，有足够多的这种东西的排列组合，那我们就能从这些排列组合的规律中反推出这套密码的密码本，从而破解这上面记录的事件！”

“嘿，佐和子，你除了记性好，总算也还不太笨！”湘西蛊主总喜欢刻薄地和佐和子开玩笑，“不过真想实现全面破解这图案的信息，这一个石棺肯定不够，我们必须找到更多的刻着这种图案，哦，不，是符号，是密码，对密码，得找到更多这样的密码才行。”

“嗯。”

向南风点着头，他已经把相机收好，又重新站在了石棺前。此刻，他感觉到自己的精神越来越亢奋了，他激动地说道：

“嘿，我们在这里看了这么久，也分析了这么多，这一下获得了这么多信息，真是难能可贵。那么这些信息留待回去后再慢慢研究，现在，我们是不是应该看看这守南山雍氏族长雍维桑的真容了？看样子，至少从现在看，还没有证据表明那位换走了头顶上所有雍家人尸体的白苗祭司来过这里。”

“哈哈，不过也没有证据表明她一定没来过啊！”

“可不就是嘛，师兄。”

“是，你们说得对。咱不就是盼着她没来过吗？哈哈。”向南风也轻松地笑着，他此刻既兴奋又出奇地轻松，或许就像湘西蛊主和佐和子说的那样，他从内心里也没敢期待这石棺里躺着的真是雍维桑。不过，这倒也好，省得等会儿失望。

“得，那咱们准备开棺？”

“好，还是老样子，不过估计这次咱俩得费把力气！”

向南风指着齐肩高的厚重的石棺棺盖，对湘西蛊主说道。

“没问题，南风，你在这边，我在……我在前面，等会儿我数一二三。然后我们一起把棺盖往后面推。”

“好！佐和子，你还是用手电照着点石棺里面，如果里面还是狼犬厉鬼，你就继续送它上青天吧！”

“哈哈。好！没问题。”

佐和子答应完，湘西蛊主伸手扶住了棺盖，然后说道：

“那么开始了？我要开始数数了啊！”

“好！开始吧！”

“一——二——三！”

“开啊！”

巨大而沉重的石棺盖板发出沉闷而古老的回响，石棺被推开了。

当石棺被推开的瞬间，向南风、湘西蛊主和藤原佐和子，他们三个人的目光齐刷刷地随着被推开的棺盖通向了石棺内！然而，石棺里空荡荡，并没有尸体。可就在沉重的棺盖被推开一半的时候，拿着手电照明的佐和子忽然大叫了一声——原来：

一本奇怪的古书竟然静静地躺在……躺在石棺当中！

采石场、石料场，

敲凿的声音消失了……

重要的不是密码，

而是密码本在谁的手里。

日令（一）

向南风一行三人历经千辛万苦，真的进入了那个他们从平面图上推测出的雍家坟的主墓室，并且在主墓室中发现了南山雍氏族长雍维桑的墓碑和他用华美的汉白玉制成的诡异石棺。

这雍维桑是什么人？

他与雍家坟的建立者是什么关系？

这雍家坟的建立者又是什么人？

他为什么要为雍家族人修建这样庞大的墓葬群，并且不惜重金给雍维桑定做这样特殊的石棺？

这个人究竟来自域外文明还是来自佛教世界，他为什么要委托曲阳的皇家御用石匠雕刻这个充满了域外文化特征的石棺，却又要在时隔22年后，在守南山中的天坑里修建佛教寺院妙瑶禅庵和佛塔妙瑶塔呢？

他究竟是什么人？

这域外文化又是什么文化，它和苗国有着怎么样的联系，它与佛塔和寺院又有怎样的瓜葛呢？

三个人带着无数的疑问，怀揣着无数的假设，把这些希望都寄托在了石棺当中。然而，当石棺沉重的棺盖被推开，空荡荡的石棺内却没有尸体，有的只是一本书。

一本书？

“日令！”

湘西蛊主一眼看见了石棺内这本古书封面上的字。

这是一本线装本的古书，黄色封皮。哦，不，那书皮当年必然不是黄色的，而是白色的。跟这石棺一样，它应该也是洁白如玉的纸浆化成的。只是在岁月的洗礼下，这洁白如玉的、少女面庞一般的颜色才变成老了。变成了一个满脸褶皱、皮肤干涩的黄脸婆。

古书封皮的中间，用手画着一个竖着的双线边框，里圈的边框很细，外圈的边框稍粗。黑色的边框里，从上到下写着两个楷体的字。

“日期”的“日”，“命令”的“令”——日令。

“这是……”

佐和子踮着脚尖，她用左手拿着手电照着这本古书，然后伸出右手打算拿起这本书，她的手抬了起来，伸进了石棺，就快碰到古书的封面了。

“别动！”

“别动！”

几乎与此同时，向南风和湘西蛊主一同断喝，这异口同声地两个“别动”吓得佐和子噌地把伸进石棺的手抽了回去。向南风的第一反应是，他害怕那书里有什么东西，在还没有充分检查的情况下，就这样贸然地用手去拿，他怕佐和子有什么危险。特别是，他想到了巫蛊术。而湘西蛊主想的倒是和向南风恰恰相反，他怕的不是古书伤到佐和子，而是怕佐和子伤到古书。

“哎呀，吓死我了，你们两个，干嘛啊！”

“先检查一下，有没有危险啊，你就摸！万一上面有什么脏东西怎么办？”

向南风一把抓住了佐和子的手。这会儿，湘西蛊主一边打开了他的单肩包，开始在里面翻东西，一边对他们俩说：

“你还怕那上面有脏东西弄到她手上？我看是她手上有脏东西要弄脏古书吧！”

“师兄，你！”佐和子气得小脸通红。

“你怎么这么说啊，湘西蛊主？”向南风赶紧上来打圆场。

“真逗，我还怎么说啊。古书啊，起码是明朝的，而且你看见了没有，那是纸的，线装的纸书，您这上来就敢拿脏手去拿去？你有没有点基本常识啊？这是多重要的证据！一碰散了，一抹坏了，怎么办？”

湘西蛊主说的确实很对，还真是，这一点，向南风也忽略了。可是，他虽然说的对，但这话说得也太重了，向南风扭头看佐和子，佐和子又是一副泪眼汪汪的样子。这让向南风有些不知所措，他从小就最怕女孩哭了。

“佐和子，你别……嘿，湘西蛊主，你怎么跟佐和子说话老这么不好听啊，人家是女孩子，你怎么动不动就要给她弄哭了吗？”

“不不，南风哥，这事儿赖我。不怪师兄！”没想到，这一次，倒是佐和子自己认错了。湘西蛊主见她这样，赶快拍了拍她的肩膀，说道：

“对不起，佐和子，我……哎，我知道你又想起小时候的事情了。

不过，过去就过去吧！”

“嗯。你说的对，师兄。”

“好啦，来，给你手套，这次你来吧！”

“不不，还是你来吧。”

“你来！”湘西蛊主满脸真诚的笑容，把从包里拿出来的白手套递给了佐和子，然后说，“你来拿，我帮你撑着袋子！”

这时候，向南风看见了湘西蛊主的另一只手里还拿了一个很大的白色的自封袋，那自封袋非常厚实，看起来很安全的样子。显然，向南风被湘西蛊主和佐和子两人刚刚莫名其妙的对话弄蒙了。看来以前佐和子肯定是因为毛手毛脚地拿这类东西，造成过不可弥补的损失。向南风没问什么事，但是他想到刚才湘西蛊主脱口而出的严厉训斥，又想到佐和子红着眼睛承认错误，或许他们当年的事情与藤原教授有关吧。

这个时候，大家的心都在那本名为《日令》的古书上，他们没有和向南风说起以前发生了什么，向南风自然也不会特意去问。这时，佐和子戴上了白手套，湘西蛊主也打开了自封袋的包装口。

“小心点啊，佐和子。”

“嗯……”

佐和子答应了一声“嗯”，便朝石棺内伸出了双手。

她小心翼翼地用右手捏着那本《日令》的书脊，然后，轻轻往上摩擦，随着书的颤动，她用左手扶着，用右手扣到了书脊的背面，然后，把书稳稳地拿了起来。这是一本线装的古籍，书非常非常的薄，因为古代的书用的都是宣纸，宣纸无论是用来写还是用来印刷，都是单面使用的，所以古籍善本和现在的图书不同，现在的图书是一页纸正反印两面。而古代呢，都是一张纸被从中间折起来，折起来以后，形成一对纸，而不是一张纸。

这样，很多张大小一样的纸单独对折，对折后，所有纸张被摞在一起，然后在纸张的开口处打上三个或者四个小眼，再用线把这些纸张装订在一起，这就形成了一本线装的古籍。不过，正是因为古籍的用纸采用这样的方式，既需要两对形成一页，而且每对纸还必须要折在一起，所以，同样内容，同样版式的一本书，线装本的古籍可能就得比现代的图书厚上两到三倍。可是，即便是这样，这本《日令》看起来都非常薄。所以显然，这书中的字并不多。

佐和子从石棺中取出了这本《日令》，然后把它双手捧在胸前。

“喂，我们要不要打开看看？”

“当然了，当然得看看了。”向南风激动地看着这本书，可湘西蛊主却打开了自封袋，说道：

“不行，南风，现在已经快六点了，时间太晚了，再不走真就来不及了！况且就算留在这里，也研究不出个所以然。而且这里的条件不好，光线不好，看不清楚，再说连个桌子都没有，稍不留神就容易毁坏古籍。”

“可是……师兄，看一眼也不行啊？”

佐和子看着湘西蛊主，其实向南风的想法和佐和子一样。

“看一眼啊！湘西蛊主，费了这么大力气才发现的证据，一眼不看就装走了？”向南风说着，向前走了一步，“不至于，不至于……”

可是他话还没说完，湘西蛊主一下挡在了他面前。或许他以为向南风也想直接用手去抢吧，他赶忙打开了手里的自封袋，以命令的口吻对佐和子说道：

“放进去啊，佐和子，别看了，万一翻坏了怎么办啊？拿走等下午咱们睡醒了再看。”

佐和子看湘西蛊主如此坚决，便也不好意思推托了，于是她看了一眼向南风，略带遗憾地笑了笑，便把《日令》装进了湘西蛊主手中的自封袋里。跟着，湘西蛊主封住了自封袋的口，把它交给了向南风。

“南风，你来保存吧！今天下午我们都睡醒了，再好好研究。相信我，这研究古籍得有个研究古籍的意思，心急可是吃不了热豆腐的！”

向南风看他这么说，毕竟也确实是言之有理，于是就点了点头，对佐和子说道：

“嗯，别管了，那我先暂时保管一下。佐和子，你赶快定位一下中央墓室的坐标，对了，别忘了再确认一遍刚才记下的墓碑上的文字，然后我们先离开这里！这书回去再研究。”

“好的，南风哥。”

这一天的太阳大约该在早晨七点半升起。向南风一行人带着藤原结晶从雍家坟的地下世界一出来，便被无边的浓雾包围了起来。冬天黎明破晓前最黑暗、最残酷、最寒冷，不都是晴朗的黑暗，也有模糊的黑暗。大雾漫天，向南风眼前的一切都是白茫茫的一片，浓浓的雾像一块巨大的布把黑暗中的天和地紧紧地包裹在一起，混沌一片。向南风三人摸着黑，也摸着雾气，总算找到了雍家坟围墙上他们留着的那个软梯。然后，三个人鱼贯而行，消失在了黎明前最后的夜色中。

向南风发动了汽车，打开了汽车上的收音机，然后轻松地朝城里驶去。

“嘿，师兄，你瞧瞧给结晶困得。”

“哈哈，睡得像死狗一样。我早就说不让你带它来了，你们俩非要带。瞧瞧，闻出什么了？什么也没闻出来吧？”

“这你可别说啊，闻没闻出来得看以后。如果真碰上那个白苗祭司，我觉着结晶未必就认不出来。”

向南风透过反光镜，看了看在后座上，躺在佐和子身边呼呼大睡的藤原结晶，它睡觉的样子，确实很招人喜欢。

“就是的，师兄，万一哪天我们结晶真认出来了，看你怎么说。”

佐和子说完，三个人愣了一会儿。显然，今夜的行动大获成功，这是他们从开始以来，最大的一次胜利。不仅通过进入主墓室的行动证明了平面图推理的正确性，更重要的是，他们还在主墓室中发现了那口雕刻着特殊密码一样纹饰的石棺，并从石棺中找到了古书《日令》。巨大的收获使三个人都喜出望外，兴奋的心情溢于言表。

“嘿，师兄，南风哥，我是不是再也不用面对那些狼犬厉鬼的尸体了？是不是再也不用去雍家坟了？”

“这个……我觉着起码最近一段时间应该是不会去了吧？你说呢，湘西蛊主？”

“爱去你们俩去吧，反正我是不去了。”

“那太好了，那咱们现在找一家粥铺吧！我得喝一碗皮蛋瘦肉粥庆祝一下。对了，晚上咱们吃点好的，得吃点肉！”向南风兴奋地说，仿佛一边说，一边畅想着心里的美味。

“怎么了，南风？那么多问题都没找到答案呢，那《日令》也没开始研究呢，你怎么就要庆祝了？”

“嗨，湘西蛊主，你不知道。这几天老见那狼犬厉鬼的尸体，特别是刚挖出来的时候，那么鲜活，跟着就变成尸烟了。弄得我两天都吃下去肉。”

“哎呀，南风哥，你真不嫌恶心，这时候你还能吃肉啊？我这辈子都不想吃肉了！太恶心了！”

“哈哈。哎，对了，现在几点了？”向南风忽然想到了一家不错的港式茶餐厅，如果能去那边吃一碗云吞，也是个不错的选择，于是他脱口而出，便问了一句时间。

“我看看啊。”佐和子抬起手，看了看表，“南风哥，6点23……”

佐和子正在说时间的这个瞬间，向南风正好也看到了汽车中控台上的电子表，电子表显示的时间是6点26分。这个时候，原本一直在闭目养神的湘西蛊主忽然睁开了眼睛，好像非常急切地问道：

“怎么了南风，你要干嘛？”

“哦哦，没什么，我要带你们去一家港式茶餐厅，不过那里要7点整才开门，算起来，如果要去那边的话，我们恐怕到了后还得等十几分钟，不知你们……”

向南风说到这里的时候，他们的车正好经过火车望山南站。元旦已渐渐远去，春节却离我们越来越近，春节对我们中国而言，不仅象征着冬去春来、辞旧迎新，更是我们合家团圆的日子，不管是风雪再大、车站再拥挤，回家的旅程再艰难，也阻挡不了一年一度的返乡大潮。

这个有着十三亿人口的国家，每年最蔚为壮观的人口迁徙就是一年一次的春运。现在虽然天还没有亮，可望山南站的前广场早就已经熙来人往了。是啊，不知不觉，春运又到了，对于奔走在回家路上人而言，哪里还有什么白昼与黑夜的分别呢。

向南风的视线无意间划过了广场上提示火车到站信息的巨大LED显示屏。显示屏的右上角上，是一个红色显示的时间标志，那上面是标准的北京时间，早晨的6点26分。

6点26分……

什么？怎么会是6点26分呢？

2012.1.13.06:26:37

日令（二）

向南风一行三人第三次夜探雍家坟，竟取得了完全出人意料的骄人战绩。他们不仅通过实际行动证实了雍家坟确实存在一个位于地下25米处的主墓室，而且还在主墓室发现了刻有诡异域外文明特质的神秘密码，并在石棺内发现了一本名为《日令》的古书。

由于收获了莫大的成果，三个人乘兴而归，向南风本打算带着湘西蛊主和藤原佐和子去港式茶餐厅吃早餐，可是他又担心港式茶餐厅的营业时间还没有到，于是开着车的向南风就随口问了一句时间。可是，正是这无意间的一句话问话和佐和子无意间的一句回答，让向南风的心中不由升起一阵不安。

这世界上只会有一个标准时间吧？

此时此刻，什么雍家人的历史，石棺上的纹饰，什么《日令》统统都没有了。向南风的心里就只有这么一个问题了。

这世界上是不是只有一个标准时间？

难道，是错觉吗？还是记错了？

仅仅在一个弯道之前，向南风随口向佐和子问了一句时间，当时他本可以自己去看汽车中控上的时间的，当然，他也可以自己从兜里掏出手机，看看手机上的时间显示。不过，因为他在开车，不方便看手机，而这辆车又是他租来的，他不熟悉车上各个按键和提示信息的位置，所以他便随口问了一句。而佐和子说的时间是6点23分，当时，佐和子说出时间的同时，他也发现了汽车中控仪表盘上显示的时间，那里显示的时间是6点26分。本来他以为汽车仪表盘的时间是错的，早了三分钟而已。如果这样，他倒也不会在意。可问题是，仅仅一个弯道之后，他便开车经过了火车望山南站，而望山南站的电子显示屏上刚好也显示了一个标准时间，这个标准时间竟然是6点26分，这说明佐和子的手表慢了3分钟。

可是，这怎么可能呢？

佐和子的手表明明应该是标准时间啊！

火车站前广场上的路灯还亮着昏黄的光，汽车平静地飞驰在广场前的公路上，远处的汽笛轰鸣，由远及近。一列火车就要进站了。

"佐和子，你这手表挺漂亮的呀？"

向南风看着佐和子纤细的手腕上，戴着一款宝蓝色的手表。塑料的表带，塑料的表盘，塑料的材质不仅不显得廉价，反而却显得格外现代和高档，像古典主义的大家闺秀一样内敛，却又像现代主义的城市青年一样科技感十足。

“哈哈，是吗，你要看看吗？第一次见到这块表的时候，我还以为它会有什么特殊功能，拿到才发现，原来只是普通的腕表。”佐和子说着，把手表摘了下来，递给了向南风，“南风哥，这块手表是去年我过生日的时候，我最要好的闺蜜送给我的生日礼物！”

“哦，闺蜜送这么贵重的礼物？”向南风接过了手表，仔细看着，“你这闺蜜是……是日本人？还是个美国人？”

“Adela，是一个特别漂亮的美国女孩。比我大一岁，人可好了！可惜你有女朋友了，否则我介绍你们认识！”

“算了吧，你还别说璐瑶，就算没有璐瑶，我也对那金发碧眼的外国姑娘没有兴趣。”

“Adela不是金发碧眼的，她是非洲裔的美国人。”

“啊？黑人啊？那更算了。”

“Oh, my god！南风哥，你种族歧视啊！”

“开玩笑，没有的事儿。我只是自己不喜欢外国女人而已，欣赏不了她们的美，没别的。”

“啊？那日本人呢？”

“别闹！说正经的，你这闺蜜对你真不错，送你这么贵的礼物。”

“那是，我跟你说，南风哥，这是个特别好的电子表品牌，据说只要有电啊，一百年都不会差一秒的！”

“哈哈，你怎么这么逗啊！这是电子表好吗，还只要有电，一百年都不会差一秒？电子表只要有电，永远也不会慢啊！再说了，哪有能用一百年的电池啊！”

“真让你说对了，我上礼拜才换的电池。哈哈哈。哎，对了，南风哥，你正好帮我查查现在标准时间是几点。”

“怎么了？你这表不是有电就一百年都不会慢吗？”

“嗨，不是不是。上周我的电池是在一个修手表的小摊位换的，他那里没有标准时间，换了电池，就调了一个差不多的时间。正好现在也没事，我想调一个最标准的！”

“好吧，那我看看啊！”向南风说着，换了一下电脑鼠标，他的电脑当时还开着，然后他点开了电脑右下角的时间，说道，“来，给你表，自已调吧，我这个电脑是联网的，都是标准时间。”

“嗯，好吧。”佐和子答应着，她接过手表，开始对时，而向南风一想，趁着佐和子对时，干脆自己也对对。他平时不戴手表，而是用手机看时间。于是，他拿出了手机，也把手机的时间重新设置，跟标准时间对了一下。

昨天下午，昨天下午四五点钟的样子，就在自己家里，当时湘西蛊主还没有来。对，当时的情况就是这样。

对，当时的情况就是这样啊！

佐和子的电子表明明在十几个小时之前才刚刚对过标准时间，怎么会在十几个小时之后就晚了三分钟呢？向南风从回忆里走了出来，他一边开车，一边从兜里掏出了手机，可不看则已，一看这手机的时间，更是令他大为困惑，他的手机时间居然也是6点23分，同样比标准时间晚了。呵呵，这是怎么回事呢？难道电脑联网的时间错了？还是火车站显示屏的时间错了？

就在这时，一直闭着眼睛闭目养神的湘西蛊主说话了，可是他闭着眼睛，说的话也像梦话一样：

“这世界有种东西，我们都以为它有，但其实它根本没有。我们都以为它是绝对的，而生命是相对的。其实它才是相对的，生命才是绝对的。哎，千万年来，我们都在试图定义它，改变它，它就是……时间。”

“什么？你说什么？”

向南风正在想着昨天他和佐和子对表的事情，想着究竟是他们的表错了，还是火车站显示屏上的标准时间错了。可就在这个时候，湘西蛊主竟然就偏偏说到了时间。难道这家伙懂得读心术吗？

“你说什么呢？”

“是啊，师兄，你在说什么？什么又绝对，又相对的，什么时间？”

“呵呵，我在说时间啊，哦，没事没事，我就随便说说。我是想到了向南风怀里的那本书，《日令》。”

“《日令》？你想到什么了？”

“呵呵，我在猜那究竟是一本什么书啊，我猜它里面讲的应该是时间的事情。”

“你说什么？时间的事情？”向南风一边开车，一边扭头看着湘西蛊主。他不知道为什么，就像是感到了莫名的紧张似的。

“是啊，师兄，你说什么，什么叫《日令》讲的是时间的事情？”

“嗨，没什么，等一会吃完了早饭，好好睡个觉，咱们下午看书的时候再说吧。”湘西蛊主闭着眼睛，还是径直靠在椅背上，刚才还一副怀有大智慧的预言家的样子，转眼又噗嗤地乐了出来，说道，“向南风，向南风，你好好开车吧，赶快去你说的那个什么茶餐厅，我都饿了！”

“神经病！”

“就是……”

中午1点，从睡梦中苏醒过来的向南风昏昏沉沉地躺在床上，他先是辗转反侧，然后又目视着正前方，也就是房间洁白的天花板，他感觉自己好像还开着车，疾驰在公路上一样。那路上没有人，也没有车，那是一条郊区的公路，天，渐渐地黑了下来。

天上飘起了大片大片的雪片儿，雪片落在了地上，变成了厚厚的雪。雪越下越大，天越来越黑。忽然，一道刺眼的白光撕开了夜幕，向子弹般射入了他的双眼。

腾地一下，向南风从床上坐了起来。他呼呼地喘着粗气。

噩梦，原来是噩梦。向南风长长地叹了一口气，然后紧紧地闭了闭双眼。

呵呵，他又想起了是去年的11月8号，那是他梦开始的时候。这究竟是一场什么梦？美梦？哎，也真是够美的，想起璐瑶呢，想起一个多月以前谈的那场初恋，向南风都能乐出来。可这美梦做完了，噩梦又开始了，等这噩梦做完了，现在呢，现在他过的这如梦的人生，又像是一场怎样的梦呢？

迷梦，幻梦，人生如梦。哎，向南风感觉自己又在开车了，虽然他此刻睡意全无，不过他还是感觉自己目视着前方，然后在自己脑海里的那些疑问啊，就像是从身边疾驰而过的风景，嗖嗖嗖地被他抛在了脑后，可是却又什么也没看清楚、没看明白。那是一个又一个旧的疑团，它们基本都没有得到解答，可是新的问题呢，又像是新的风景，嗖嗖嗖地，又在眼前冒了出来。

是谁将那本叫《日令》的书放在了石棺里？

雍维桑之墓为什么是空的？

为什么雍家全族的墓里躺着的都是狼犬厉鬼？

这些数百年前死去的狼犬厉鬼是被谁杀死的？

它们的死是否与白苗最后一个宗主失踪的朔月有关？

守南山里的雍家人从哪里来，他们的尸体又到哪里去了？

天启六年八月初四究竟发生了什么？雍家人因何而死？

结构复杂暗藏玄机的雍家坟地下陀宫是谁修建的？

这个人是否就是委托皇家石匠雕刻石棺的那个神秘人？

他究竟来自哪一个域外文化？这个域外文化和神秘苗国究竟有什么关系？

在他们之前进入地下陀宫的白苗祭司是谁？

她扒开了80个棺材，究竟是为了寻找什么？

她究竟有没有找到并且进入主墓室？

雍家坟里埋着的人，墓碑上的名字为什么只有男人？雍氏宗族的女人们又去了哪里？

我的天啊，我的天啊！

向南风想着想着，他的脑子里居然陆陆续续地、毫不间断地蹦出了如此之多的谜题，呵呵，向南风一点儿也不发愁了，他反而乐了出来。而且这乐，还不像是一般的苦笑。他由衷地乐了，甚至捂在被窝里，咯咯地神经质一般地乐出了声。

这全天下的推理啊，破案啊，要不就是搞历史研究啊，大凡是探求未知世界，好像都没有这种情况的。人家都是发现了一个疑点，然后追踪疑点，发现线索，串联线索，解开疑点。人家所有人的突破都是线性的。可就他们这次的行动，从一开始就是网状的，线索越来越多，疑点越来越多，旧的问题没解决，新的问题又出来了，可你说要把人逼死了吧？也没有，因为这线索也疑点差不多，一来就一片一片的。向南风笑着想，没错，就最近这经历，还真就是像在开车，在开车旅行。

你说失望吧？悲观吧？

倒也经常有失望和悲观的时候，可起码倒是有一点好，糊里糊涂地错过一个个旧风景，糊里糊涂地看着一个个新风景，糊里糊涂地，好在是一直往前走着，飞驰的车轮，没有停下来。这三个多月以来的整个事件，就好像是一个巨大的旋涡，越来越多的人都被吸了进来，向南风，归璐瑶，湘西蛊主，藤原龙之介教授和藤原佐和子。

向南风曾经想象过，思考过他们中除了自己之外的每一个人，他想象过他们中的每一个人是否可能是搅动这个巨大旋涡的内驱力，但是，后来发生的事实似乎又将这每一个人都一一推翻了。湘西蛊主曾经说，要搞清楚整个事件中的人物关系，谁是谁的敌人，谁是谁的朋友，可是，事情发展到现在，向南风依旧没弄清这里面的人际关系，而且随着牵涉进来的人物越来越多，一个巨大却又茫然的人际关系网也被越铺越大。

这个旋涡，越来越大，它的力量越来越大，吸纳的人也越来越多，然而，身处其中的人们似乎都风雨飘摇，他们谁都无法找到哪怕是一个稳定的支点，然后先让自己站起来，再拉着朋友站起来。

向南风掀开了被子，支配着瑟瑟发抖的躯体，走到了窗边，一把推开了窗台上的玻璃窗。瞬间，窗外凛冽的寒风吹到了向南风的脸上和身上。

倦意，那些飘然在心中的倦意陡然清醒起来，战栗着一跃跳下万丈高楼，在城市的地面上摔得粉碎。

向南风一把抱起了卧在沙发上的藤原结晶：

“走，藤原结晶，南风哥带你下楼撒尿去！”

望山，

从光明之城到黑暗之山。

日令（三）

向南风中午醒来，带藤原结晶去遛狗。这个家伙一下楼就立刻高兴起来。这世界上没有一只狗不向往自由，特别是在它想随地大小便的时候。向南风和藤原结晶在楼下转悠了二十分钟，向南风的手机响了，他一看，来电话的人是湘西蛊主。

“喂，南风，醒了吗？”

手机被接通了，湘西蛊主的声音从电话那边传了过来。

“当然睡醒了，我跟藤原结晶都已经在楼下转悠好几圈了。你怎么也醒这么早？”

“嗨，这不是心里有事吗？惦记着那本《日令》，哪儿还睡得好？”

“那倒也是。《日令》我到现在都还没打开，我想着，还是等你醒了，我们见面后你看吧，我怕我也看不懂，毕竟咱们三个你最有文化，你本来就是搞历史的嘛！”

“嘿，你别这么说啊，其实……”

“打住打住！”湘西蛊主还没说完，向南风就打断了他的话，“你别客气了，你要是也醒了，咱们找个地方研究研究吧。”

“好，我和佐和子也是这个意思。哦，对了，佐和子也醒了，我们两个刚刚通过电话，她现在正在起床。呵呵。”

正在起床？湘西蛊主自己都被自己的话逗笑了，起床还正在，这得有多懒。

“‘正在起床’这是五分钟之前她的原话。也不知道她现在起完没起完床。反正你要是没什么事，你就过来吧，快到酒店之前给我来个电话，我们下去等着。”

“没问题，不在酒店谈吗？你想去哪里谈？”

“我刚才和佐和子商量了一下，想让你带我们去守南山里转转，我们想去看看那块妙瑶禅庵、妙瑶塔的石碑，顺便也看看那个水潭。来望山好几天了，一直在跑雍家坟，妙瑶禅庵这么重要的地方，我们还没去过。”

“哦……妙瑶禅庵……”

向南风迟疑了一下，他看了看表，现在是中午一点十分，如果开车接上湘西蛊主和佐和子，再把车开到石头村，从那里进山的话……

“怎么了南风？不方便吗？”

“哦，没，没什么不方便，我就是算算时间。没问题，那你们准备着，我先带结晶回家，然后就去接你们，咱们酒店楼下见。”

“好的，一会儿见！”

就像年老的人总是更崇尚早晨，哪怕是早晨的空气质量比晚上更糟糕，老年人也总是更习惯于早起晨练；而年轻的人则更喜欢晚上，灯红酒绿、纸醉金迷的夜生活常常是年轻人的最爱。

向南风在年轻人里，不算是特别年轻的那种。他平时很少特殊地享受醉生梦死的夜生活。而湘西蛊主和佐和子也差不多，他们平日大多有着非常规律的作息时间，不过最近这几天，他们的时钟好像彻底转了过来。

三个人紧赶慢赶还是在当天下午3点才到达了石头村。等进了山，走到石碑山的半山腰，找到石碑的时候，已经是晚上9点的时候了。如果换做一般人，或者是换做一个月之前的他们，在冬天的夜晚走进守南山，而且直插守南山山腹，在那种漆黑的夜晚和古怪的山风中走向未知的无人区，人心中极为正常的恐慌心理一定会敦促他们放弃行动，因为与其说你走向的是守南山人迹罕至的山腹中心，倒不如说你走向的是你内心中风声鹤唳、草木皆兵的恐怖深渊。

不过，向南风他们不是其他人，在经历了三大夜探雍家坟的行动后，他们内心中那个上蹿下跳的胆小鬼早已经被雍家坟棺材里的那些狼犬厉鬼撕咬得死于非命了。

向南风忽然想着，或许归璐瑶也见过那种狼犬厉鬼，或者是她也一定经历过很多真正恐怖的心理体验，现在想来，半个多月以前他们那次守南山之行中，璐瑶沉着、冷静的状态，怎么可能是一个普通姑娘在茫茫深山中的正常反应呢？那么，璐瑶究竟经历过什么，她现在又在经历着什么呢……

向南风想到这些，心里不由得一紧，脚下的步伐也更加急促了。

“呵呵……南风哥，南风哥……”走在身后的佐和子一边大口地喘着粗气，一边喊前面的向南风，“南风哥……”

“怎么了，佐和子？”

“南风哥，不行了不行了，你慢点儿走吧，我都要累……都要累得吐血了！”

“吐血？吐血也忍着，你看看那是什么？”

向南风说着，用手一指，只见远处三五十米远的地方，在黑漆漆的山体中间出现了一块巴掌大的亮斑。那块亮斑银皎皎的，就像天上的月光一样。可仔细一看，那亮斑的颜色又不是月光的颜色，它比月亮更清澈，更透彻，更浑然一体。整个漆黑的山体里，所有的一切都是吞噬光线的恶魔，只有那块亮斑对光拥有极强的反射率。

那是……

“那是……那是水！是水潭！是那个水潭！”佐和子兴奋地喊着，她身体里的潜能又被进一步激发和利用起来，“总算到了，总算是到了。”

佐和子一边说，一边超过了向南风，走到了最前面。在嗖嗖的山风和唰唰的脚步声中，山谷里的蜿蜒迂回中，挡在眼前的一个小山丘被绕了过去。瞬间，三个人的眼前豁然开朗，寂静的水潭，整个冰面都露了出来。

水潭旁边有棵歪脖子的小树，趁着湘西蛊主和佐和子去水潭周围侦察地形，检查冰面厚度的时候，向南风找出了营地灯，营地灯挂在了这棵歪脖树的树梢上。营地灯的开关被打开，黑暗的山中，一盏昏黄的夜灯下，漆黑的暗夜被推开了一扇和煦、暖暖的窗，如同滂沱的暴雨中伞下的怡然，干涸的沙漠里绿洲的春天。

“嘿，看完了吗？看完了就过这边坐坐吧！”

“来了，来了！”佐和子说着，朝向南风这边跑了过来。

“嘿，你慢点跑，别摔着！”

“没事，没事，南风哥，这水潭真神了！”

“神吧？你们俩刚才在折腾什么呢，我听着‘咣咣’的。”

"哦，师兄在砸冰呢。"

向南风正问着佐和子，湘西蛊主在后面不紧不慢地也走了过来，他走过来的时候，手里多拿了一个什么东西，而且双手还在不停地忙活着，嘴里嘟囔着：

"真深，真深，真是怪了。"

"怎么了，湘西蛊主，你手里那是什么东西？"

"给你瞧瞧。"

湘西蛊主说着，已经走到了近前，他把手中的东西递给了向南风，然后找了旁边一块平平的石头，坐了下来。向南风从湘西蛊主手里接过了那个东西，还没仔细看，就觉着自己的手上湿漉漉，凉丝丝的。

哦，不，不是凉丝丝，而是冰凉冰凉的。

他再一看，原来手里拿着是一个线轴，就是那种圆形的一个圆盘，圆盘的外圈绕着线，中间圆心的部位有个线轴，可以用来绕线的那种线轴。线轴里的线明显是沾过了水，所以才让人在这个冰冷的冬夜，摸起来冷飕飕的。

"呦，湘西蛊主，你这是要请我们俩吃烤鱼啊？你早说啊，我刚才应该给你先生火！"

"哈哈，烤鱼不着急，等回到市里找个二十四小时的烤鱼店我一定请你吃饱了。"

"你老是签这种空头支票，哪儿来的二十四小时营业的烤鱼店，你以为是快餐呢。得了，还是说正事吧，你们俩刚才在湖边忙活什么呢？"

"哦，我一直想知道这天坑究竟有多深。我想之前你肯定没有测量过。今天在酒店等你来的时候，我刚好从窗户上看，酒店马路对面有个渔具店，所以就去买了这么一个线轴。"

"哎，我来这么多次，我怎么没想到这点呢！"向南风用手一拍自己的头，“可是，这么小的线轴，够用吗？”

“够了，南风哥。”佐和子在旁边插话说到，“这线轴里的线是凯夫拉防弹材料制成的，所以别看就这么小的一轴线，又细又长，有280米呢。”

“呦，你俩还挺懂！”

“嗨，我和佐和子不懂。”湘西蛊主说，“只是她爸爸藤原教授特别喜欢海钓，基本上年年放假都会带我们俩去佛罗里达钓鱼。”

“是啊，我们俩去了就是吃，哈哈。所以刚才这铅坠还是买小了，我就说得买大的吧，师兄？你偏不听。”

“这不一样吗，也成功了啊。”

“哦？成功了？”向南风听到“成功了”三个字的时候眼前一亮，立刻问道，“是成功测定了这天坑的高度吗？怎么样？有多高？”

“据说这根线有280米，我想如果渔具店的人或者线的生产商没有缺斤短两的话，起码有260米深。而且，这还仅仅是离岸大约10米远的地方。我是地上捡了一块石头，把石头扔出去大概扔了10米，石头的重力把冰面砸开了，这我才顺着冰面把铅坠滑过去，然后测的深度。”

“怎么样？测完了你有什么感受跟我们分享一下吗？”

“感受就是，这水潭绝对不一般。你看，这周围的山体还比较平缓，可这水潭，哦，不对，是天坑，天坑的崖壁几乎就是直上直下的。这可真是不符合常理，太不科学了。按理说，这水潭应该是个山谷，可现在这个深度，这个崖壁这么陡简直就是个峡谷。这坡度跟周围山体的坡度差异太大了。这么大差异，完全解释不了。再说了，天坑一般都是喀斯特地貌形成的，可这地方我们看见石头的风化啊，包括地质史上整个望山市和守南山的演化啊，都应该属于丹霞地貌。可这丹霞地貌不可能形成天坑啊！”

湘西蛊主一边说，一边拿出了手机。手机到了这地方其实根本就没有信号了，因此，也不知道他扒拉扒拉地按了一堆什么东西。

“还有一点就是这个水。这水好奇怪啊！哪儿来的呢？望山是季风气候，冬天、夏天降水量差异很大，如果要说夏天这水潭里有这么多水，或许还稍微有点可能，可现在是冬天，冬天还有这么多水，而且周围又没有水源补给，实在不可思议。再者就是，即便是夏天这里能有一个合理的水潭，那也是建立在这水潭底下不是天坑的情况下。我刚才用手机简单算了一下。这天坑直径初步就按照250米算，深度大概260米，这样的话，整个天坑的蓄水量就要有……应该有……将近一千三百万立方米。”

“这么多！这个问题我倒是忽略了！”

原来湘西蛊主用手机是在算水潭的蓄水量，这真是个有意义的数据统计。向南风心想，自己怎么就没想到呢，一千三百万立方米，如果这水潭是一个堰塞湖的话，这个蓄水量简直就是天文数字了！向南风心中一惊，他也没有想到这水潭里会有这么多水。

“一千三百万立方米的水，这么多水，就是将近一千三百万吨啊，如果说这个水潭的表面确实没有河流注入，那太可怕了！”

“是啊！”湘西蛊主接着说道，“要么这水潭底下得有地下河，要不就是有泉眼。我们先不说为什么有地下河，有泉眼的活水大冬天还能冻冰这样的问题。就说这一千三百多吨水，一个标准大气压下，这得有多大的压力才能把水压到这么高，能让水位线保持在这个海拔高度上？那除非只有一种情况，就是这地下河或者泉眼本身的水源得和现在这冰面的水位线海拔一样高。可问题是，纵观整个守南山，我来之前就看过地图了，别说是守南山，还是整个望山市，都不可能有这样的水源存在。所以啊，这水潭真是奇了。”

“师兄，南山馆就在这水潭底下，而妙瑶塔地宫又在南山馆底下。有这水潭挡着，我们根本过不去，我和南风哥都愁死了，我看你怎么还挺高兴，分析个困难还分析得眉飞色舞的！”

“哎，佐和子！”向南风打断了她的话，“我可没有愁死了啊，你自己愁死吧，我也挺高兴的！”

“嘿，你们这都是怎么了？”

“我主要是看湘西蛊主一副信心满满的样子，我想他肯定是有进入南山馆，进入妙瑶塔地宫的办法。既然他有办法，我们跟着他就好了。”

“我没有啊！我没说我有办法进去啊。”湘西蛊主赶快摆手，“我只是在黔驴技穷的情况下激发一下革命的乐观主义精神而已。”

“不是，师兄，你没有那种能把水吸干的巫蛊吗？要不你包里有没有避水珠一类的东西？拿着它我们就能下去了。”

“你想什么呢？做梦呢？”

“你没办法啊？没办法你乐什么！还有你，南风哥，他都黔驴技穷了。”

“哈哈。”

静谧的深山里，歪脖树上挂着的营地灯把黑夜劈开了一块明亮的小影。树下，一团暖暖的篝火烧了起来，篝火燃烧的白烟径直飘上九天，等到了空中二三十米的地方才被山风呼地吹散。这歪脖树底下是一个避风港。

轻松的气氛里，满目的疑惑前，向南风从怀来掏出了那本名叫作《日令》的古书，交到了湘西蛊主的手中。

这是一本古老的手抄本的线装书，那娟秀、硬朗的字迹同样是楷书，只是书写的人显然已不再是妙瑶塔碑文和雍家坟碑文的主人了。湘西蛊主戴着洁白的手套，翻开了已被岁月浸染成暗黄色的书皮，模糊不清的字迹，斑斑驳驳的霉斑之间，神秘的传说开始了：

孟冬之月，日在尾，昏危中……

篝火晚会，深山烧烤，

如果这是一次欢聚，那么一样都不能少。

日令（四）

向南风带湘西蛊主和藤原佐和子第一次来集万千线索于一身的守南山水潭。那座建于上世纪初的南山馆就在这水潭下面，而妙瑶塔地宫又在南山馆下面。呵呵，水潭，挡住了他们的去路，他们必须找到穿过水潭的方式，到达南山馆，到达妙瑶塔地宫，走向神秘的苗国世界。

在向南风搭建的临时“研究室”里，一团篝火，一盏营地灯。向南风将雍家坟主墓室石棺中发现的古书《日令》交到了湘西蛊主的手中。

《日令》，湘西蛊主翻开了发黄的封皮，所有人都渴望着，一个有关苗国的神秘传说能够重现人世。

“孟冬之月日……在尾……孟冬之月，日在尾，昏危中。”

“盘瓠……盘瓠居上殿左……左个，乘……乘玄路，驾铁□，载……载玄旗，衣玄衣，服玄玉。珥两玄蛇，把两玄蛇，践两玄蛇。”

“是月也，以□冬，曰……曰动月，首司五老谒之……谒之盘瓠。”

“某日立冬盛德……某日立冬，盛德在水。旦七星中，其日□癸。盘瓠乃齐。……”

湘西蛊主翻开书，磕磕绊绊地读出了开头的这几句话。然后他抬起头，眺望远处那一池诡异的幽潭，面前篝火的火苗在他的眼眸中呼呼地跳动，仿佛那干柴燃烧所发出的噼里啪啦的木头的细微的爆裂声，也是从他的眼眸里发出的一样。向南风闭上了双眼，那声音仿佛灵魂的角膜层层碎裂的回响。

“师兄，这……这刚才那几句说的是什么意思啊？”

是啊，佐和子的话也问到向南风的心里。

这几句话究竟说的是什么？

向南风只是兴奋地听到了“盘瓠”和“首司五老”这两个跟苗国有关的词汇。这令他兴奋不已，原来这《日令》真的与苗国有关。可是，《日令》究竟说了些什么呢？

就从湘西蛊主读出来的这几句话来看，向南风的心头便充满了困惑。他虽然没能够直接听懂这些话的意思，可是他听出来了，这《日令》的内容似乎相当古老，而且远远比这本书的历史古老得多。听刚才那几句话的行文风格，向南风闭着眼睛，回忆上大学时候，曾经选修过的中国古代文学史和中国古代史课程。湘西蛊主手里的这本书是从雍家坟这座落成于天启六年的明代古墓中发现的。

按道理说，它不该早于古墓建成的时间太久。而且这是一本线装本的书，可以想见，纸书保存至今，其历史最悠久也不过是宋版书，也就是宋朝的书而已。而就这本书的成色和它的保存条件来看，恐怕它的诞生时间应该不会早于明天启年间很久。不过，从刚刚湘西蛊主读的这几句话的行文来看，它的行文风格显然与明代大相径庭。倒是……

倒是更像先秦的文风啊！

难道，这本是一本先秦古籍，仅仅是被明代人誊抄后留在棺材中的吗？

向南风摇了摇头，他再一次把这些新的疑问摆在了旁边，或许，它们的答案就藏在书里也说不定吧。向南风笑了笑，同样以一种真诚的、困惑的眼神看着湘西蛊主。这时，湘西蛊主说：

“嗯，刚才那句话啊，这大概的意思好像是说，孟冬之月，这个月份我现在还不知道它具体指什么时候，我们姑且先把它当成阴历的正月吧，大概也就是公历的一二月份。姑且先这么看待它。那么书里说，它说这个时候，太阳在尾，昏危中。”

“湘西蛊主，什么叫太阳在尾，昏危中？”

“难道是说，太阳在一天中的尾巴，在黄昏的危机中？”

向南风哈哈大笑，佐和子总能冒出如此令人玩味的答案。湘西蛊主也气得乐了出来，他说道：

“具体我也不是很清楚，什么尾啊，昏危，很可能与星象有关，需要查。不过我觉着这个应该能查出来。哦，对了，我猜想这‘尾’应该指的是天体运行时在天空中的某一个位置。”湘西蛊主说道。

“哎，师兄，那昏危中呢？”

“我估计可能昏和危是两个星宿的名字吧，两个星座的名字？”湘西蛊主也有点犹豫，不过向南风觉着他分析得挺在理。

“是不是说太阳在公转的时候每到孟冬，也就是阴历正月的时候，会达到尾这个位置，而它两边的那两个星宿是昏宿和危宿？”向南风猜着问。

“如果按照师兄的说法，应该是这样吧。是吗，师兄？”佐和子问湘西蛊主，可湘西蛊主只是点了点头，接着说道：

“不过有一点还是很值得我们庆幸的，现在看来这本书真的与苗国有关。你们看，它一开始就提到了盘瓠，后面一句还说到了‘首司五老’，这也就强化了雍家坟和苗国的关联。你们看，它开篇讲的便是盘瓠大神的祭祀活动。这里写‘盘瓠居上殿左个’，说盘瓠大神的神位在上殿的左边。不过我现在还没太弄明白，这个盘瓠祭祀是盘瓠主持的祭祀还是别人，还是黑苗来祭祀盘瓠。不过，反正是这一天吧，盘瓠大神会从一条黑色的路上走来，驾乘一个铁的什么东西，这个字看不到了，我想应该是……”

“是一辆车？”

“对，我想这辆车肯定是玄铁打造的！”湘西蛊主说道。

“玄铁？师兄，玄不就是黑吗？这个我知道！”佐和子一边说一边比画，“我们日本的茶道，会用铁壶喝茶，用铁壶煮茶，那种铁壶是黑色的，就是玄铁铁壶啊！”

“不不，我说的玄铁它不是黑铁，玄铁是天铁。这玄铁弥足珍贵，为什么叫天铁呢，因为它不是地球上的东西，不是地球上开采的铁矿石然后冶炼成各种东西。玄铁是天上掉下来的。也就是我们现在说的陨铁。”

“陨铁？陨石？”

“对，陨石，就是陨石。陨石中的铁矿石就是天铁，就是玄铁。这种玄铁的数量实在稀少。对了，你听说过湛卢剑吗？”

“湛卢剑？”向南风和佐和子面面相觑，“是……古代的一把宝剑吗？”

“对，传说两千六百多年前，春秋战国的时候，中国古代最有名的铸剑大师欧冶子，凿开了茨山 ，放出山中溪水，一共铸出了五把名剑，也就是湛卢宝剑、纯钧宝剑、巨阙宝剑、豪曹宝剑和鱼肠宝剑，而在这五把宝剑中，湛卢剑位列第一。这件事《吴越春秋》、汉代的《越绝书》都有记载。而这其中的湛卢宝剑，明朝冯梦龙的《东周列国志》中就说它‘乃五金之英，太阳之精，出之有神，服之则威’。”

“啥意思呀？”

佐和子瞪着大眼睛，傻傻地问道。

“意思就是说，这湛卢宝剑是天下金属里最牛的，因为它凝聚了太阳的精气。这把剑拔出来剑鞘就像有神灵出现一样，谁佩戴它就会有无上的威严。”

“哦，明白了南风哥。那师兄……”佐和子又扭头看了看湘西蛊主，“难道是说，这把湛卢剑就是玄铁打造的？”

“对，湛卢剑便是玄铁所铸，所以才能称之为‘五金之英，太阳之精’。可想而知，用玄铁打造一把剑，便是稀世的珍宝了，若用它造一辆车……”

“那后面呢？后面怎么说？”

“后面说盘瓠这辆玄铁车上插着一面黑色的旗子，盘瓠大神着一身黑色的衣服，佩戴黑色的玉，另外，这盘瓠的耳朵上，左边和右边还各盘踞着一条黑蛇，他的左手和右手也分别抓了一条黑蛇，就连两只脚上，也各踩两条黑蛇。然后说，这个月啊，也就是孟冬之月，正月，以什么冬，这个没太明白，曰动月说这个月的名字叫动月。”

“动月？什么意思啊？”

“这个……我也不明白，可能就是一种命名而已。”

“那后面说什么？”

“后面说，首司五老谒之……谒之盘瓠，首司五老要拜谒盘瓠大神。”

“出现了首司五老？”

“首司五老？”

向南风和佐和子都眼前一亮。有了盘瓠，还有了首司五老，显然，这本《日令》的开篇讲的便是正月，也就是苗人口中的孟冬之月当中，黑苗祭祀盘瓠的事情。

湘西蛊主说到这里，便没再继续讲了。他说至于后面的那句话："某日立冬，盛德在水。旦七星中，其日什么癸。盘瓠乃齐"，他完全就没明白是什么意思。恐怕还得联系下文来解释。

说完了这一段话，湘西蛊主便闭上了眼睛，屏气凝神地待了五六秒钟，仿佛陷入了沉思，然后，他又翻开了书，开始以一种极致痴迷的阅读态度，全神贯注地阅读这本古老的《日令》。

向南风和佐和子见他看得如此投入，也不敢打扰了，就只好这么安静地坐着。向南风感觉这守南山中的世界仿佛都停滞了，就像是一个人或者动物进入了一种高度的休眠状态，心跳、脉搏和呼吸都越来越慢，越来越慢，然后安静地停了下来。

向南风偷眼观瞧，湘西蛊主的眉头时而紧锁，时而舒展开来，他时而抬起头看看远处，时而又低下头若有所思。向南风也趁着湘西蛊主思考的间歇，会看看他手里的那本《日令》。

可惜的是，湘西蛊主坐在他和佐和子对面，所以他们看他手里的书，都是反着的，但其实，就算不是反着的，光是书里那些晦涩的文字，放在他眼前他也是认得出字，看不懂文。所以，向南风瞟了好几眼，可看了半天，想了半天，感觉自己除了大概知道几个词的意思，别的什么都没看出来。这《日令》说的是什么，他完全没弄明白。

呵呵，简直就是一本天书啊！

这是一本很薄很薄的古书，向南风数着，湘西蛊主大约翻了23次，也就是46页之后，这本书好像是被翻完了：

这是……最后一页了！

然而，就是在这个时候，当湘西蛊主的眼神从最后一页上最后的那一句话上挪开时，他的脸上忽然跳出了一种异样，这种异样好像是惊讶或者恐慌，向南风从来没有在湘西蛊主的脸上看到过这样的表情。这书里写了什么？他的表情为什么会忽然失常呢？湘西蛊主的眼睛仿佛就要钉在古书里了一样，他呆呆地看着书，然后小心翼翼地把书合上，低下了头。

良久，湘西蛊主抬起了头，两只眼睛死死地盯住了向南风的眼睛。

“南风……”

“啊？”湘西蛊主的眼神让向南风感觉有些不寒而栗。怎么了？他为什么用这样的眼神看着自己？难道是自己理解错了？

“怎……怎么了，湘西蛊主？”向南风试探地问。

“你怎么看这本《日令》？”

“怎么看？我……我怎么看啊？”向南风被湘西蛊主的话弄糊涂了，“我觉着来之……来之不易。”

“不，我没问你这个，我问的是内容，你怎么看它的内容？”

“内容？我看内容？内容不只有你一个人看过吗？我……我们都等着你给我们讲呢。”向南风苦笑着回答，他完全没有明白湘西蛊主这么说的意思。他回答完了这句话，就扭头看了看佐和子，佐和子也觉着湘西蛊主的话有些莫名其妙，她也说道：

“师兄，你这话什么意思啊？我们俩哪儿知道内容是什么啊！”

“不，你不知道，可是他，”湘西蛊主用手一指向南风，“南风，我问你，这本《日令》你真的没看过吗？”

“笑话，我没看过啊，再说你给我看我也看不懂啊……”

“那么，这本书你给过什么人没有？从石棺里拿出来以后，书就一直在你手里。”

“给什么人？我怎么会给过什么人呢？我就刚刚把它给你了啊。”

“是啊是啊，师兄，你这话什么意思？”

佐和子听着湘西蛊主分明是话里有话，她虽然不知道湘西蛊主究竟想说什么，但是还是有些不快。湘西蛊主没有理会她，而是阴阴地笑着，把书递给了向南风。

“来，南风，你看看吧。”

“看什么？”向南风知道湘西蛊主此话绝不是让自己通读全文看书的内容，佐和子也跟着问道：

“师兄，你把话说明白，究竟是怎么回事，你让南风哥看什么？”

“你们就看看最后一页吧。”

向南风听着湘西蛊主的话，他和佐和子都一脸紧张。这究竟是怎么回事？向南风从湘西蛊主手里接过了这本《日令》，他按照湘西蛊主的说法从背面直接翻开，看到了书的最后一页。

这有什么可看的？他究竟要让我看什么？

他要让我……

忽然，几乎在同一瞬间，向南风和佐和子的目光都在扫视这最后一页纸的同一个位置上停滞了下来。在尾页靠近装订线的地方，一道非常细小、非常细小的纸边赫然入目：不不，不是一道，仔细看，原来——是两道！

什么？究竟是谁撕掉了最后两页！

是谁？

是谁！

日令（五）

在守南山的水潭边，湘西蛊主看完了他们在雍家村主墓室石棺中发现的古书《日令》。然而，令向南风和佐和子都大为吃惊的是，湘西蛊主并没有告诉他们《日令》的内容，而是反问了向南风一些奇奇怪怪的话。这些莫名其妙的话让向南风和佐和子都感觉匪夷所思。直到湘西蛊主把《日令》交给向南风，并且让他亲眼看看这本书的最后一页。当二人的目光扫过这最后一页书的书脊装订处时，两道非常细小的、光秃秃的纸边赫然出现了他们的眼前。

“这！这是怎么回事？”

“师兄，这是……这是被人撕掉了？”

“这你得问问他了。”湘西蛊主用手一指向南风，“从石棺里取出这本书以后，书一直在他手里保存着。”

“不，不会啊！我一直贴身保存，就连遛狗的时候我都带在身上，从今天早晨在石棺前面你放在这自封袋里交给我，到刚刚我从怀里拿出来给你，这中间我都贴身保存啊！”

向南风说着，他自己都觉着自己有些语无伦次，怎么回事，怎么回事，这究竟是哪里出了问题……

向南风的后背出了一身的冷汗，他也不知道想到了什么，就是觉着一种莫名的恐慌。

“师兄，怎么会发生这种事情，南风哥，这究竟是怎么回事？”佐和子也有些不寒而栗，她也惊慌地看着湘西蛊主。暗夜里，紧张与猜忌的空气从阴山背后的泥土里腾空而起。可就在这时，挑起这场风波的湘西蛊主却忽然笑了起来。

“嘿，你们俩这么紧张干什么？”

“湘西蛊主，你什么意思？”

“嗨，还能什么意思，逗逗你啊，你们俩怎么都这么不识逗啊？”

“逗我？逗我什么？”向南风满脸的严肃，“那两页纸呢？你为了逗我把它撕掉了？”

“晕了晕了，你想什么呢，南风。和着那两页纸就必须是我们撕掉的啊？”

“你是说……”向南风一拍脑门，明白了过来。

“哎哟！又是空欢喜一场！”向南风“哎哟”了一声，用双手捂着脸，一个劲儿地唉声叹气。佐和子这会儿也明白了过来，正要顿足捶胸，却被湘西蛊主拦住了。

“喂，你们俩怎么回事啊，干脆比翼齐飞好了。不是急着辩解就是急着发愁，这什么心态啊！”

“你说什么心态啊，师兄！咱们费尽千辛万苦，特别是南风哥，为了爬那个倒霉的竖井还把腿给剐了，我让他去医院他还死活不去，不都是为了这本书吗？到头来，总算把这本破书拿到手了，拿回来一天了才发现原来最重要的内容被撕了。我还以为那个该死的白苗祭司没有发现这本书呢，没想到她根本就是发现了书，撕掉了最重要的部分，然后还把没用的部分留下来戏弄我们。真是太可恶了！”

佐和子的话说到了向南风的心坎儿里，这事儿放谁心里，也得这么想。其实，向南风原本也想向佐和子一样发一通牢骚。可是，佐和子的牢骚发了一半，向南风的理性又跑了回来。呵呵，事情或许没有想象中的那么糟糕。

别的暂且不说，向南风单是看着湘西蛊主这番和颜悦色的样子，就知道事情或许远没有到令人气急败坏的程度。否则，如果真的是前功尽弃、功亏一篑，如果真的是因此而断绝了所有线索的话，湘西蛊主也不会在刚刚发现最后一页被撕去的时候隐忍不发，更不该有闲心到现在还跟自己开这样的玩笑。于是，向南风拍了拍佐和子的膝盖，安慰她说：

“佐和子，别沮丧了。沮丧解决不了问题。再说了，你师兄肯定有办法，否则……”

“哎，没办法，没办法啊！”湘西蛊主赶快打断了向南风，“你可别对我抱那么大的希望，我也就是能看看这书什么意思，顶多是当个翻译。找回那撕掉的一页纸，我可没那个本事。”

“好吧。佐和子，看来咱们得赶快调整一下心态，还是不要抱有太大奢望才好。那个先于我们进入古墓的白苗祭司真是太厉害了，或许咱们原本就不该抱有怨念，我们在一号到五号洞找不到雍家人的尸体，也没有理由在六号洞能找到一本完整的《日令》。”

“哎，向南风这点说得不错。别抱有奢望，那完整的《日令》它就不是我们能得到的。我有一种感觉，我们三个人和那个白苗祭司就是在赛跑，看看究竟谁能跑过谁。她的实力不容小觑，但更重要的是，人家比我们先起跑的，所以我想在这个赛段就赶上她、超过她，这个想法太天真了。不过只要持之以恒，等到了苗国以后，我们肯定能追上她。”

“师兄，可现在的问题是，我们怎么去苗国啊？这线索不是又断了？”

“谁说断了，这不是还有《日令》嘛！一本书几十页，不就只少了一页。”

“对，我们得换个思路，不要总想着被撕掉的是最重要的一页，我们得想着整本书都在我们手里，被撕掉的只是一页而已。”

向南风说着，湘西蛊主和佐和子都纷纷点头。从成功的狂喜中掉了出去，又在失败的深渊里爬了出来。经历了从兴奋到沮丧的过度，理性的旗帜终于又插在了他们心态的阵地上。

“那么，我们是不是该说说这本书了？对了，湘西蛊主。”

向南风想到了早晨他们开车途经火车望山南站前广场时，湘西蛊主说到的“时间”，当时，他说他猜想《日令》是一本讲时间的书，于是，这令向南风若有所思。这时，湘西蛊主说道：

“这本《日令》确实是一本好书，可惜藤原老师没有看过。如果他能读到这本书，我想他一定会很兴奋，很高兴。”

“爸爸……”

“嗯，我刚才只是粗粗地看了一遍，大概了解了一下它的内容，但具体到其中的字字句句，具体到其中的很多东西，还需要回去查相应的资料，然后才能读懂。”

“湘西蛊主，那就你目前的粗略了解，这本《日令》是一本什么书啊？是史书吗？苗族的历史？还是……还是祭祀？”

“嗯……”湘西蛊主迟疑了一下，“历史、祭祀……还有社会、信仰，其实这些不能说没有，都讲到了。而且这确确实实是一本跟苗国有关的书，不过，要是说它是一本什么书，我想应该说……”

湘西蛊主停顿了。向南风和佐和子的眼神都紧紧地盯着他不放。

“呵呵。”湘西蛊主唇齿相碰，嘴唇里蹦出了这么一句话，“我觉着这是一本天书。”

“天书？！是看不懂所以才叫天书吗？”

佐和子又问了一个超级白痴的问题。不过向南风却好像明白过来了：天书，时间，向南风还记着湘西蛊主早晨说的那句颇有深意的话。他好像是说“这世界有种东西，我们都以为它有，但其实它根本没有。我们都以为它是绝对的，而生命是相对的。其实它才是相对的，生命才是绝对的。”对，他说我们都在试图定义时间，改变时间，他说时间是相对的。天书，时间，一本讲时间的天书。

“湘西蛊主，你说，你是说……”向南风磕磕绊绊地说道，“你是说这本书讲的是苗国的……历法？”

向南风说出“历法”二字的时候，湘西蛊主倒是颇感意外。他什么话都没有回，而是愣了一下，跟着举起了双手，啪啪地鼓掌：

“厉害，你猜得不错，就是历法。是苗国的上古历法，黑苗的历法，而且从写书的口吻上看，这本书写作的时间应该在盘瓠叛国成为三苗众神之神以后的历法。”

“哎，等等，等等！”佐和子忽然挥着手，打断了他们，“你们俩在说什么呀，什么历法？历法是什么东西？”

“哦，历法啊。怎么说呢。”向南风想了想，这个词对于一个外国人而言，确实是比较生僻，可是要想给佐和子讲出来，他还得斟酌用词。

“怎么说呢，我告诉你佐和子，历法就是日历、周历、年历、台历、挂历的那个‘历’；法呢，就是‘法律’的‘法’。这历法就是推算年、月、日，并使其与相关天象对应的一种方法，也是协调历年、历月、历日和回归年、朔望月和太阳日的办法。具体什么意思呢，比如说，现在是秋天，夏天刚过去，天刚刚凉快起来，这时候，你晚上看见天上的月亮圆了。这是什么时候啊？你知道吗？”

“那这是八月十五啊！是中国的中秋节，要吃月饼的，我知道！”

“没让你点菜，谢谢。就是给你举个例子。你看到月亮的某种变化，处于变化中的某一个阶段，哎，你就知道今天是什么日子了。当然了，这是阴历。但别管阴历和阳历了，就是你把太阳或者月亮的某一种变化和一个固定日期连起来的这个过程就是制定历法的过程。”

“哦，我明白了。可是阴历我不懂啊，那公历呢？公历是怎么回事？”

向南风一边挠头，一边看着湘西蛊主。仿佛是在向湘西蛊主抱怨这佐和子怎么像十万个为什么一样，提起问题没完，湘西蛊主呢，只是笑着，完全就没打算帮向南风回答几句。

“公历，公历……”向南风微微地闭着眼睛，“哦，公历是这样，比如春分、秋分、冬至、夏至，春秋分，冬至的时候是一年中北半球黑夜最长，白昼最短的时候，那夏至呢，反过来，是北半球白昼最长，黑夜最短的时候。春秋分呢，是昼夜长短正好一致的时候。你看这四天当中的某一个特点，这就是地球绕着太阳公转时，因为地球和太阳之间距离不断变化决定的特点，那么公历呢，就定义了这一个特点，从而划分了四季。明白？”

“哦，我明白了。也就是说，不同的民族，不同的文明，创造不同的历法。因为历法不一样，所以一年的长短也不一样，一个月的长短也不一样。是这个意思吗？”

“哎呀，我总算是松了一口气，你说的没错。”向南风一边点头，一边看向了湘西蛊主。而湘西蛊主看到佐和子终于明白了历法的概念，长长地叹了一口气，说道：

“佐和子，你可能不知道，很多年来，藤原老师一直在寻找这本书，他一直在研究苗国的历法。你现在可能还不了解这本《日令》的意义，它实在是太伟大了。刚才向南风和你讲的欧洲人发明的公历和汉族人发明的阴历，这些历法都是结合了太阳与月亮，也就是地球与太阳关系和地球与月亮关系后的合历。而今天我看到的这本《日令》，它清晰地记载了一种早已失传的，上古最古老的历法——苗国的太阳历。”

“什么？师兄，太阳历？”

“太阳历？”向南风的心里有些明白了，原来如此，《日令》，《日令》，日就是“日子”的“日”，令就是“命令”的“令”。这日令就是太阳的命令？哦，不不，是根据太阳而下达的指令，是盘瓠以太阳的名义下达的指令！

“师兄，你说这本《日令》中记载的是苗国已经失传的上古最古老的历法？你是说，古老的太阳历是失传的？”

“对。你们或许不知道，历法是人类文明，特别是上古人类文明最重要的组成，有了历法，才有祭祀，有了祭祀，才有文化。历法是人对宇宙的探索，是按照宇宙的规律定义时间，或许改变世界力量的途径。所以要是从哲学上，历法是宇宙观的外化，一个民族一个文明有怎样的历法，就代表了他们以怎样的视角看待宇宙和历史。而这种早已经失传的太阳历，我们相信它在上古时代是非常普遍的。古埃及崇尚太阳神，他们的历法据说就是最早的太阳历。还有古罗马，现在风行世界的西方占星术，星座文化就来自于古罗马失传的太阳历。也包括古波斯帝国，波斯历，也是太阳历。然而，等到了后来，随着中国的汉文化、印度文化和犹太文化的兴起，新兴的中国阴历、印度历、犹太历和伊斯兰历取代了原本分布在整个旧世界的太阳历。就此，这些神秘的太阳历就都失传了。”

湘西蛊主说到这里，眼前一亮，他拿起了这本《日令》，一副如获至宝的样子：

“请相信我，虽然我现在还说不清楚，但是有一点可以肯定，苗人笃信，特别是黑苗盘瓠的子民都坚信，盘瓠能够驱使太阳的力量获得改变世界的无穷能量。而这本书，一定能够帮我们找到那种上古洪荒时代的神秘能量，只要有它，想进入南山馆还不是轻而易举的事情吗？”

可是……

向南风和佐和子跟随着湘西蛊主的眼神，把视线投向了冰封潭水的远方。无边的黑暗不知什么时候被劈开了一个裂缝。

月夜，明亮的月光洒下来了。

云："月朦胧，鸟朦胧。"

日令（六）

向南风三人从雍家坟主墓室石棺中发现的那本《日令》居然被神秘人撕掉了全书的最后一页。这最后一页书中究竟讲了什么，它一定暗藏了苗国中某个不为人知的巨大秘密。然而，它终于随着神秘人的离去变成了杳无音信的传说。

向南风他们在深夜中，面对守南山中掩盖南山馆和妙瑶塔地宫的水潭，翻开了这本被撕去了最后一页的残本《日令》。

湘西蛊主说，这本书记载了早已失传的来自上古世界的苗国太阳历，盘瓠大神借以太阳之名界定时间，并且通过利用太阳的变化拥有改变世界的神秘力量。

然而，这本神秘的上古历法书《日令》究竟是如何传出了苗国，来到了汉地，又是如何从数万年前的上古时代进入了距今390年前的明代古墓，究竟是谁誊抄了这本用汉字书写的古苗族历法？又是谁把它带进了那个刻着神秘域外文化图案的石棺呢？

这些谜题答案或许根本就不在这个世界中，如果想解开它们，就必须找到打开水潭进入南山馆和妙瑶塔地宫的法门。而这个法门，或许就像湘西蛊主所说的那样，就藏在这本残破的《日令》当中。

“师兄，这《日令》究竟讲了什么？这古老苗国的太阳历又是什么呢？”当太阳已经躲到地球的那一侧，当皎洁的月光洒满银色的水潭冰面，湘西蛊主又一次翻开了《日令》：

“这本《日令》啊，它讲了两个方面的内容，两个部分，或者说两个章节。”

“哦？哪两个章节呢？”

“这第一个章节名叫《月岁》，‘月亮’的‘月’，‘年岁’的‘岁’。月呢，就是一个月，一月就是一个月；岁呢，就是年，一岁就是一年。所以这一章讲的就是月份和年份的关系，月和年之间的关系。第二个章节叫岁岁，就是年份和年份，年和年之间的关系。我以《月岁》为例简单跟你们俩说说。在这《月岁》篇中，古苗人按照太阳与二十七个星宿之间的位置和苗九卦之间的关系，把一岁，也就是一年，分成12个月。”

“一年分成十二个月？这和阴历、阳历都一样啊！”

“不，不一样。阳历一年的十二个月，是一月到十二月。阴历是正月、二月、三月、四月、五月、六月、七月、八月、九月、十月、十一月和腊月。阳历以一月为一年的开始。”

“是啊，师兄，一年开始于元旦，也叫新年。”

“对，湘西蛊主，阴历以除夕为一年的开始。”

“嗯，阳历开始于一月，然后是二月；阴历开始于正月，然后是二月。但是这古苗族的太阳历不是，它的一年中对应一月和正月的是动月。”

“动月，哪个东啊，师兄？”

“‘运动’的那个‘动’字，动月就相当于阴历的正月和阳历的一月。然后这古苗国的太阳历在动月之后进入一年中的第二个月，这个月也不是二月，而是偏月。‘偏正’的‘偏’字。”

“可这样的话，不只是一个名字的差异吗？就像阴历叫正月，而阳历叫一月，但其实都是一年中的第一个月啊！”

“是啊，师兄，南风哥说的没错啊！”

“不不不，错了，不只是名字的差异。在动月和偏月之后，是苗国太阳历的一月，然后是二月，三月，四月，五月，六月，七月，八月，九月和十月。也就是说，苗国太阳历一年的开始大约相当于欧洲公历，也就是阳历的三月。太阳历以春天为一年的开始，以春天的开始为一年的开始，而不是像中国传统的阴历那样，以春节，即由冷转热，由冬变春为开始。”

“哦，原来是这样。对了，我记着秦朝的历法就是以冬天的开始作为一年的开始的。这样看来，太阳历和今天的阴历、阳历还真的不太一样。”

“对，当然是不一样的。只是很多地方会看着相似，但本质上是截然不同的，因为上古历法的本质实际上是洪荒时代，不同文明对宇宙中不同星球主导权的认识，以月亮为宇宙主宰便有了月亮历，以太阳为主宰，就奉行太阳历。如果认为太阳和月亮平分着白天和黑夜，是宇宙在不同时间内的两个并行的主宰，那么，这样的文明就会发明日月结合的历法。”

“明白。那这书里还介绍什么了？有没有具体的呢？”

“有啊，具体到月份里面，一月、三月、五月、七月和九月，这5个月是长月，也就是每个月有31天。而动月、偏月、二月、四月、六月、八月和十月，这7个月份是短月，每个月有30天。”

“那看来还真是不一样。这个具体的每个月的日子，和阴历、阳历都差了不少。”

“除了这些具体的日、月、年的划分，书里还介绍每一个不同月份当中，盘瓠大神的相貌、衣着特征，穿什么样的衣服，戴什么样的玉佩，吃什么样的东西，还有就是驱使什么样的动物或者神兽来充当自己的坐骑。”

“哇，好羡慕盘瓠啊，我都不求每个月能换不同的车开，但求一个月一件新衣服，一个月一个新包，我就满足了。哈哈哈。”

“拜托，佐和子，不要打岔。湘西蛊主，你接着说。”

“基本上就是这些，还有就是以首司五老为首的盘瓠的祭司，在这一年中不同的月份该对盘瓠大神实施怎样的祭祀礼仪。嗯……”湘西蛊主想了想，他迟疑了一会儿，继续说道，“这样吧，我还是给你们具体举一个例子吧，这本书的程式化特别强，基本上读懂一个月，剩下11个月就都能明白了。”

“那太好了，湘西蛊主。你给我们先说一条，这样回头回去了，我把这本书拍下来，没事的时候我们也读一读，特别是佐和子，让她读完了，这本书烧了都行了。哈哈。”

“对对，我看行。”

向南风和湘西蛊主说完，哈哈大笑。

“喂，不要笑了，超忆症是很痛苦的。还有哦，你们两个屡次三番地欺负我，我可都记得住，回头别怪我哪天生气不理你们了。”

“不理我们？真的吗，你要是……”

向南风的话刚说了一半却忽然停下了，他扭头看着佐和子，可他脸上的表情竟然瞬间凝滞，那样子让人不寒而栗。佐和子原本还嘻嘻哈哈地说笑，忽然看到向南风的脸色剧变，她自己脸上的笑容也瞬间消失了。

“佐……佐和子……你……你身后是？”

“啊？谁？什么？”

佐和子吓得花容失色。就在这个时候，湘西蛊主心领神会地“啊”地大叫了一声。佐和子被吓得哇地哭了出来。向南风和湘西蛊主一阵爆笑。

“就你这样还不理我们？哈哈哈。”

湘西蛊主笑得眼泪都快流出来了。

“可恶，你们两个狼狈为奸的人！”

夜渐渐地深了，守着一团篝火，围着两个朋友，有篝火的冬天不会寒冷，有朋友的夜晚也不会孤独。湘西蛊主指着《日令》里的字，给向南风和佐和子讲解道：

“就按刚才说的，我先给你们讲一条，然后回去以后，我们大家分头研究，我想肯定能有巨大的收获。那么，讲哪一条呢？”

“要不还是讲刚才孟冬之月那一条吧？”

“嗯嗯，师兄，我也这个意思，你讲这个吧，我们还熟悉点。”

“好，孟冬之月，太阳居于尾、昏危之中。我刚才简单看了一遍，通篇连起来发现，这尾和昏危，是两个星宿。不过这星宿不是汉族的二十八星宿，而是苗的。苗国的星宿是二十七个。这二十七个星宿还对应着苗的九卦，也就是每三个星宿对应一卦。这里说的就是，孟冬之月，地球围绕太阳进行公转，在这个月，站在地球的角度看太阳，太阳正好处于星宿尾和星宿昏危之间。”

“明白了。”向南风点了点头说道，“也就是说，如果我们查到孟冬之月，也就是正月时，地球绕太阳公转时所处的公转轨道的位置，我们查到这个位置后，在地球和太阳之间画一条连线，那么这个连线靠近太阳一端的延长线，在这条延长线左右两侧的两个星宿或者是星座，就应该是古苗国的尾星宿和昏危星宿？”

“没错！南风说的一点都不错，同理，剩下的是一个月，如果也按照这种方式研究，我们就可以找齐苗国的二十七个星宿。”

“是不是还有苗国的九卦？也可以破译呢？”佐和子问道。

“这个……这个目前还不清楚，如果单靠这一本文献，恐怕不够。”

“嗯，湘西蛊主，刚才这个星宿的事情我记下来，你继续往后讲吧。”

“好，那我继续说，盘瓠在上殿左个，我想上殿一定是指保靖神殿，也就是盘瓠祭坛中的某一个神殿，因盘瓠居于此，盘瓠为上，因此这个殿被叫作上殿。这种提法，就和汉族先秦文献中，常将国君称为‘上’的这种称谓相类似。”

“师兄，你说的是什么意思，我没太听明白啊！”佐和子挠了挠头，一副没跟上的样子。向南风赶忙给她解释道：

“就是中国在秦始皇统一天下之前，在很多历史文献里面，臣子称呼诸侯国的国君，就是臣子喊君王，喊什么呢？后来叫‘陛下’，但在叫‘陛下’之前称国君为‘上’，就是说‘上下’的那个‘上’字，等于是说，君王高高在上，我在下面。这既是身份地位上的，同时也是日常生活中的。因为在日常生活里，君王宫殿的地基都比普通人的要高，几尺几寸都有要求。同理，平时上朝，皇帝也都坐在高处，俯视群臣嘛。所以称身份极其尊贵的人叫上。”

“哦，谢谢南风哥，你解释的真清楚。”

“哎……”湘西蛊主叹了口气，说道，“你这清楚倒是清楚，不过跑题了。这个‘上殿’的‘上’，不是你说的那个意思。”

“哦？那什么意思呢？”

“它应该是代表的是方位，比如上风上水和下风下水的这种关系。因为是这样，我后来又看了看，后面几页还有个与这个上殿相对的殿，叫下殿，所以我估计，保靖神殿一定由上下两个殿组成。”

“那你刚才说上是因为盘瓠居于此，所以叫上殿？”

“就是的，师兄！这么不靠谱啊你！”

“嘿嘿，不好意思不好意思，第一次看嘛，不熟悉，又想起来了，啊哈哈。”湘西蛊主不好意思地笑着，然后接着说，“无妨无妨，哈哈，我们赶快往下看啊，下面还有呢。下面说这盘瓠乘玄路，驾铁什么东西，载玄旗，衣玄衣，服玄玉。珥两玄蛇，把两玄蛇，践两玄蛇。这是说，盘瓠从一条黑色的大路上走来，他穿着黑色的衣服，乘坐玄铁打造的车，他的车上，黑色的旌旗飘摆，他佩戴黑颜色的玉佩，他的耳朵上盘踞着两条黑蛇，手上抓着两条黑蛇，脚下还踩着两条黑蛇。”

“嗯，湘西蛊主，这些你刚才说过了，这些有什么意义吗？这些跟刚才你说的那些星象不一样，这好像没什么用吧？”

“不，当然不可能。我告诉你这些话的意义在什么。我问你，南风，你想知道苗国在哪里吗？你想知道三苗迁徙去了哪里吗？你想知道他们最终又消失在了哪里吗？”

“当然了！我当然想知道。璐瑶肯定被劫持到了那个地方！”

“嗯，害死我爸爸的凶手也在那里！”

“好，既然你们都想知道，我告诉你，刚才的这句话里就有线索。盘瓠在这个月里，耳朵上盘踞着两条黑蛇，手上抓着两条黑蛇，脚下还踩着两条黑蛇。这个月是冬天吗？”

“当然，就是我们现在所处的时候啊。”

“好的，那么你想，在这个时候，寒冬，盘瓠居于保靖神殿，却可以驱使六条蛇盘踞在自己的身上，这说明什么问题呢？”

“说明……说明盘瓠也喜欢饲养爬虫……对了，师兄，你还记着我小时候你送我的那条小草蛇吗。”

“闭嘴！你不说话没人拿你当哑巴。”

“讨厌！”

佐和子和湘西蛊主的斗嘴丝毫没有影响向南风的思考。向南风左思右想，寒冬，蛇，六条蛇，这究竟说明了什么呢？

“哦！我知道了！”向南风猛地一拍大腿说道，“你是说，即便是在寒冬时节，保靖神殿里的蛇都不会冬眠！”

“对，那么，佐和子！”湘西蛊主一扭头，对佐和子说道，“你不是养过草蛇吗，你告诉向南风，蛇为什么会冬眠。”

“哈哈，南风哥，这个我可记着，我看过书。冬天的时候，蛇会冬眠，往往几十条，甚至上百条蛇挤在一起，躲在干燥地带的树洞里或者洞穴中、岩石缝隙里。因为蛇属于冷血动物，体内的温度随环境温度的变化而变化。冬天，外界温度下降后，蛇的体温也下降。因此蛇类就采取冬眠的方式来适应低温环境。”

“那佐和子，蛇多少度会冬眠呢？”

“嗯，不同的蛇，冬眠的温度不太一样，一般来说，都是气温达到七八度时，蛇就会冬眠。”

向南风微微地闭上了眼睛。也就是说，保靖神殿所在的位置，年最低温度不能低于摄氏八度。保靖神殿，盘瓠的神殿：

璐瑶，你会在那儿吗？

神山上屹立着神殿，

神坐在神殿的中央。

日令（七）

在守南山茫茫的山腹地带，在明月夜漫漫的隆冬时节，在暖暖的深山篝火旁，在明亮的营地灯下，湘西蛊主指着《日令》，这本来自古老苗国的上古历法，传说中早已被历史尘封的太阳历，湘西蛊主的兴奋溢于言表。这种兴奋，既来自于知识分子、历史学者对未知历史的苛求，更来自于他血液里三苗祖先荣耀的呼唤。湘西蛊主笑着，把这些字指给向南风和佐和子。

“南风，佐和子，我们不必管被那个早于我们进入雍家坟，捷足先登的白苗祭司，不用管被她撕掉的那一页纸上究竟写了什么，那几十个字或许对她很重要，或许对我们也很重要。但是我坚信一点，我们只要悉心研读这本《日令》，一定能获取极多的苗国的历史与文化，从这些东西里，我们肯定能找到足够多的线索重返苗国了。而且只要是去，我们就一定能够找到保靖神殿，一定能够直捣黄龙！”

"可是，师兄，只凭孟冬之月时保靖神殿的年最低气温不得低于8度，就可以找到保靖神殿吗？那赤道转一圈，不都低于8度吗？"

"怎么会啊，佐和子。"向南风已经听懂了，"湘西蛊主跟咱们说的只是一种研究的方法，他是在教我们如何研究这本上古历法，如何发现这里面的天文信息，从而了解苗国的宇宙观，进而了解他们的全部文化。再通过苗国的祭祀，通过祭祀文化，了解他们所处的位置，寻找保靖神殿的遗址。"

"对，南风说的一点都没错！这孟冬之月有蛇，这一个月就提供了两条信息，一个是保靖神殿，也就是苗国的中心，它年最低气温不能低于8度。再就是，这个地方必须要有蛇，而且还要有黑蛇。它必须都有一种黑色的蛇栖息在这里。这些都是弥足珍贵的证据啊！而且，这仅仅是孟冬之月这一个月告诉我们的，后面还有11个月，而且年与年，后面还有很多年。比如12个月，盘瓠就会更换十一种不同颜色的衣服，而每一种颜色的衣服都需要由不同的染料染制而成。这些染料呢？是哪里来的呢？12个月，盘瓠会驱使12种不同的动物，孟冬之月有蛇，后面还有牛、羊、虎、豹、犀牛、大象……还有很多，这说明这个地方必须要有这么多自然物种的分布，这些都是信息啊！只要我们能够把这些信息一一落实，通过这些信息分析出盘瓠神殿和苗国的物产、水文、气候、地理特征，我想，在地球上，在历史里，找到这样一座神殿的遗址，找到这样一个失落的古国，也并非没有可能吧？"

"太对了，太对了！湘西蛊主，你说得太对了！"向南风万分激动，这是他这么多天以来，感觉信心最足、希望最大的时候，"湘西蛊主，你说的真是太对了，南越国怎么样？古滇国怎么样？夜郎国怎么样？楼兰国又怎么样？这些文献里的古国，哪一个不是扑朔迷离？哪一个不是水月镜花？可到头来，不都从传说里、从文献里跳了出来，一个个不都被褪去了神秘的面纱吗？”

“哎……”

湘西蛊主听着向南风的话，看着向南风的脸，等他说完了，湘西蛊主却哀叹了一声。向南风原本以为是自己说的不对，却发现不只是湘西蛊主，包括坐在身边的佐和子也同样黯然神伤。

“呵呵，师兄，我们居然……居然挖了一座明朝的古墓，在古墓的石棺里发现了一本明代誊抄的上古苗历。呵呵，发现它的人居然是你和我。”

“是啊，我想如果藤原老师还活着，他要是看到这本《日令》一定会激动得好几天都睡不着觉。呵呵，这书真的将填补太多的历史空白，这不仅仅对于古苗族和苗国，对于中国南方的上古方国，乃至于对整个世界的原始文明、早期历法史的研究，哎，这些价值，历史的，文化的，简直是不可估量！”

“师兄，你也想继续爸爸的研究吗？其实……”

“是啊，湘西蛊主。”向南风平静地看着湘西蛊主，“呵呵，不瞒你说，很多时候，我真的不知道该怎么看你。说你是个学者吧？你却是花苗最后的蛊婆，你的巫蛊术阴毒、恐怖，令人不寒而栗。可是如果说你是花苗的蛊婆呢，你又有知识分子追求真理的使命感，又有历史学者中难得的能力和素养。哎，你啊，你的这两重身份太矛盾了，你不觉着吗？学者是科学主义的斗士，学者要证明一切的力量都是科学的力量，这世界上没有超自然的力量，有的只是超认知的自然。可蛊婆呢？那个做蛊婆的你又是神秘主义的卫道士，对自然的尊重、对灵魂的忠诚使你将精神凌驾于物质存在之上作为蛊婆的无上法门。呵呵，你说，你该如何选择呢？”

“哈哈哈，南风，你问得太好了，太好了。”湘西蛊主安静地听向南风一字字地把这句话说完，然后说道，“南风，不瞒你说，就像你说的，这两个互相矛盾的身份曾经在我的身上共同出现着，很多年来，我都在抉择着。我既渴望回应我血液中的那个花苗蛊婆的古老灵魂，渴望着找到自己的祖先，但同时，我也眷恋着这个世界，我希望像藤原老师一样，尊重失落世界的失落，只把它们的历史带回我们的教科书。让我们和后来的人都知道，哦，原来我们曾经从那里走来。我的这些选择啊，藤原老师，他都知道，可是他从来没有干涉过我的选择，甚至没有给过我任何的建议，他只是常说，还不急，有时间。”

“呵呵，时间……”佐和子忽然冷笑着说道，“时间是定义的，可那些肆意定义时间的苗人害死了爸爸。”

“没错！”佐和子的话挑动了湘西蛊主激动的神经，他的语速变快了，他的声音也提高了，“南风，可是现在，我想我想好了，藤原老师的死让我清楚了，我究竟该做些什么。历史，我们尊重他们的世界，把他们写在历史里，可他们却漠视我们的生命，要把我们杀死在我们的世界中。对，这些东西有重要的史料价值，对，这本《日令》可以改写古苗族的、中国的、东亚的、世界的原始文明历史，可是，那又怎么样呢？没有人告诉我那是我的使命，不，那不是我的使命，那是历史学者藤原龙之介的使命，可是，他们害死了藤原龙之介，他死了，那些被尊重的历史也去见鬼啊！”

湘西蛊主说到这里，忽然狠狠地用拳头捶向了身边的那棵歪脖树。

挂在歪脖树上的营地灯发出了猛烈的摇晃，树下整个光明的世界也随之天昏地暗，一阵地动山摇般的晕眩。而几乎与此同时，向南风听见不远处水潭的冰面上忽然传出了一声闷响，然后是冰层被撞碎的声音，一条黑洞洞的身影从水中打破了冰面然后飞向空中，在空中翻腾扭动了几下便又掉在了冰面上，就此一片死寂。

那是？那是一条鱼？

“师兄，那条鱼怎么了？它怎么自己撞死了？”

“呵呵，那是我的隐蛇蛊。”湘西蛊主冷笑道，“看看吧，别让我找到他们的藏身之所，花苗从没有一个坐以待毙的蛊婆。”

“好吧，湘西蛊主，既然你已经做好了选择……”向南风站了起来，他走到了湘西蛊主身边，然后拍了拍他的肩膀，“我这儿有一个线索，我想可以贡献给你。或许，这会对我们有所帮助。”

“啊？线索？南风，是什么线索？”

“是啊，南风哥，什么线索啊？”

“走吧，休息得也差不多了。跟我走吧！我带你们去。”

向南风说着，把湘西蛊主和佐和子一手一个地拉了起来，然后，他们熄灭了篝火，收起了营地灯，向南风拉着佐和子的手，打开了强光手电，绕到了一座小山的背后，然后开始往上爬。十几分钟后，他们来到了这座小山的半山腰上。半山腰上，向南风用手电远远地照过去，有一块黑乎乎的土地，看起来寸草不生的样子。然后，等到他们慢慢地走近了，那片寸草不生的土地才显现出来。那不是一块土地，同样也并非一块土地上生长的石头。那是一块非同寻常的石头，它经过了人工的切割、打磨，经过了人工的雕琢，却最终被历史的烽烟遗弃在了烈日暴雨之下、白雪明月之间。

“这是？”

“这就是那块？”

“对，守南山妙瑶禅庵伏承碑。呵呵，我们姑且这么叫它吧。毕竟这石碑的上半段不知道埋在了哪里。哦，对了，隐山寺的老方丈明渊大师说过，这块石碑原本该放在妙瑶禅庵妙瑶塔的第三级浮屠上。所以你们看，守南山妙瑶禅庵伏承，这里写着呢！”

“嗯，南风，这石碑非常重要，而且就像之前分析的那样，这石碑上的欧体楷书和雍家坟墓碑上的欧体楷书出自同一人之手。可是，你要说的是……”湘西蛊主有点费解，不对啊，这些信息他和佐和子都已经知道了啊。

“呵呵，我要说的当然不是这些，这些你知道了。我要说的是那本《日令》和这块石碑的关系，是黑苗与妙瑶塔、妙瑶禅庵的关系。”向南风笑着，他得意的笑在深夜的大山中变得冷峻而有些怕人。

“你们看，看看这里吧！”

向南风说着，用手电的光柱依次照亮石碑上的一行文字。湘西蛊主和佐和子跟着一起读了出来：

“守南山，妙瑶禅庵，伏承，保靖州，□溪，黑日山，檀越，首司君奉——守南山，妙瑶禅庵，伏承，保靖州，□溪，黑日山，檀越，首司君奉！”

“咦，这……这是什么东西？”

“呵呵，守南山妙瑶禅庵伏承，保靖州某溪，黑日山，檀越首司君奉。看到了吗？”

“嗯，可是，南风哥，这话什么意思啊？”

佐和子一无所知地提问，向南风看着站在她身边的湘西蛊主，后者一副若有所思的样子。于是，向南风说道：

“是啊，这话是什么意思呢？呵呵，几天前，我也很费解。我看不懂这是什么意思，于是就去请教了隐山寺的明渊大师。大师告诉我，这三句话的意思其实并不难懂，它的意思就是：一个来自保靖州什么什么溪的黑日山这个地方的，叫作首司君的信徒，供奉修建的这座守南山妙瑶禅庵！”

“原来是这样，南风哥，保靖州，首司君！师兄，还记着吗？《日令》第一篇《月岁》，刚刚我们说《月岁》里面的孟冬之月，其中有句话叫‘是月也，以什么冬，曰动月，首司五老谒之盘瓠。’”

“对，佐和子，可是还不止于此哦！还记着吗？”向南风的眼睛忽然看向了湘西蛊主，他看着湘西蛊主，却对佐和子说道：

“还记着吗？那《日令》的孟冬之月里，还有一句话：‘盘瓠在上殿左个’。”

“嗯，对，是有这么句话。”

“他，他怎么说来着？”向南风用眼神朝湘西蛊主的脸上递了递，“他说，这里有个上殿，后面还有个下殿。说盘瓠的上殿和先秦用‘上’称呼君主的道理一样，我还给你解释了半天。”

“哦，我知道了，你是说，师兄管那个地方叫盘瓠神殿！”

“不！”湘西蛊主猛地摇头，“不，那不是我说的，那是，那是藤原老师说的！藤原老师管那里叫作盘瓠圣殿、保靖神殿。”

“好，不管是谁说的了吧。反正这保靖州与盘瓠圣殿、保靖神殿，这首司君和首司五老！这说明了什么呢？”

“说明了保靖神殿就在保靖州？这保靖州便是苗国的所在！”

“没错，而且建立这妙瑶塔、妙瑶禅庵的人便是这黑苗的祭祀首司君，而修建雍家坟的人也该一样是这位首司君了。当然了，这些都是间接的收获了，还有一个最直接的方式，我们只需要找出那个保靖州，找到保靖州里的那条溪流，那座名叫黑日山的山峰。那个三苗的圣地，盘瓠神殿、保靖神殿，那些凶手和璐瑶，那些答案与谜团，不就在这保靖州的盘瓠神殿里吗？”

“不！不……”

万籁俱寂的深山中，湘西蛊主决绝的否定声像奔腾的山洪在山谷中穿行，在精神的家园中，传递着振聋发聩的怒吼。强光手电的电量慢慢地衰微着，山中的雾气悄悄地腾空：

月朦胧，鸟朦胧，帘卷海棠红。

神说：“积土成山，风雨兴焉。”

日令（八）

从守南山中的妙瑶塔石碑处向东，向南风带着湘西蛊主和藤原佐和子顶着夜色穿越守南山山腹，准备返回石头村，然后开车回望山市区。盘瓠的神殿名叫保靖神殿，据说这是藤原龙之介教授一项从未对外发表的研究成果。这项成果是不是有相应的论证和证据，还是仅仅只是一个猜想，如今，所有的可能，无论有或者无，都已经随着藤原教授的离世，随着他生前烧掉的已经化为尘埃的研究手稿变成了无人知晓的灰烬。

唯一被保留下来的“遗产”便是这个缺少论证和论据的论点，盘瓠的神殿，盘瓠祭祀的发生地，即三苗的精神家园被称作保靖神殿，抑或保靖圣殿。那么，这个历史中保靖神殿是否便在向南风在妙瑶塔石碑上看到的那个保靖州呢？

那个被称作首司君的人，是否便是盘瓠的使者首司五老。首司五老居于盘瓠神殿之外，而石碑中这个自称为“首司君”或“檀越首司君”的人，来自于保靖州某溪流域内的黑日山，那么，这不就暗示了历史上盘瓠神殿的位置便在保靖州境内的某溪流域内的黑日山吗？如果这样，只要他们可以找到保靖州，便一定能到找到保靖州内的一条被称作什么溪的河水，进而找到黑日山和黑日山中的盘瓠神殿遗址。

“不，不对。”湘西蛊主一边在山路上大口地喘着气往前走，一边说道，“南……南风，你说的……不对。”

“为什么？”向南风还没有说话，佐和子便反问道。

“保靖州、保靖神殿，虽然都是以保靖为名，但是不能得出……不能得出保靖州是因境内有保靖神殿而得名，抑或是相反，保靖神殿本是盘瓠神殿，因在保靖州才叫保靖神殿。这两种结论都没有依据！”

“为什么，湘西蛊主？如果不是这样，为什么都以保靖为名？”

“很简单，南风，如果保靖只是苗国，是古苗族一个特殊的词汇呢，一种……一种怎么说呢，一种很好的词，比如我们汉语中的‘神圣’‘光明’，甚至比如盘瓠崇尚太阳，保靖的意思如果是‘太阳’呢？”

“也就是说……”佐和子说道，“师兄，你的意思是，有可能保靖神殿也好，保靖州也好，可能相当于神圣神殿、神圣州，光明神殿、光明州，而盘瓠神殿之所以也称作保靖神殿，不是因为它在保靖州，而是因为保靖可能是一种很神圣的词汇，它和盘瓠崇拜具有共同的精神内涵，所以能够互换？”

“对，我就是这个意思。南风，盘瓠神殿和保靖州，这的确是一条线索，不错。但是我们现在要找的不是它。我们要找的是如何避开水潭，避开冰面，进入南山馆和南山馆底下的妙瑶塔地宫的方法。你想想看，就算是我们现在找到了保靖州，找到了盘瓠神殿，又怎么样呢？找来找去无非是发现一个遗址，一个原始文化祭祀的遗址。搞好了，发现了一种新的文化特征，然后命名一个新的原始文化，进而再好了，震惊考古界，震惊整个世界，甚至重写历史。可是，那又怎么样呢？即便是这样，又能怎么样？归璐瑶会回来吗？杀死藤原老师的凶手会出现吗？更何况我们都知道，苗是没有文字的，至少目前我们没有发现过苗的文字。因此苗的文化多是口传心授、代代相传，或者就是被汉人记载下来的旁证。而盘瓠神殿，是苗的绝密，即便是在盘瓠神殿存在的数千年间，知道它具体地点的苗人也是绝无仅有的，更不要说是汉人了。这保靖也好，甚至是盘瓠也好，这些都只是汉人的音译。它们对于汉人而言，无非是一个传说。这传说究竟有或没有都未曾可知，更不要说靠着这些传说找到盘瓠神殿了。试想一下，想通过这些东西寻找保靖神殿，何其困难，否则如果不难的话，藤原教授不早就找到了吗？”

“这倒确实是，不好找，且即便找到了也只能间接了解更多的历史。”

“对，所以说保靖州和盘瓠神殿，我相信我们总有到达的一天，但……不是现在，不是明天。我们现在要找的是通往那个苗国世界的通路。”

“嗯，师兄，那通路不就在刚才那水潭下面吗？”

“对，当然在下面，可是怎么下去？”

“我知道了，如果把这些串起来的话，这又要涉及雍家人的真相了，雍家人和苗国有什么关系，雍家人为何逃出守南山，又为何死在雍家坟。”

“对，首司君恐怕真的就是盘瓠的化身——大祭司首司五老。可是首司五老怎么会来到守南山，还要在这里修建一座妙瑶禅庵？”

“其实，湘西蛊主，我一直在想啊，《日令》是苗的上古历法，太阳历，它乃是盘瓠大神所创，刚才湘西蛊主给我们读了一些，也讲了个大概，这里面所讲的，是太阳的运动规律和对应这些规律对盘瓠大神的祭祀。”

“是啊，南风哥，师兄确实是这么说的。”

“嗯，所以我就想啊，这样的一本书，《日令》，它一定也是应该与盘瓠神殿一样，是苗的至高机密，而且一定会比盘瓠神殿更机密。可是，这样的机密究竟是被谁誊抄成了汉字，而且还从保靖神殿、保靖州里带了出来，一直跑到这万里之遥的守南山，最后被带进了雍家坟里的地下陀宫当中？”

“南风哥，会不会是那位白苗圣女朔月啊？师兄不是一直怀疑我们在雍家坟里看到的那80具狼犬厉鬼鲜活如初的尸身，有可能是在数百年前死于至高的白苗法术，而拥有这样法术祭司，恐怕只有白苗圣女朔月吗？而且还是那位失踪的圣女朔月。”

“不，不可能。”跟在最后面的湘西蛊主好半天都没有说话了，这回他不打算再做听众了，他说道，“誊抄《日令》的人怎么也不会是朔月，不会是白苗的人。你们想想，这《日令》是黑苗的历法，《日令》中的所有神迹也都是盘瓠的神迹。可想而知，这《日令》该是黑苗的至高秘密，那么，它又岂能被白苗得知呢？”

“还有一个问题，这古苗国按道理说应该是非常古老的方国吧？应该和尧舜禹同时代，最晚也就是夏商之际了。这么古老的苗国，这么古老的苗国历法是怎么被用楷体誊抄在宣纸上，装订成线装本，放进一座明代古墓的呢？”

“是啊，师兄，修建雍家坟的人是谁，那些怪藤巨树是怎么回事？它会不会和石棺上的图案一样，来自同一个域外文明？还是来自苗国？哦，对了，还有一个问题，还有一个！你们有没有发现，地下陀宫内所有的墓碑上写的都是男人名，难道雍家族人没有一个是女人吗？81个男人？没有一个女人！是只葬男人，不葬女人，还说女人没有死？如果没死，去哪儿了？”

三个人的语速越来越快，对地下陀宫的发掘不仅没有解开旧的谜团，反而增加了新的谜团。这实在是太诡异了，天启六年八月初四，守南山妙瑶塔、雍家村里雍家坟，究竟发生了什么？是什么事件将三苗族人全都卷进了这场万里之外的风波？

先是被灭族的花苗，死而复活，给向南风放了篾片蛊，并且用中害蛊杀害了发现了什么重要秘密的藤原龙之介教授；然后是白苗圣女朔月的御用仆族禾孝氏出现在了雍家村地下陀宫上面，在那里化身成了一个哑巴，开起了神秘诡异的狗肉馆；最后是三苗万法归一的盘瓠大神，黑苗居然也卷了进来，盘瓠的化身，大祭司首司五老在这座守南山中建立了一座妙瑶禅庵，还有人将黑苗圣物，保靖神殿中的《日令》誊抄后盗出神殿，放在了雍家村中的地下陀宫最下层，雍氏族长雍维桑的石棺里！

一瞬间，向南风的脑子里，在他所有的诸多疑问当中，忽然有一个念头闪过。他想到了那本《日令》最后被撕掉的那一页。

那一页纸写着什么，他好像不那么关心了。

可是它真的是被那个换掉了80具雍家人尸体的白苗祭司撕掉的吗？为什么她在80个棺材中都放进了一具狼犬厉鬼的尸身，却独独留下了族长雍维桑的石棺？如果她想知道这书中的秘密，或者她想守护这书中的秘密，她大可以把这本《日令》完全拿走，为何非要撕掉一页留下其他的呢？

会不会有这样的一种可能，那个白苗祭司根本就没有找到雍维桑的石棺，而那最后的一页书……

哎，灵感就是这样，它来得永远让人猝不及防，可经常是你还没顾上喜出望外，灵感就又跑掉了。或许这就是人与人之间的差异吧。

向南风原本对《日令》最后一页被撕掉的事情格外在意。他既想知道那神秘的最有一页究竟写了些什么，以至于有人会惦记着它，留下来一本极具历史价值、并且充满了各种研究可能的上古太阳历，却独独要撕掉它的最后一页。而更重要的是，其实向南风真的很想知道，撕掉这一页书的人究竟是谁。为什么湘西蛊主会质问自己，他的质问真的只是一个玩笑吗？然而，这一切的猜想和方向都随着湘西蛊主对《日令》的破解而戛然而止。

谁也没有想到的是，湘西蛊主真的就通过这本书解开了潜藏在古老苗国世界中的宇宙奥秘，而从这里，他们将获得进到苗国世界的绝密法门。而那被撕掉的一页书上的内容和那个撕走那页书的凶手，也终于将随着向南风的放弃而成为长久都不为人知的谜团。

第二天凌晨三点半，向南风一行三人才抵达石头村。

他们的脚步刚刚踏入石头村，靠近后村的一家人的狗便叫了起来。紧跟着，整个石头村的狗就像被传染了一样，从近到远，从一只传到几只，然后叫成了一片。整个村里的狗都像疯了一般地吠叫起来。

有些人家的院墙不是砖砌的，而是铁艺的栅栏围成的。这些栅栏墙里的狗都站在栅栏里，甚至把头探出栅栏，一副随时要钻出来把人吃掉的样子。佐和子被这些看家狗吓坏了，因为那些狗仿佛都是欺软怕硬的恶霸，它们根本不怎么理会走在前面的湘西蛊主，而是专门探着脑袋，龇着牙，露出一排平直的门齿和锐利的犬齿，面露凶光地朝佐和子吠叫。

显然，夜晚串村而过，实在算不得什么明智之举。这让向南风想起了永远都静如止水的雍家村。

雍家村里没有狗，而且一只也没有。他记着自己曾经就这个问题请教过雍家村贾姓宗族族长贾展南老先生。贾老先生说，据说雍家村是一块风水宝地，自从他们贾姓宗族搬来以后，年年都是五谷丰登，六畜兴旺。可唯独就一点，这雍家村养不活狗。这个传说流传了很久，就连贾老先生都不知道这是为什么。

据说，村里的老村民都知道，并且相信这个风俗，可偏偏后来的年轻人有人不信，可是，后来这些年轻人新饲养的狗也都莫名其妙地死了，因此，后来的人，无论本地人还是外地人，就都没有养狗的了。

石头村里的狗让人想到了雍家坟里的狗。

狗与狼犬厉鬼，狼犬厉鬼和盘瓠，它们之间究竟有什么样的关系呢？

全村的狗叫成了一片，三个人蹑手蹑脚像做贼一样从石头村溜出来，这才开上车回到了市区。向南风把湘西蛊主和佐和子送回了酒店，然后自己回家睡觉。他本想回家以后先按照湘西蛊主说的，把《日令》里面的信息筛选一边，做一套星象图，或者是盘瓠神殿的物产、气候、水文等等信息的综合图标。不过，他回到家时，天都快亮了，他得先带着藤原结晶去楼下转了几圈，以解决它的个人卫生问题，然后等忙活完这些之后，向南风便感觉筋疲力尽了。

他太困了，他洗了个澡，把脏衣服交给了洗衣机，然后倒头便睡了。一连四天的黑白颠倒，让向南风仿佛适应了这种黑白颠倒的生活。在睡梦里，向南风又一次幸福地梦到了归璐瑶。

他梦到了他与璐瑶在一起时候快乐的时光，他梦见那样的时光得以平静地延续下去。他们在一起，还在一起。他们没有去到过守南山，既没有见过什么天坑和南山馆，也更没有过什么地宫的鬼怪与别离的痛楚。归璐瑶，就是一个平凡而普通的幼儿园老师；向南风，就是一个工作努力、朝气蓬勃的电视台记者。

在后来，好像便是冬天走了，然后春天来了。

梦醒时分，好像一切一切的情节都被遗忘了，唯有窗前阳光里幸福的微笑证明着：那一场好梦里，她曾来过。

日令（九）

向南风带着湘西蛊主和佐和子前往守南山中冰封南山馆和妙瑶塔地宫的水潭，并且让他们亲眼看到了石碑山上那块来自妙瑶塔第三级浮屠上的断碑。

在守南山中，他们一起打开了从雍家坟主墓室、雍家族长雍维桑石棺里发现的古书《日令》，而这本书所记载的居然是苗国中黑苗的历法，世界上最早的太阳历之一的古苗国历法。

湘西蛊主信心满满地抱着《日令》回了酒店，他坚信《日令》中一定记载了苗国汲取宇宙力量的途径，而这既能帮他们了解苗国，更有可能给予他们开启守南山水潭，进入南山馆的灵感。

向南风不知道湘西蛊主有没有真的获取他所期待的灵感，不过对于向南风自己而言，守南山之行之后，他这个太阳升起之前走进的梦乡，远比一切突破来得更好。

这一觉好眠，他在梦里与璐瑶重逢了。颜如玉，温柔乡，爱情与平淡生活里的英雄梦想，让向南风在梦醒时分都保持着睡梦中甜美的笑容。

“嗯……谁……谁啊……真可恶！”

向南风和归璐瑶的重逢原本还没有结束，却被一阵急促的敲门声惊醒了。向南风的脸上虽然还挂着幸福的笑容，可他的心里却满心的不爽。

哎，这是谁啊？

搅了这久别重逢的一场好梦，真是可恶！

向南风掀开被子，顿时睡意全无。床头上的闹钟显示着现在的时间，中午的11点40分，不知不觉睡了5个多小时，也勉强算是够用了。

得了，起床！

向南风站了起来，门外的敲门声还“咣咣咣”地响个不停。

“谁啊，谁啊！”

“我！向南风！快快快！开门！拿不了了！”

呦，亮子！他怎么来了？向南风一边想，一边三步并作两步走到门口，打开门锁，拉开房门，他看见亮子左手提着个大塑料袋，塑料袋里面是两摞一次性饭盒；亮子的右手的四个指缝里，每个指缝各夹着一瓶啤酒，而且右胳膊的腋下还夹着一个文件夹。一脸痛苦不堪的表情。向南风见状，赶紧伸手去接他右手的啤酒。

“别动，别动，你拿着饭盒！……哎哎，还有这文件夹！”

“好嘞！”

向南风一边答应着，一边伸手接过亮子左手的那个塑料袋，然后从他腋下抽出了文件夹。两人一前一后往屋里走。亮子腾出右手，赶快把左手手里的啤酒匀了两瓶夹在右手中，然后回身用脚把门带上了。

向南风往里走，用手掂了掂右手里的菜。

“这么沉啊？你怎么买这么多！”向南风乐着说，“这下有的吃了啊。”

“我不是怕你不够吃的吗？今天早晨没吃饭，我看菜又挺好，就多买了点儿。”

“您这啤酒拿的也是够悬的了！再有你这菜真买多了，吃不了啊，谁吃啊！”

“嗨，你吃不了放冰箱啊，反正……”

“汪汪……”

亮子的话还没说完，后知后觉的藤原结晶从里屋跑了出来，显而易见，它还没有做好当宠物狗、看家狗的准备，家里来人了，它刚反应过来。

“哎呀妈，这谁啊这！”

亮子一眼看见了跑过来的藤原结晶。向南风乐着开玩笑说道：

“嗨，不认识了？这是你二叔啊！”

“屁！你哪儿弄条狗啊？母狗吧！”

“母狗给你留着了。甭废话了，先吃饭吧！”

两人说着，把酒菜都摆在了餐桌上，向南风扭脸对藤原结晶说道：

“你，回屋去，不叫你不许出来啊！”

真没想到，藤原结晶好像一个字都没落下，全听懂了，扭脸夹着尾巴就回屋去了。亮子本来是特别喜欢狗的，派出所里养了两条警犬，原本是按照工作犬引进的，或许本来训练得就不太好，再加上所里的民警有事没事就逗狗玩，最后那两条狗养得跟宠物也差不多，而这其中，主要的功劳就得归属亮子，他是一天到晚给狗弄好吃的。所以，亮子刚看见藤原结晶的时候，先是一蒙，跟着本来是想逗逗它。可没想到的是，藤原结晶居然这么听向南风的话，扭脸就真回屋睡觉去了。这让亮子大为吃惊。

“嘿，你这狗怎么训的？这么听话啊？嘿，比我们派出所的俩警犬都灵啊！”

“嗨，估计是让你赶上了。困了，回去睡觉去了。”

“哎，这狗哪儿的啊？”

“前天楼下捡的，正好碰上，小狗挺可怜的。我这人你也知道，良心大大的好，就给带回来了。”

“行，你行！你真行！敢想敢干，说捡就捡啊！啊，对了。”

亮子上下打量了一下向南风，看着他一身睡衣，睡眼惺忪，明显是刚刚起床。再一联想自己刚才敲门，敲了半天向南风才开门，于是亮子问道：

“你怎么了？让我给吵醒了是吗？怎么睡觉睡到这点儿了？不是你风格啊！不是身体不舒服吧？”

“没有。昨天晚上出去玩去了，夜爬守南山，今天早晨5点多才回来。”

“天啊，你这开颅手术够给力的啊，刚做完您就敢这么作！我今天下勤，没事了也。正好路过你楼下，我一想，你一个病人不在家待着能去哪儿？没想到……哎，对了，你跟谁爬守南山去了？”

“这……”

向南风一想，他本来想随便编个瞎话，可是又觉着这样不行。亮子虽说是顺路来看他，这没错，可是他顺路来看自己带着啤酒和饭菜就行了，刚才自己明明帮他从腋下抽出了一个文件夹，那文件夹里是什么东西？

向南风想起了三天前自己给亮子发短信，拜托他帮自己查询那个山海经专家刘滴川和藤原龙之介教授的关系，想必这文件夹里放着的应该就是他想要的答案吧。

不行，他不能编瞎话。之前他已经拜托亮子帮自己向市南分局要过了藤原龙之介教授的尸检报告，而三天前自己又言辞恳切地拜托亮子帮自己调查藤原教授和另一个人的关系。显然，如果他再说藤原教授是电视台的嘉宾等等理由，一定会引起亮子的怀疑。那么，最好的办法就是……

向南风一笑，计上心头。

“哎，亮子，跟我爬守南山的这位啊，你还真不认识。不过呢，过一段时间我怎么也得给你介绍一下。”

“谁啊？”

“是个姑娘。”

“什么？你交女朋友了？”

“不不，还不算女朋友，顶多算是……算是往那边发展吧！哈哈哈。”

“那你快说说，这哪儿冒出这么一个姑娘啊！”

“嗯……来，喝酒喝酒！”

向南风端起酒杯，跟亮子碰了一个，然后说道。

“你还记着我让你帮我要过一份尸检报告吗？”

“当然，藤原龙之介，日裔美国人，你不是还让我帮你查他和一个叫刘滴川的人的关系吗？”

“对啊。这藤原龙之介啊，实际上是我们台一个嘉宾顾问，是著名的历史学者。去年11月8号我出事那天，其实我跟林树……哎，林树，林树你也认识吧？”

“认识啊，怎么了？”

“去年11月8号我跟林树实际上就是要去采访这个藤原龙之介教授，结果没想到我们出事了，然后就没碰上。”

“不是，你别这儿废话，我问你哪儿冒出来一个姑娘！”

“来，再喝一个，走着！”向南风一边乐，一边喝酒，然后又说，“你不是问我，这哪儿冒出一个姑娘吗？我喜欢的这个姑娘，她就是这个藤原龙之介的女儿。”

“啊……啊？！”

亮子满脸的惊讶，足有两秒钟没说出话来，跟着，他由惊转喜，一边乐一边说道：

“我……你……你还搞了一外国人！还是个日裔美国人！我……看不出来啊，你小子行啊你！我说你让我查这个藤原龙之介查个没完没了呢，敢情你是看上人家女儿了！你可真行！哎，你就这么算计人家，不怕人她爸哪天夜里找你算账啊？”

“哈哈哈，要不然我改成白天睡觉了呢！”

两个人哈哈大笑，跟着便推杯换盏地喝了起来。亮子真诚地为向南风感到高兴，而向南风呢，也只能先虚情假意地故作幸福，并且反复承诺尽快带藤原佐和子来拜见亮子。酒过三巡，菜过五味，一个小时以后，两个人吃饱了、喝足了。果然，不出向南风的预料，亮子把桌子上的残羹剩菜往塑料袋里一收，拿桌子上的抹布擦了擦桌子，然后把刚刚向南风随手放在茶几上的文件夹拿了上来，放在了桌子上。

“得了，南风，吃饱了喝足了，我跟你‘汇报汇报’啊？也算是为了你追姑娘做做贡献。”

“那太好了！我就等着这个呢。”

“哎，我想先问问，你们查这刘滴川和你女朋友她爸爸的关系是为了什么啊？”

“嗯……太具体我不太清楚，我只是听说，这个藤原龙之介跟刘滴川的关系非常好，可是前天我跟佐和子去了一趟北京，就是我给你发短信让你帮我查这事儿的时候。我们找到了刘滴川，他却不承认自己认识佐和子她爸，所以我们都觉着这事儿挺蹊跷，我就大包大揽地说让你亮子哥给你查查。”

“哦……”

亮子听了，若有所思，然后他笑了笑，又继续想了想，接着他说道：

“南风，我虽然没太听明白啊，反正查呢也给你查了，多余的我就不问了，你们俩自己琢磨吧。不过你要让我说啊，这个藤原龙之介和刘滴川直接的关系是不是很好，我不知道，但他们的关系还真是非同一般，而且很……很……”

亮子说了两个“很”字，可是却没有说出很什么。

“什么啊，亮子？”

“呵呵，很什么啊……不太好说，我直接告诉你我的调查结果吧，哈哈。”

亮子说着，又笑了笑，他翻开了文件夹，看着里面的文件说道：

“你想让我查两个问题，第一，刘滴川和藤原龙之介是否认识，特别是17年前是否认识。呵呵，我不知道你这个时间是怎么得到的，不过很准确，他们两个还真就是17年前认识的。”

“啊？还真认识，而且还正好是17年前？”

向南风的心里一惊，看来佐和子的记忆果然准确。刘滴川想掩盖他和藤原龙之介早在17年前就已经相识的事实，他的谎言已经被戳穿了。

“亮子，你快说说，他们真的是17年前认识的吗？”

“呵呵，是的，而且我真是不知道你们为什么会怀疑这两个人。不过这个刘滴川，真的很有意思。他和藤原龙之介两个人的相识也格外传奇。”

“传奇？”

“没错，连我都难以置信，这个刘滴川居然是我的老前辈，哦，不，我跟人家怎么比呢……呵呵。”

“不不，亮子你等等，你等等！”

向南风赶紧打断了亮子的话，亮子说刘滴川是自己的老前辈？什么意思？向南风的第一感觉是自己听错了，跟着一想，他又觉着是自己理解有误。刘滴川是亮子的前辈，亮子可是个警察啊！难道……

“对，你别这么惊讶！”亮子拍了拍向南风的肩膀说，“呵呵，刚开始我也吓了一跳。你没听错，这刘滴川原本是警察，而且他当年还是全国有名的，年轻有为的警界新星！”

“什么？警界新星？这是怎么回事？”

“这个刘滴川警校毕业以后，被分配到了云南中缅边境的一个县当刑警。那个时候你也知道，金三角贩毒还很猖獗。他去的那个县治安非常差，甚至是缅甸的犯罪分子跨境作案都很多。他去了以后，不到两年的时间，连续破了20多起陈年旧案，而且当年公安系统内的禁毒工作还没有单独划分一个警种，这缉毒也是刑警的工作。他在任的时候，还破了好几个全国轰动的毒案。”

“天啊？这……这人居然有这样的经历？”

“呵呵，是啊。”

“哎，不是……”向南风忽然反应过来了，“不对不对，他17年前要是云南中缅边境的刑警，怎么会认识藤原龙之介呢？”

“是啊，所以如果你要说他们两个人至今还有联系，那绝对是一个奇遇。17年前，刘滴川在破获一起文物走私案的时候，抓获了一批嫌疑人，而这个藤原龙之介就是其中之一。”

“什么？藤原龙之介是文物走私案的嫌疑人？”

“对。”

“那后来呢？”

“后来，后来这个案子判了，但唯独只有这个藤原龙之介因为证据不足，被免于起诉，释放了。所以如果你说这两个人至今还有联系，实在是……哈哈。你这女朋友她爸是个神人啊！”

“哎，你等等！那后来刘滴川怎么不当警察，改研究原始文化去了？”

“这个我就不知道了。反正15年前，他就辞职不干了。按道理说，他这样的人才，如果坚持到今天，恐怕早就做高官了，但至于人家为什么不干了，咱就不知道了。”

“哦……原来是这样……哎，那还有一个问题呢？他们两个人去年秋天见过面吗？”

“这个问题啊……怎么说呢？”亮子迟疑了一下说道，“反正在我这里，没有证据表明他们在那个时间段里见过面。但是，他们不一定没见过。”

“啊？”向南风眼前一亮，“怎么讲，亮子！”

“去年10月23日，藤原龙之介买了一张机票，望山起飞，经由香港飞往巴西的里约热内卢。而同样是10月23日，刘滴川也买了一张机票，北京到阿根廷的布宜诺斯艾利斯。去年10月27日，藤原龙之介坐同一班航班又回了望山，而11月8日，刘滴川坐了和藤原龙之介相同的航班，从巴西的里约热内卢经香港到了望山。不过，他在望山没有停留，而是直接转机回了北京。”

“什么？你的意思是他们很可能在南美洲的什么地方会面了？”

向南风迅速打开电脑，2010年的11月8日，那班从巴西飞经香港飞抵望山的航班到达望山的时间是北京时间……

晚上的……晚上的21点45分，而望山飞往北京的航班起飞时间是当晚的23点15分。也就是就说，刘滴川在藤原龙之介教授死亡的当晚在晚上停留过一个半小时，而这段时间，正好是……

是藤原教授的死亡时间！

向南风目瞪口呆地看着屏幕。这一瞬间，望山的整个世界都安静下来，窗外的风、路上的人、天空中的飞鸟与云朵，所有的所有都停止。只有他身后门厅的门铃，发出了叮咚的铃响。

谁?

冬日倾城的阳光，也未必温暖。

哪年哪月哪天，哪时哪分哪秒哪一瞬间。

这个世界上都有人的生命在诞生着、死亡着、涅槃着。就这样，藤原龙之介的生命终结在了2011年11月8日那天晚上，这世界上的很多事、很多的抗争和人生，到头来总会回到它开始时的样子。不过，每一次回去，又将是一个崭新的开始了。

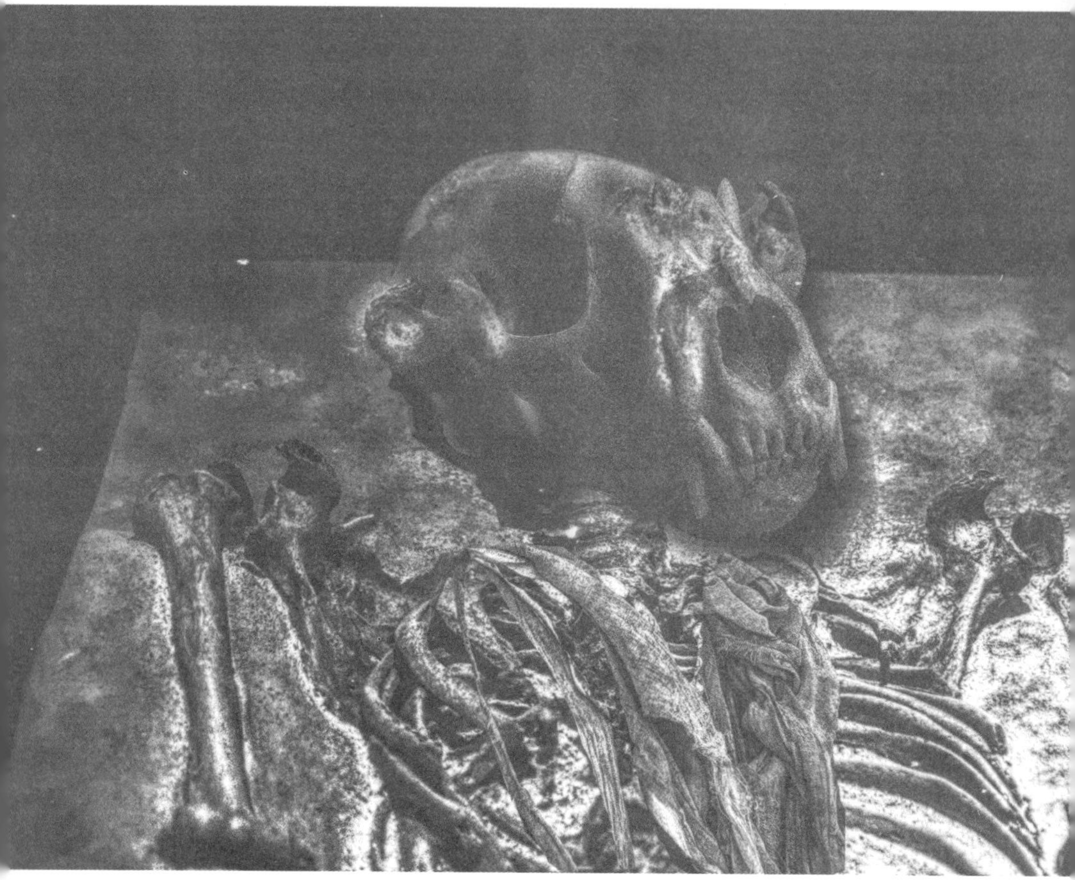

每一具骸骨都有自己的故事，

在它没有讲完前，这一切便没有完结。

写给读者的信

尊敬的读者老师们：

大家好！

我是本书的作者刘滴川。《望山没有南风巷》这部系列小说已经出版到了第三本，同名有声读物也已经由中央人民广播电台制作发播。在此，我首先感谢您的阅读和收听，感谢您对我和这部作品的支持！

了解我的朋友可能知道，论文学，我素来喜欢以诗人自居，写作不以小说见长。事实上，在此之前，我只写过一部小说，那还是19岁时出版的长篇小说《填海》。那时候，我还是来去如风的翩翩少年呢。可是，为什么会有“望山”这个作品呢？因为这个作品，虽然现在才发表出来，但其实早在10年前，我就已经完成了它的基本构思，并且写出一个大约14万字的草稿，当时的题目叫《双生门》。不过那个时候，或许是因为这种“穿越”题材的作品还太前卫，为传统出版所不容，而我自己又太过落伍，不接受新兴的网络文学网站、网络发表，所以，这个作品就被一直搁置将近10年。

直到前年，我和我的搭档、中央人民广播电台的制作人李晓东聊广播节目选题，聊到原创文学的有声读物改编时，想到历来都是先有小说，然后才有小说改编的有声读物，当时，我们突发奇想，想到是否可以策划一个有声读物，以音频为载体，以听众为第一客户，做一个不由某某小说改编的有声读物。于是，“望山”这个作品才又被我找了回来。

从原来的《双生门》到现在的《望山没有南风巷》，我在保留了原来《双生门》的故事主线、主要人物和相关背景的基础上，增加了主要人物的数量，并大量新增了支线情节。但是，由于是以音频思维进行的创作，为了听众在收听后能拥有更多的获得感，我有意识地在文中穿插了大量的百科知识；为了适应听众伴随式收听的习惯，使收听更轻松，所以故事的进度被我刻意地放缓了。这些特质在被重新还原成小说时，依旧被保留了下来。所以，由于这样特殊的创作背景，我也不知道这种尝试是否能令您满意，还是适得其反，让作品看起来不像小说，进度上过于拖沓。在此，也希望得到您的指教！

下面，我想说说这部作品当中涉及的文化背景，苗族和古三苗的问题。

苗族是人口数量居全国少数民族第四位的，我国南方重要的少数民族，它拥有悠久的历史、独特的信仰。近年来，随着苗族的巫蛊、赶尸等一系列秘密文化在网络上广为流传，大家对苗族文化、历史的关注度也逐渐提高。而我在创作这部作品的时候，之所以选择了古三苗这样一个文化背景，也同样是出于这些考量。由于文艺作品特殊的表现形式，在创作中，我不可避免地在史实或史料记载的基础上，曲解、臆造了一些古三苗的文化、信仰、历史事件和历史人物，而这些与真实的历史显然具有明显的偏差。所以，为了避免小说误导大家，也为了让大家能对古三苗族群有一个更清晰、更真实的认识，在此，我想结合自身所学，简单介绍几个问题。不过，因为近年来，我一直专注于先秦艺术史、文学史和《山海经》方面的研究，并没有专门研究过古三苗族的历史，所以只能简单发表一些自己的看法，以求教于方家！

首先，先谈谈古三苗的起源，谈谈他们究竟是谁，又从哪里来。

我们普遍认为，分布在我国黔、湘、鄂、川、滇、桂、琼等省区，东南亚的老挝、越南、缅甸、泰国等国家和地区的苗族是我国历史最悠久的少数民族之一，其重要源头或源流是古籍中记载的“三苗”，也就是我们说的古三苗。之所以称为古三苗，是因为现代的苗族，也有称作“三苗”之说。现代苗族的族群支系非常多，八寨苗、清江苗、舟溪苗、短裙苗、锦鸡苗、白领苗等，其中，普遍认为黑苗、白苗和花苗是其中较大的支系。小说中，对古三苗的“解读”，就是这一问题的挪用。在远古时代，也就是洪荒时代的“古三苗”中，现有的史料、古籍鲜有明确解释“古三苗”族群构成的资料，而据我所知，唯一的资料出自东汉高诱对《修务篇》“窜三苗于三危”一句的批注，高诱注云：“三苗，盖谓帝鸿氏之裔子浑敦，少昊氏之裔子穷奇，缙云氏之裔子饕餮三族之苗裔。”当代著名神话学大师袁珂注《山海经》引此，认为“‘盖谓’云者，乃臆想之辞，难于凭信。实则三苗即有苗，亦即苗民。”这一观点，我也认同。不过，虽然高诱对“古三苗”中“三苗”构成的解读差强人意，但无论是现代的苗族还是古三苗，之所以被称作“三苗”，确实应该与其复杂的族群构成有关。

三苗，也就是古三苗，在古籍中有很多别称，如：有苗、苗民、三苗之民、三苗国、三毛国、三苗之君，等等。今天，绝大多数学者普遍认为，这些称谓所指的都是古三苗，只是在不同的古籍、不同的语境中，可能有指代古三苗的方国（或部落联盟）、国君（或部落联盟领袖）、民族（或族群）的分别。三苗及其别称多见于先秦古籍，可见，无论是作为族群还是方国，它存在着与中原华夏民族长期共存、战争和融合的历史。这也说明了，三苗族群形成的早期，他们的领地应该就在中原周边，位于黄河流域。《山海经·大荒北经》云：“西北海外，黑水之北，有人有翼，名曰苗民。颛顼生驩头，驩头生苗民，苗民釐姓，食肉。有山名曰章山。”我曾研究过《山海经》中所记载的炎黄谱系，《大荒北经》所云“颛顼生驩头，驩头生苗民”，苗民是驩头之子，驩头是颛顼之子，而颛顼又是韩流与阿女之子，韩流又是黄帝与嫘祖之子，所以黄帝应是苗民的高祖。据此可见，三苗是华夏民族在炎黄时代后分化出去的族群、方国。而《山海经·海内经》云："嬴民，鸟足。有封豕。有人曰苗民。有神焉，人首蛇身，长如辕，左右有首，衣紫衣，冠旃冠，名曰延维，人主得而飨食之，伯天下。"这段话中记载的人首蛇身怪物，名叫延维。闻一多先生曾在《伏羲考》中考证，他认为延维、委蛇即汉画象中交尾之伏羲、女娲，乃南方苗族之祖神。而在《山海经》所记载的炎黄谱系中，黄帝和炎帝又都是少典的儿子。当然，实际上《山海经》想表现的是，黄帝、炎帝两个部落联盟都属于少典氏，而在少典氏又被认为是伏羲、女娲的后代。所以，在《山海经》的炎黄谱系顶端，应该是伏羲、女娲，如此，也符合闻一多先生做出的"延维即伏羲、女娲，且是苗族祖神"的推断。所以说，古三苗这一族群或方国的发源应略晚于炎黄时代，其发源地应在黄河流域。

关于古三苗生活在黄河流域时的历史，《尚书·吕刑》中有这样两段话可以从侧面加以佐证：

王曰："若古有训，蚩尤惟始作乱，延及于平民，罔不寇贼，鸱义，奸宄，夺攘，矫虔。苗民弗用灵，制以刑，惟作五虐之刑曰法。杀戮无辜，爰始淫为劓、刵、椓、黥。越兹丽刑并制，罔差有辞。民兴胥渐，泯泯棼棼，罔中于信，以覆诅盟。虐威庶戮，方告无辜于上。上帝监民，罔有馨香德，刑发闻惟腥。皇帝哀矜庶戮之不辜，报虐以威，遏绝苗民，无世在下。乃命重、黎，绝地天通，罔有降格。群后之逮在下，明明棐常，鳏寡无盖。皇帝清问下民鳏寡有辞于苗。德威惟畏，德明惟明。乃命三后，恤功于民。伯夷降典，折民惟刑；禹平水土，主名山川；稷降播种，家殖嘉谷。三后成功，惟殷于民。士制百姓于刑之中，以教祗德。穆穆在上，明明在下，灼于四方，罔不惟德之勤，故乃明于刑之中，率乂于民棐彝。典狱非讫于威，惟讫于富。敬忌，罔有择言在身。惟克天德，自作元命，配享在下。”

王曰：“嗟！四方司政典狱，非尔惟作天牧？今尔何监？非时伯夷播刑之迪？其今尔何懲？惟时苗民匪察于狱之丽，罔择吉人，观于五刑之中；惟时庶威夺货，断制五刑，以乱无辜，上帝不蠲，降咎于苗，苗民无辞于罚，乃绝厥世。”

以上《尚书》中的记载，是说三苗制定了劓、刵、椓、黥等五种酷刑，以酷刑来替代法律，并且残忍地杀害无罪之人。而且，三苗人内部互相欺诈，没有诚信，没有契约精神。上古的圣贤君王了解了三苗部族内的种种问题，便任命贤德的官员去治理部落，用法律去约束他们。可见，在《尚书》所记载的这一时期，三苗仍是华夏部落联盟中的一部分，居住于黄河流域，受到华夏联盟领袖的节制。此外，关于古三苗和苗族的历史，今天，有些苗族历史的研究将苗族的历史上述到“九黎、蚩尤”，在小说中，也同样采纳了部分观点。但事实上，九黎和蚩尤是否与古三苗，进而与现代苗族直接相关，未曾可知，而九黎和古三苗之间的关系，是否有历史承继，也是模糊不清的。所以在此，我就不发表与“九黎、蚩尤”相关的观点了。

下一个问题，我想说一下古三苗的迁徙。我们都知道，今天的苗族主要分布在我们南方的中西部地区和东南亚的中南半岛。古三苗的迁徙，大体也是从北方黄河流域，迁徙到长江以南的。其具体的迁徙路线，苗族历史的研究方面，大体给出了5条，这个在小说后面的部分中，通过湘西蛊主的话是有涉及的。但是，这样描写，更多是出于情节需要和小说的表现，我本人并不十分认同。我认为，古三苗的迁徙，无论是从古籍中还是考古发现上，目前都缺乏足够的证据建立确切可信的迁徙路线的坐标，所以，具体的路线，是有待商榷的。那么在此，关于古三苗的迁徙，我想谈一谈我对原因的看法。

现代学者普遍认为古三苗之所以从北方黄河流域不断南迁，其原因是中原华夏部落联盟的战争中落败，因战败而丧失土地，继而迁徙。这一观点，有充分的史料依据。例如，《墨子·非攻下》云："昔者三苗大乱，天命殛之。日妖宵出，雨血三朝，龙生于庙，犬哭乎市，夏水，地拆及泉，五谷变化，民乃大振。高阳乃命玄宫，禹亲把天之瑞令，以征有苗。四电诱祇，有神人面鸟身，若瑾以侍，搤矢有苗之祥。苗师大乱，后乃遂几。禹既已克有三苗，焉磨为山川，别物上下，卿制大极，而神明不违，天下乃静。则此禹之所以征有苗也。"此外，晋郭璞注《山海经·海外南经》之"三苗国"，云："昔尧以天下让舜，三苗之君非之，帝杀之，有苗之民，叛入南海，为三苗国。"以上两条均表明，三苗与中原华夏部落之间长期维持着战争状态，并且，这一状态的终结是以三苗的全面落败而告终的。值得注意的是，在文献记载中，这一漫长的战争时期内，有一场大战被广泛提及，即丹水之战。

丹水之战发生在丹水河边，是尧帝与三苗之间的战争，最终，尧帝获胜。文献记载如：《漢学堂丛书》辑《六韬》云："（尧帝）与有苗战于丹水之浦。"《淮南子·兵略训》云："故黄帝战于涿鹿之野，尧战于丹水之浦，舜伐有苗，启攻有扈。"《论衡·恢国篇》云："黄帝有涿鹿之战，尧有丹水之师，舜时有苗不服，夏启有扈叛逆，高宗伐鬼方，三年克之，周成王管、蔡悖乱，周公东征。"而《史记·五帝本纪》合三苗、欢兜、共工、鲧为"四罪"，云："欢兜进言共工，尧曰不可而试之工师，共工果淫辟。四岳举鲧治洪水，尧以为不可，岳强请试之，试之而无功，故百姓不便。三苗在江淮、荆州数为乱，于是舜归而言于帝，请流共工于幽陵，以变北狄；放欢兜于崇山，以变南蛮；迁三苗于三危，以变西戎；殛鲧于羽山，以变东夷：四罪而天下咸服。"《竹书·五帝纪》（古本）云："三苗将亡，天雨血，夏有冰，地坼及泉，青龙生于庙，日夜出，昼日不出。"

综上可见，《史记》中，三苗与欢兜、共工、鲧合称"四罪"，而后三者皆为人名，故三苗或为人名。《论衡》中，三苗与涿鹿之战（炎帝）、丹水之师（丹朱）、有扈（东夷少昊族）、鬼方（鬼方易部落）并称，故三苗或为部落。梁启超称，三苗之"苗"即音转之"蛮"，苗蛮同义，尧舜时作苗，春秋时作蛮。故南蛮亦指三苗。《尚书·禹贡》云："三苗丕叙。"《战国策·魏策一》云："吴起对曰：'河山之险，不足保也。

伯王之业，不从此也。昔者，三苗之居，左彭蠡之波，右洞庭之水，文山在其南，而衡山在其北，恃此险也，为政不善，而禹放逐之。’”《史记正义》云：“吴起云，三苗之国，左洞庭而右彭蠡，今江州鄂州岳州也。”可见，三苗部落或以部族领袖“三苗”之名为名，该部族及其支系所创造之文化即三苗文化，而经历了以丹水之战为代表的与中原华夏部落的长期历史战争的三苗国和由三苗族群创造的三苗文化，在迁徙后，很可能以今洞庭湖、鄱阳湖一线为中心，以长江流域为腹地向东、西、南延伸，并与以尧、舜、禹为部族领袖之中原华夏文化高度融合。今所发掘之湖北京山屈家岭文化，及其后继石家河文化均系三苗文化之直系，并是早期楚文化之重要源流。

《山海经·海外南经》云：“三苗国在赤水东，其为人相随。一曰三毛国。”三苗在与以尧、舜、禹为部族领袖之中原华夏文化战争中战败，并不断南迁，经云“为人相随”义即结伴而行、排队而行，即这一历史性民族大迁徙之真实呈现。而三苗部族南迁、三苗文化南迁，于表面看是因其与华夏战争失利而被迫迁徙，可于深层则反映了三苗文化迥异于中原文化特质与自然气候变化、物候推移之历史选择。今考古证实，湖北京山屈家岭文化系世界最早稻作文化之一，以今洞庭湖、鄱阳湖一线为中心之三苗部族均以稻米为主要食物来源，故三苗文化是东亚重要原始稻作文化。然自黄帝至先夏尧舜禹时期，地球正在进入一个小冰期，气候变冷导致北半球温带、亚热带南移，导致同纬度粮食作物亩产量降低，进而作用到人类社会、人类文明，致使粟作文化南沿南移，稻作文化北沿亦同步南移。以此为背景，原本独立之中原粟作文化与南方三苗稻作文化开始在北温带——亚热带一线交锋，并可能以贸易、通婚、战争等发生实现文化交流和民族融合，而最终，以尧、舜、禹为部族领袖之中原粟作文化以全新粟作生产方式和文化特征占领了原由三苗影响之稻作文化区域，进而三苗文化南迁。而这一渐进历史过程之本质，即中原粟作文化、粟产区扩大和南方三苗稻作文化南迁，稻产区南迁。《说文》云："苗，艸生於田者。从艸从田。"段玉裁注："何休曰：苗者、禾也。生曰苗，秀曰禾。《倉頡篇》曰：苗者、禾之未秀者也。"于真实之历史中，三苗为部族名，亦应源自部族之领袖名，即领袖名"三苗"。领袖之"三苗"正应与后稷同，系部族之农官，掌管水稻种植，精通于稻作。

除此之外，在古三苗的迁徙问题上，除了南迁说，还有一种西迁说。《山海经·西山经》云："又西二百二十里，曰三危之山，三青鸟居之。"晋郭璞注云："今在敦煌郡，《尚书》云：'窜三苗于三危是也。'"唐代李吉甫的《元和郡县图志·陇右道下》云："炖煌县，本汉旧县，属敦煌郡。周武帝改为鸣沙县，以界有鸣沙山，因以为名。隋大业二年，复为敦煌。敦，大也。以其开广西域，故以盛名。三危山，在县南三十里。山有三峰，故曰三危。尚书'窜三苗于三危'，即此山也。"可见，根据这一文献记载推断，古三苗在上古战争中落败，其部族分裂成多个支系，除绝大多数南迁至长江以南地区之外，还有一支向西，西迁至今甘肃河西走廊、敦煌一代。小说中，湘西蛊主所说的自己所在的花苗支系躲避三苗内乱一路向西，最终来到青藏高原边缘的说法，实际上就是在“窜三苗于三危”的基础上虚构的。

最后，我想说一下我对现代苗族盘瓠崇拜这一信仰问题的理解，以及我对盘瓠崇拜历史溯源的思考。

盘瓠是中国南方著名的神话形象和民间信仰。它被广泛认为是现代苗族重要的师祖，是现代苗族的重要民间信仰。今天，盘瓠崇拜的中心位于湖南省湘西苗族土家族苗族自治州，据统计，其治下的麻阳苗族自治县一县境内就有盘瓠庙近200座。除了苗族外，南方的畲族、瑶族也同样信仰盘瓠，并视其为祖先。

历史上，盘瓠的传说从汉代就开始广为流传，但在文献记载上，最早见于东晋干宝所著志怪小说《搜神记》，后又见于《水经注》《后汉书·南蛮传》等，并不见于先秦古籍。其中，《后汉书·南蛮传》的记载较为详细，云：“昔高辛氏有犬戎之寇，帝患其侵暴，而征伐不克。乃访募天下，有能得犬戎之将吴将军头者，购黄金千镒，邑万家，又妻以少女。时帝有畜狗，其毛五采，名曰盘瓠。下令之后，盘瓠遂衔人头造阙下，髃臣怪而诊之，乃吴将军首也。帝大喜，而计盘瓠不可妻之以女，又无封爵之道，议欲有报而未知所宜。女闻之，以为帝皇下令，不可违信，因请行。帝不得已，乃以女配盘瓠。盘瓠得女，负而走入南山，止石室中。所处险绝，人迹不至。于是女解去衣裳，为仆鉴之结，着独力之衣。帝悲思之，遣使寻求，辄遇风雨震晦，使者不得进。经三年，生子一十二人，六男六女。盘瓠死后，因自相夫妻。”李贤引注云：“高辛氏有老妇，居王室，得耳疾，挑之，得物大如茧。妇人盛瓠中，覆之以盘，俄顷化为犬，其文五色，因名盘瓠。”

清王谟跋《搜神记》，云：“昔高辛氏时，有房王作乱，忧国危亡，帝乃召募天下有得房氏首者，赐金千斤，分赏美女。群臣见房氏兵强马壮，难以获之。辛帝有犬字曰盘瓠，其毛五色，常随帝出入。其日忽失此犬，经三日以上，不知所在，帝甚怪之。其犬走投房王。房王见之大悦，谓左右曰：‘辛氏其丧乎！犬犹弃主投吾，吾必兴也。’房氏乃大张宴会，为犬作乐。其夜房氏饮酒而卧，盘瓠咬王首而还。辛见犬衔房首，大悦，厚与肉糜饲之，竟不食。经一日，帝呼，犬亦不起。帝曰：‘如何不食，呼又不来，莫是恨朕不赏乎？今当依召募赏汝物，得否？’盘瓠闻帝此言，即起跳跃，帝乃封盘瓠为会稽侯（原注：一作桂林侯），美女五人，会稽郡（原注：一作桂林郡）一千户。后生三男六女。其男当生之时，虽似人形，犹有犬尾。其后子孙昌盛，号为犬戎之国。”

可见，盘瓠的形象是一只五彩的花狗。现代苗族以狗为神，并认为自己是狗的后代。这正好与这段文献的记载相吻合。不过，值得注意的是，在这一时期的文献记载中，盘瓠崇拜与苗族或古三苗之间并没有直接的关系。相反，我们倒是可以通过《山海经》，发现盘瓠形象与另一个先秦族群、方国之间的紧密联系。

《山海经·海内北经》云："蛇巫之山，上有人操杯而东向立。一曰龟山。西王母梯几而戴胜、杖。其南有三青鸟，为西王母取食。在昆仑墟北。有人曰大行伯，把戈。其东有犬封国。贰负之尸在大行伯东。"又云："犬封国曰大戎国，状如犬。"犬封国又称狗封之国。晋郭璞注云："昔盘瓠杀戎王，高辛以美女妻之，不可以训，乃浮之会稽东海中，得三百里地封之，生男为狗，女为美人，是为狗封之国也。"

当代神话学大师袁珂注此，提出盘瓠神话在历史的演变中，不断演化成为开天辟地的盘古的形象。他认为："盘瓠神话至今犹传于我国西南苗、瑶、侗、畲等少数民族中，本为某一民族起源之推原神话，迨神话演进，乃成为天地开辟之推原神话。盘古，即盘瓠之音转。盘瓠为某一民族之始祖神，盘古则宇宙之开创者矣。而此盘古，不久以前犹为苗瑶等族所崇奉，谓之'盘王'。刘锡蕃《岭表纪蛮》谓'盘古为一般瑶族所虔祀，称之为盘王。瑶人以为人之生死寿夭贫贱，皆盘王主之，天旱祷盘王，舁王游田间'。苗族亦有'盘王书'，类乎《旧约·创世纪》，传唱于民间，云：'记起盘王先记起，盘王记起造犁耙，造得犁耙也未使，屋背大塘谷晒芽。记起盘王先记起，盘王记起种苎蔴，种得苎蔴儿孙绩，儿孙世代绩罗花。记起盘王先记起，盘王记起造高机，造得高机织细布，布面有条杨柳丝。……'（见《说文月刊》第一卷第十、十一期合刊常任侠《沙坪坝出土之石棺画象研究》）可见彼在苗瑶人民中之信仰。犬封国之始祖盘瓠，竟逐渐演变而为开天辟地及种种文物创造发明者之人类共同始祖盘古，则殆非神话传述者之始料所及矣。”

由此可见，盘瓠虽然是现代苗族的主要信仰，但在历史上，它与现代苗族的源流古三苗没有直接的关系，而是来自于黄河中上游流域的犬封国。盘瓠崇拜随着上古族群、方国的迁徙，至两汉时成为中国南方长江以南地区普遍的民间信仰，由此被迁徙至此的古三苗和其他少数民族的先民接纳，并传承下来。因此，小说中所提到的盘瓠叛国，黑苗宗主盘瓠打败了花苗的姜央，成为三苗的众神之神等情节，其实都是以盘瓠作为外来神喧宾夺主成为苗族民间信仰这一历史事件为背景虚构的。

以上，作为作者，我想说的话已经说完了。剩下的，还是交给向南风他们吧：

《望山没有南风巷》，未完待续。

刘滴川

乙未年春·北京